U0115337

文學研究叢書・詞學研究叢刊

溫庭筠接受研究

郭娟玉　著

本書為國科會計畫「溫庭筠詞接受史」
編號：101-2410-H-415-026　之研究成果

目次

自序

　　「心許故人知此意，古來知者竟誰人」？溫庭筠的喟歎，和著吾師張以仁先生「飛卿定許為知己，織錦梳夢見蕙心」的期勉，始終迴旋耳際，往來縈懷。從臺北到嘉義，綠窗外依然有松鼠，校園中依舊有椰林大道，只是課後的斜陽下，少了師生並行的長長身影，少了言笑晏晏的愜適，少了扣問與答辯的機鋒，少了聽讀溫庭筠詞迴響的悠悠餘韻。總是禁不住想像，溫庭筠與　以仁師應是「談諧終日夕」，「談笑無還期」吧？想像著他們的微笑與注視，從此便多了一份承擔，多了一份自信，多了一份傳承的自我期許。

　　曾經在怡然地批閱學生詞作後，赫然驚見宿舍地上的水塘，四壁的瀑布，原來窗外雨聲瀝瀝。幾經修葺後，如今安然擁有「滴水閣」，可以高枕無憂，可以讀書冥想，可以會友品茗。曾經在課後趨車至「鳳梨好田窩」，坐在小店外，隔壁的小狗興奮地跑來打招呼，閒雅的老板娘邊削著鳳梨邊說：「這是一幅美麗的風景。」日前，臺大教授謝佩芬學姊來訪，「好田窩」主人打開家門，然後逕自去鳳梨田忙碌；讓我們自在地看碧竹、看芭蕉、看水榭迴廊、聽水榭風來，品味著一室的清雅，民風的醇厚。安心，是在嘉義大學五年最深的體會；研究，則是教學之外，最是趣味的本源。

　　在碩專班開課「花間詞」，總是有導生來旁聽，趨車同赴「林森校區」途中，小小車廂內也響起了似曾相識的師生對話。感於腹笥甚儉，吾　師王偉勇先生慨然應允共同指導後，導生王佩如、洪珮文、黃鈺琪、羅佳韋相繼參與接受史研究的行列。而我，在「教學相

長」的應許中,「溫庭筠接受研究」成為必然的責任。從《溫庭筠辨疑》,到《溫庭筠接受研究》;從辨正是非,到讀者接受的探索,研究對象一樣,但開啟了不一樣的研究視野。

「一部文學作品,並不是一個自身獨立、向每一時代的每一讀者均提供同樣觀點的客體。它不是一尊紀念碑,形而上學地展示其超時代的本質。它更多地像一部管弦樂譜,在其演奏中不斷獲得讀者新的反響,使本文從詞的物質形態中解放出來,成為一種當代的存在」[1]。溫庭筠是詞史的源頭,歷代讀者眾多,如何呈現最具詞學意義的讀者接受,是筆者長期思索、關注的焦點。最終,擇定由「第一讀者」切入,因為他是「以其獨到見解和精闢的闡釋,為作家作品開創接受史、奠定接受基礎、甚至指引接受方向的那位特殊讀者;從此,這位『第一讀者』的理解和闡釋,便受到一代又一代讀者的重視,並在一代又一代的接受之鍊上被充實和豐富」[2]。「接受」與「不接受」交響,是溫庭筠接受中最具特色的一環,其中的「第一讀者」,同樣成為本書討論的重點。由此開展為:「競唱與不唱——晚唐對溫庭筠詞的接受」、「花間鼻祖——溫庭筠詞史地位的確立」、「浮豔與側豔——《唐書》的側豔說」、「常州詞派——溫庭筠詞的新接受」等論題,以展現動態的溫庭筠接受過程,考察接受現象中的詞學意義,提供新的思考結果與學術見解。

自構思到成書,將及四載,多蒙青眼與關照。蒙國科會專題研究計畫補助,乃無後顧之憂;蒙系上師生,多致慰問,點燃能量。但覺

1　〔德〕姚斯、〔美〕霍拉勃撰,周寧、金元浦譯:《接受美學與接受理論》(瀋陽市:遼寧人民出版社,1987 年 9 月),頁 26。

2　陳文忠:《中國古典詩歌接受史》(合肥市:安徽大學出版社,1998 年 8 月),頁 64。

蓮花步步，愉快人間！唯資鈍學淺，缺失不周之處，在所難免，尚祈知音君子，不吝教正。

郭娟玉謹識於嘉義大學滴水閣

102 年 12 月 26 日

第一章
緒論
——古來知者竟誰人

第一節　溫庭筠詞的困惑與接受

　　「詞」至溫庭筠，始以獨特的體性與「詩」畫境；他以「花間鼻祖」、「詞宗」之姿，流聲千古。然而無論生前身後，疵議如影隨形，始終與褒美並行。溫庭筠在〈山中與諸道友夜坐聞邊防不寧因示同志〉詩中，曾有這樣的表白：

> 龍沙鐵馬犯煙塵，跡近羣鷗意倍親。風卷蓬根屯戊己，月移松影守庚申。韜鈐豈足為經濟？巖壑何嘗是隱淪？心許故人知此意，古來知者竟誰人？[1]

「身閒如雲，心熱如火」，正是溫庭筠一生的寫照，也是這首詩的最佳註解。經世的熱情與堅持，在晚唐末世的亂局中，在牛李黨爭的傾軋中，在宦官奪權的禍害中，在詩人懷才不遇的嘆息中，轉換為入世與出世的矛盾。他以「幽屏臥鷦鴣」[2]，形容自己的政治處境；以

1　〔唐〕溫庭筠撰，〔明〕曾益原注，〔清〕顧予咸補注、顧嗣立重校，王國安校點：《溫飛卿詩集箋注》（上海市：上海古籍出版社，1980年7月），卷4，頁105-106。
2　〔唐〕溫庭筠：〈開成五年秋，以抱疾郊野，不得與鄉計偕至王府。將議遐適，隆冬自傷，因書懷奉寄殿院徐侍御、察院陳、李二侍御，回中蘇端公，鄠縣韋少府，

「自笑漫懷經濟策，不將心事許煙霞」[3]、「自知終有張華識，不向滄洲理釣絲」[4]，展現矛盾中的堅持；以「三秋庭綠盡迎霜，唯有荷花守紅死」[5]，自許自己的人格品質。「心熱如火」，又擁有過人的音樂、文學天賦，在「舞看新翻曲，歌聽自作詞」[6]的樂舞風潮中，在「歡生雅」[7]的文人雅筵酒令中，溫庭筠從詩到詞，從「他」而「她」，為美人代言，「謝娘無限心曲」成為書寫的主旋律，變奏出另一種新的「心曲」。調新、律新、詞新，使得溫庭筠詞大受歡迎，也為這種新興的「音樂文學」奠定體性；然而「曲子詞」原出於娛賓遣興，體調的卑格，成為詞體肇建者難以脫卸的道德枷鎖。愛之，撰之，唱之，卻又卑之，譴責之，「作小詞」往往是文人成名後備受道德疵議的罪證。他所描繪的「心曲」雖不乏解人，然而人品、詞品的困惑糾纏，使得「古來知者竟誰人」的長歎，隨著詞史的長河，悠悠流轉，無計消停。

「論詞莫先於品」[8]，是清代劉熙載提出的論詞主張。以人品論詞品，見諸文獻始於清代，但這種觀念在詞體形成之初即已普遍存在。

就溫庭筠而言，自唐宣宗大中年間宰相令狐綯上奏「有才無行，不宜與第」，不但阻絕了他的科舉之途，也為他的人品定讞。筆記小說偏向於塑造高才敏捷、狂放不羈的形象，新舊《唐書》則圍繞著「有才無行」建構溫庭筠的傳記。史書的權威性，往往使得後代讀者

兼呈袁郊、苗紳、李逸三友人一百韻〉，《溫飛卿詩集箋注》，卷6，頁123。

3 〔唐〕溫庭筠：〈郊居秋日有懷一二知己〉，《溫飛卿詩集箋注》，卷4，頁82。

4 〔唐〕溫庭筠：〈題西明寺僧院〉，《溫飛卿詩集箋注》，卷4，頁84。

5 〔唐〕溫庭筠：〈懊惱曲〉，《溫飛卿詩集箋注》，卷2，頁51。

6 〔唐〕白居易：〈殘酌晚餐〉，〔清〕彭定求、楊中訥等編：《全唐詩》（北京市：中華書局，1996年），卷456，頁5165。

7 〔唐〕劉禹錫：〈樂天以愚相訪沽酒至歡因成七言聊以奉答〉，同前註，卷360，頁4073。

8 劉熙載：《藝概》（臺北市：金楓出版有限公司，1986年12月），卷4〈詞曲概〉，頁150。

無條件地接受史傳作者的褒貶，而據以評定溫庭筠的人品，甚至評定詞品。如李冰若《栩莊漫記》云：

> 飛卿其人，具詳舊史，綜觀其詩詞，亦不過一失意文人而已，寧有悲天憫人之懷抱？……以無行之飛卿，何足以仰企屈子？其詞之豔麗處，正是晚唐詩風，故但覺鏤金錯彩，炫人眼目，而乏深情遠韻。[9]

葉嘉瑩先生也有相類的看法：

> 以作者而言，則自飛卿之生平及為人考之，溫氏似但為一潦倒失意、有才無行之文士耳，庸詎有所謂忠愛之思與夫家國之感者乎？故其所作，當亦不過逐絃吹之音所製之側詞豔曲耳。[10]

　　兩家之言，皆因張惠言以「感士不遇」說溫庭筠詞而發，不是從讀者接受的角度，而是用「人品」作為溫庭筠詞無寄託的最主要證據。尤有甚者，如胡國瑞〈論溫庭筠詞的風格〉云：

> 《新唐書》又說他曾「丐錢揚子院，夜醉，為邏卒折其齒。」他有甚麼理由要向妓院討錢呢？我想可能是要索創作歌詞的潤筆。這一事實，也就透露了他創作歌詞的一個重要動機，無非也是「以文為貨」。由此可見，溫庭筠為人的品格確實是有問題的。[11]

9　李冰若：《花間集評註》（臺北市：鼎文書局，1974年10月），頁10。

10　葉嘉瑩：〈溫庭筠詞概說〉，收入《迦陵論詞叢稿》（臺北市：明文出版社，1981年9月），頁16-17。

11　胡國瑞：〈論溫庭筠詞的風格〉，《文學遺產增刊》六輯（北京市：聯合出版社，1958年5月），頁179-191。

「揚子院」，是唐代鹽鐵轉運在「揚子」設置的巡院，是鹽鐵轉運的機構。胡氏誤解為「妓院」，因此導出「丐錢揚子院」是向妓院索討潤筆的說法，證明溫庭筠「以文為貨」，進而論定其「人品確實是有問題的」。這樣的誤解又為後來的讀者所接受，而陳陳相因，如徐興菊〈論溫庭筠的以文為貨〉說：

> 溫庭筠乞索的「揚子院」，胡國瑞先生和林邦鈞先生均認為是妓院。揚子院既為妓院，就「需要大量的歌曲來迎合客人的需要，而天賦高超的音樂才能及清俊爽麗的詩才使溫庭筠具備了按曲填詞的基本條件」。事實上，「溫庭筠大部分詞作乃是為歌而作」。正是與妓院有文章交易，溫庭筠才會來揚子院「乞索」。若非如此，一般求丐者在妓院能得溫飽恐怕已是萬幸了，溫庭筠何來「醉」呢？[12]

誤解「揚子院」為「妓院」，遂理所當然地得出溫庭筠在妓院求丐的說法，論定溫庭筠「以文為貨」。循著這樣的理路，聯繫到詞風的判定，甚至對〈花間詞序〉也產生誤解。如唐圭璋、鍾振振合編《唐宋詞鑑賞辭典·前言》云：

> 「自南朝之宮體，扇北里之倡風」，不難看出，他們是跟著溫庭筠走的，而《花間集》首先入選的，也正是溫詞！難怪後人稱溫氏為「花間派」的鼻祖。……他們的作品確是「宮體」和「娼風」的混合物。[13]

---

12 徐興菊：〈論溫庭筠的以文為貨〉，《山西師大學報·哲社版》，第31卷第2期（2004年4月），頁100。

13 唐圭璋、鍾振振合編：《唐宋詞鑑賞辭典·前言》（上海市：江蘇古籍出版社，1999年1月），頁4。

　　溫庭筠反對南朝宮體，曾說「南朝漫自稱流品，宮體何曾為杏花」[14]？歐陽炯〈花間集序〉嚴詞批判「自南朝之宮體，扇北里之倡風，何止言之不文，所謂秀而不實」[15]，卻被斷章取義，甚至認為是溫庭筠領導「宮體、倡風」。又如楊海明〈心曲的外物化與優美化──論溫庭筠詞〉一文，也同樣截取這一段話，作為「溫詞內容專主香豔文學原因方面的解釋」[16]。從史傳到《花間集》，從「有才無行」到「宮體、倡風」，由人品而詞品，形成一條接受史鍊，誤解漫延不已。

　　何以見「揚子院」即聯想「妓院」？見「宮體倡風」即聯想溫庭筠詞？顯然與溫庭筠狂游狎邪的形象深植人心有關，如追本溯源，則史傳應是印象的本源。史傳的取材是否偏頗？訛誤？闕漏？是否可以完全信從？研治溫庭筠生平的學者，給出了不同的答案。他們為了考索行實、繫連年譜，需要考察當代政治、社會、文化等外在歷史條件，更要全面研讀溫庭筠所有的作品，因此在客觀的考證中，有了更深刻的理解與同情。如夏承燾〈溫飛卿繫年〉認為「好譏訶權貴，多犯忌諱，取憎於時」[17]，顧學頡〈新舊唐書溫庭筠傳訂補〉論溫庭筠晚年廢卒事云：

　　　　觀「牓文」有「聲詞激切」及「時所難著」之語，或是翁詔詩
　　　　篇諷刺時政，而庭筠牓之，遂觸忌而遭廢耶？亂離之世，文網
　　　　嚴密，動觸忌諱，古今一轍，屬文至此，不禁為之深慨也。[18]

14〔唐〕溫庭筠：〈杏花〉，《溫飛卿詩集箋注》卷9，頁201。

15〔五代〕趙崇祚輯：《花間集》（臺北市：鼎文書局，1974年10月，影印南宋紹興本《花間集》），頁1-2。

16 楊海明：〈心曲的外物化和優美化──論溫庭筠詞〉，《文學評論》（1984年4月），頁87。

17 夏承燾：〈溫飛卿繫年〉，《唐宋詞人年譜》（上海市：中華書局，1961年12月），頁385。

18 顧學頡：〈新舊唐書溫庭筠傳訂補〉，《國文月刊》第62期（1947年12月10日），

學者繫年生平、作品，訂補傳記訛誤，因此質疑史傳「薄於行，無檢幅」的定評，認為溫庭筠人品亟需重新評價。如陳尚君〈溫庭筠早年事跡考辨〉[19]即駁斥史傳筆記，認為溫庭筠一生所受迫害，極慘重酷烈，非「不修邊幅」所能解釋，其間應有更深刻的政治原因。其原因主要有五：一、是對甘露事變的態度，溫庭筠同情遇害的王涯。二、是隨圭峰宗密學禪，圭峰曾參與甘露之變密謀。三、是入東宮從莊恪太子李永游，但莊恪於政爭中受譖暴死。四、是「等第罷舉」前後，即開成四年至會昌元年（839-841）之間，正值文宗死武宗立，宦官發動政變之際，溫庭筠負讒畏譏罷舉遁逃。五、是在牛李黨爭中浮沉，按宣宗以穆、敬、文、武諸帝為逆，斥李黨為奸邪。溫庭筠於文宗時，曾入莊恪門下，有從逆之嫌；會昌時與李黨魁首過往密切，在附邪之列。大中年間，又轉求牛黨首領令狐綯汲引。不但依違兩黨之間，且恃才傲物，好譏訶權貴，諷刺時政。因此，造成當權者的謗忌，這才是飛卿淪落不第的真正原因。文末，他再舉飛卿任國子助教時獎掖寒素，牓邵謁等人詩文於禮部，稱其：「識略精微，堪裨教化；聲詞激切，曲備風謠」（〈牓國子監〉）。印證飛卿反對權貴壟斷科舉，取人重才不畏權勢的態度。並引裴坦所書貶隋縣制詞：「放騷人於湘浦，移賈誼於長沙」；進士紀唐夫為之鳴冤作詩：「鳳凰詔下雖霑命，鸚鵡才高卻累身」[20]；又死後二十餘年，猶有人為他叫屈，請雪冤「以厭公議」[21]，以此見飛卿為當權者迫害時，公議是寄同情於他

頁23。

19 陳尚君：〈溫庭筠早年事迹考辨〉，《中華文史論叢》1981年第2期，頁245-267。

20 〔唐〕裴庭裕：《東觀奏記》（臺北市：藝文印書館，1955年《百部叢書集成》影印〔明〕商濬校刊《稗海》本），卷下，頁9。

21 事見辛文房《唐才子傳》：「憲，庭筠之子也。龍紀元年，李瀚榜進士及第。去為山南節度府從事，大著詩名。詞人李巨川草薦表，盛述憲先人之屈，辭略曰：『娥眉先妒，明妃為去國之人；猿臂自傷，李廣乃不侯之將。』上讀表惻然稱美。時宰

的。傅璇琮撰《唐代科舉與文學》一書，在考察唐代科舉之弊及溫庭筠生平後，亦作出如是結論：

> 溫庭筠，可說是中晚唐科場腐朽風氣的犧牲者。[22]

當治史者傾力於辨正舊史的偏頗、訛誤、脫落之際，詞壇仍不免於陷入舊說的迷障。有鑑於此，筆者撰寫《溫庭筠辨疑》[23]即涵攝其人其詞，從詩、文、小說到詞；從兩唐書傳到筆記小說；從古人評箋，到今人研究，全面研讀考析，擇其關鍵性、根本性的問題重新提問、辨正。考辨、評議的主題有：「生卒年」、「笞逐時間」、「取妓為妻說」、「笞逐事件」、「從遊莊恪」、「等第罷舉」、「大中十年」、「貶尉隋縣」、「東歸與受辱」、「丐錢揚子院」、「任官國子監」、「再貶方城」、「見存詞作」、「飛卿詞之調譜」、「從飛卿詩到詞」、「從張惠言到張以仁——寄託說」、「從劉熙載到葉嘉瑩——非寄託說」、

相亦有知者，曰：『父以竄死，今孽子宜稍振之，以厭公議，庶幾少雪忌之恨。』上領之。」（卷九〈溫憲〉）又計有功《唐詩紀事》謂憲「僖、昭之間，就試於有司，值鄭相延昌掌邦貢，以其父文多刺時，復傲毀朝士，抑而不錄。既不第，遂題一絕於崇慶寺壁。後滎陽公登大用，因國忌行香，見之，憫然動容。暮歸宅，已除趙崇知舉，即召之，謂曰：『某頃主文衡，以溫憲庭筠之子，深怒嫉之。今日見一絕，令人憫然，幸勿遺也。』於是成名。詩曰：『十口溝隍待一身，半年千里絕音塵。鬢毛如雪心先死，猶作長安下第人。』」見〔宋〕計有功撰，王仲鏞校箋：《唐詩紀事校箋》（成都市：巴蜀書社，1989年8月），卷70，頁1869。據周祖譔、吳在慶考證，鄭延昌掌邦貢，因憲「父文多刺時，復傲毀朝士，抑而不錄」，時在光啟二年（886）。李巨川草薦表盛稱憲父之屈，在憲下第，巨川入興元幕時，即光啟三年（887）六月後，亦即憲從事山南之時。僖宗薨於光啟四年（888）三月，葬於十二月，延昌「因國忌行香」，見憲題詩，或即在此時。時值趙崇知舉，故有延昌囑其放憲及第，憲遂於翌年即龍紀元年（889）及第。詳見傅璇琮主編：《唐才子傳校箋》（北京市：中華書局，1990年），卷9〈溫憲〉，頁206-210。

22　傅璇琮：《唐代科舉與文學》（臺北市：文史哲出版社，1994年8月），頁386。

23　郭娟玉：《溫庭筠辨疑》（臺北市：國家出版社，2012年2月）。

「花間與宮體倡風之辨」、「飛卿創作歌詞的態度」、「從『幽屏臥鷓鴣』到『畫屏金鷓鴣』」等，辨疑古今，駁正是非。並聯繫其形跡與心跡，建構立體的生命圖像，期能掃除歷史迷障，為閱讀溫庭筠其人其詞，提供新的理據與思考。

　　然而歷史的訛誤、闕漏、偏頗，可以藉由客觀的史料與證據修正、補充，至於何以會產生這樣的偏頗、闕漏、訛誤？則顯然不只是「是非」問題，而是史觀問題，這就觸及到讀者接受的問題。細讀兩《唐書》，可以發現敘述語境顯露了隱含的意識，如《舊傳》云：「能逐絃吹之音，為側豔之詞」，前行語境是：「士行塵雜，不修邊幅」，後行語境是：「公卿家無賴子弟裴諴、令狐縞之徒，相與蒲飲，酣醉終日，由是累年不第」[24]。原是稱讚溫庭筠具有「逐音填詞」之才，然而上承「士行塵雜，不修邊幅」，下接「蒲飲酣醉」的具體描述，總結以「累年不第」，如是則「逐音填詞」無疑與「無行」劃上等號，成為「累年不第」的原因。再看《新傳》敘述：「然薄於行，無檢幅。又多作側辭豔曲。與貴胄裴諴、令狐縞等蒲飲狎昵。數舉進士，不中第。」[25]語境構設與《舊傳》差同，而云「多作側辭豔曲」，增一「多」字，可見其價值判斷。按「樂」是古聖人怡情的工具，然而「俗樂亂雅」。詞的載體「燕樂」，多採「胡夷里巷」之曲，用於飲筵，施於女樂，就樂種言，即已註定了詞體的卑格。而其「言情」的優長，在「言志」的詩教傳統中，更成為詞體卑下的重要因素。因此，才與德的衝突，藝與道的矛盾價值觀，充溢在唐宋文人的

---

24 〔後晉〕劉昫等撰：《唐書》（北京市：中華書局，1997年3月），卷190下〈文苑下〉，頁5078。

25 〔宋〕歐陽修、宋祁等撰：《新唐書》（北京市：中華書局，1997年3月），卷91〈溫大雅〉附，頁3787-3788。案：本文徵引溫庭筠傳記之處繁多，為免詞費，以下不另作註，但稱《舊傳》、《新傳》。

論述中。樂書作者，如崔令欽既撰作《教坊記》，又戒之以「嗜慾近情」[26]；曲詞作者，則一方面愛而作之，一方面焚毀不暇。如和凝少時「好為曲子詞」，「洎入相，專托人收拾焚毀不暇」[27]，但仍得到「曲子相公」的輕蔑稱號。胡寅〈酒邊詞序〉說：

> 詞曲者，古樂府之末造也。……然文章豪放之士，鮮不寄意於此者，隨亦自掃其跡，曰浪謔遊戲而已。[28]

從託詞「浪謔遊戲」，可見愛而難捨；作而「自掃其跡」，則是自保的行為。向子諲不捨「自掃其跡」，而是結集出版《酒邊詞》，懼以「詞」害「德」，胡寅因此特意強調他「宏才偉績，精忠大節」，後人不宜「昧其平生，而聽其餘韻」[29]，企圖以其政績人品，來保證作品的品格，以此脫解道德教化的不安。歐陽修所謂「坐則讀經史，臥則讀小說，上廁欲閱小詞」[30]，讀小詞只用「上廁」時間，如此則無損於修業窮道，無損於德，曲折反映了寄情小詞與詩人之旨的矛盾。詞是音樂文學，迥非尋常之才可致，足以顯露作者的才情與藝術成就。但礙於道德教化，作者往往自負於填詞之才，肯定其藝術價質；卻又自限於詩人之旨，自卑其體格。愛好填詞、讀詞、評詞，卻又「小」之，譴責之，尤其「多作」者如無相稱的功業德望，往往謗

---

26 〔唐〕崔令欽著，任二北箋訂：《教坊記箋訂》（臺北市：宏業書局，1973年1月），頁190。

27 〔五代〕孫光憲：《北夢瑣言》，見史雙元編：《唐五代詞紀事會評》（合肥市：黃山書社，1995年12月），頁547。

28 金啟華等編：《唐宋詞集序跋匯編》（臺北市：臺灣商務印書館，1993年2月），頁117。

29 同前註，頁117。

30 〔宋〕歐陽修：《歸田錄》（臺北市：藝文印書館1965年影印〔清〕張海鵬輯《學津討原》本），卷下，冊1036，頁547。

議滿身，這是唐宋代文人常見的矛盾意識。從這樣的角度觀察，溫庭筠是「詞宗」，是「花間鼻祖」，史傳以「多作側辭豔曲」罪其「無行」，應是這種矛盾意識的反映，也是導夫先路難以脫卸的命運。

從兩《唐書》往上溯源，五代《花間集》推尊為冠冕，後人卻以「宮體、娼風」解之；唐代飲筵競唱，卻也有周德華以「浮豔」而不唱。兩《唐書》而下，有宋代王灼將「側辭豔曲」解為「淫言媟語」[31]；也有清代常州詞派，從張惠言「感士不遇」到陳廷焯「自寫性情」的深刻解讀。溫庭筠在詞史上具開創地位與典範意義，但其間「接受」與「不接受」或「不能接受」交錯，毀譽、評價兩極，形成了波瀾起伏的接受歷史。這樣的現象是由詞作的內在條件所決定？或是由讀者的品味期望以及相關的社會歷史文化條件所決定？應是研究溫庭筠的重要課題。閱讀溫庭筠所以多「疑」，正反映了歷代讀者不同的接受現象；筆者前撰《溫庭筠辨疑》，釐清了許多重要疑點，由於著重在「是非」的辨正，讀者接受的部分未曾深探。因此，筆者撰寫《溫庭筠接受》可說是前述研究的拓展，主要目的在於：

一、展示動態的飛卿詞接受過程：偉大的作品能顯示多樣的側面，蘊藏著無窮的涵義，而這些涵義多是在長久積累的接受歷史中漸漸揭開。每個時代、每個讀者，都可能在其中發現新的側面和特點，並賦予自己的、新的解釋。溫庭筠詞蘊含豐富的意義潛能，不可能由某一代讀者或某一讀者所窮盡，而是在不斷延伸的接受鍊中漸次展開。在開展的過程中，每一時代所展現的形象、面貌，都是當代讀者參與、整合的結果。對於溫庭筠這樣的經典作家而言，尤應考鏡源流，作多角度的探尋，展示立體、動態的接受過程。

31〔宋〕王灼：《碧雞漫志》，輯入唐圭璋編《詞話叢編》（臺北市：新文豐出版公司，1988年），卷2，頁88。

　　二、考察接受現象中的詞學意義：梳理溫庭筠其人其詞在當代及後世讀者、作者、闡釋者中的反應、批評、議論，發抉在不同時代審美視野中的溫庭筠價值、文本意義、聲譽顯晦等軌跡，從中探知特定時期中的文學風氣、價值觀念、審美視界和文化心態的發展變化，有助於理解詞學流變的內涵。

　　三、提供新的思考結果與學術見解：除了探究歷代讀者的反應、批評內涵，並以對歷代接受史作現代思考和重新分析闡釋為目標。系統整理舊說，排除曲說誤解，以提供新的思考結果和學術見解。

　　溫庭筠的接受史源遠流長，有解人、有誤讀者、更有不接受者，其毀譽交錯的現象極為突出。誠如高中甫所言「任何一位偉大作家，都應當也有必要為他寫一部接受史，這是文學科學的一個內容，也是構成一部完整的文化史、社會史的一個部分」[32]。溫庭筠是開創性的典範人物，實有必要從讀者接受的角度切入，微觀其在不同時代、不同讀者的接受現象，以歸納變化的軌跡；也有必要由散到整、全面深入地探討其接受歷程。藉此，一方面能更深刻地去認識溫庭筠，同時也反映不同時代的審美情趣、鑑賞能力、期待視野等發展與變化。這是溫庭筠研究，也是詞學研究值得深入開發的領域。

第二節　從「第一讀者」論溫庭筠接受

　　德國「接受美學」與美國「讀者反應批評」，相繼於六〇、七〇年代興起，使「讀者」正式進入文學的本體研究中，並掀起了世紀風潮。自九〇年代以來，引進、探討接受美學理論者，如張廷琛《接受理論》、朱立元《接受美學》、張思齊《中國接受美學導論》、鄧新華

---

32 高中甫：《歌德接受史》（北京市：社會科學文獻出版，1993 年 4 月），頁 2。

《中國古代接受詩學》等[33]，為學界提供了接受美學的理論基礎。早期
將接受理論與方法運用於古典文學研究者，如楊文雄《李白詩歌接受
史》、陳文忠《中國古典詩歌接受史》等[34]，則為學界提供了新的方法
與研究範式，爾後循此途徑者彬彬大盛。目前有關接受史的研究，多
取鑑陳文忠《中國古典詩歌接受史研究》揭示的理論方法[35]。他為了
建立自己的接受美學，而在西方接受理論的基礎上，提出中國古典詩
歌接受史研究的方法，可分為三個層面：

其一，效果史研究：考察作品審美效果的嬗變衍化和成因規律，
包括讀者群的構成及其變遷，不同時代讀者對作品的接納反應及作品
的顯晦聲譽，進而透過作品效果史探尋文藝風氣和審美趣味的演變軌
跡等等。而如何捕捉和再現歷史上產生的審美效應，是效果史研究的
首要問題。首先，可通過入選選本的起始、數量和選本的影響，考察
其效果史的延續和規模。其次，通過了解選本詩評、詩話作者的特
點，考察讀者群構成及反應。此外，在詩話筆記中還有大量有關其他
讀者的記載，歷代的論詩詩、論詩絕句也是重要材料。效果史考察是
接受史研究的第一步，具有如下意義：就作品本身而言，其聲譽的顯
晦升降，是其藝術生命存在和延續的標誌；就接受活動而言，透過作
品不同的效果史，可以進而認識同時代文藝風氣和審美趣味的變化軌
跡，這更為重要。

其二，闡釋史研究：在效果史考察的基礎上繼續深化，即進入闡

---

33 張廷琛：《接受理論》（成都市：四川文藝社，1989 年 5 月）；朱立元：《接受美學》
  （上海市：上海人民出版社，1989 年 8 月）；張思齊：《中國接受美學導論》（成都
  市：巴蜀書社，1989 年 4 月）；鄧新華：《中國古代接受詩學》（武漢市：武漢出版
  社，2000 年 10 月）。
34 楊文雄：《李白詩歌接受史》（臺北市：五南圖書出版公司，2000 年 3 月）；陳文
  忠：《中國古典詩歌接受史》（合肥市：安徽大學出版社，1998 年 8 月）。
35 陳文忠：《中國古典詩歌接受史研究》，頁 14-26。

釋史研究。乃以詩評家為主體，是歷代詩評家對作品的創作根源、詩旨內涵、風格特徵、審美意義等進行分析闡釋所形成的歷史；而闡釋史研究，則是對歷代闡釋的現代思考和重新分析，是闡釋的闡釋，以提供新的思考結果和學術見解為目標。具有如下意義：其一，展示闡釋歷程，發覺整體意義。其二，比勘前人精見，解決學術疑難。其三，立足作品實際，探索詩學規律。

其三，影響史研究：當一篇作品對後代作家產生了創作影響，被歷代同題同類之作反覆摹仿、借鑑、翻用，就形成了它的影響史。換言之，就是受到藝術原型和藝術母題的影響啟發，形成文學系列的歷代作品史。影響史研究，具有如下意義：其一，參比異同優劣，提高鑑賞能力。其二，總結影響規律，豐富創作方法。其三，開闊理論視野，更新詩學觀念。

目前文學接受史研究多採用此三條線索，然而誠如陳文忠所言「就具體作品而言，這三者的歷史容量和學術價值各不相等」[36]。此外，管見以為就作家的接受史而言，如分為三條線索，作縱的繫連，雖可見各類接受史的流變，卻有以下缺點：其一，由於分類切割，未作橫向的勘比，不能展現一時代的整體變化與特色。其二，由於中國作家與西方不同，往往兼具讀者、作者、批評者於一身，按其接受資料頗難於切割分類。如勉強分類，恐陷於複查的窘境，且無法系統呈現接受史上某些獨特的現象。因此，本文針對溫庭筠接受的特點，並借鑑前賢的研究方法，擬從以下兩方面思考：

其一，以「第一讀者」為主軸：

姚斯描述接受史的形成過程，曾提出「第一讀者」的問題。所謂接受史上的「第一讀者」，指的是「以其獨到見解和精闢的闡釋，為

---

36 同前註，頁26。

作家作品開創接受史、奠定接受基礎、甚至指引接受方向的那位特殊
讀者；從此，這位『第一讀者』的理解和闡釋，便受到一代又一代讀
者的重視，並在一代又一代的接受之鍊上被充實和豐富」[37]。就溫庭筠
詞而言，一代有一代的讀者，包括「第一讀者」和「第二讀者」。溫
庭筠詞的接受，就是由歷代的「第一讀者」與無數的「第二讀者」綿
延相續的接受闡釋構成的。這些開創接受史、奠定接受史、甚至指引
接受方向的特殊讀者，無疑是接受史研究上最有意義的切入點。

其二，以「接受」與「不接受」並重

「不接受」或「不能接受」，也是接受史上重要的一環。如范攄
《雲溪友議》記載，當飲筵競唱溫庭筠詞而打令的時候，對於溫庭筠
的〈新添聲楊柳枝〉「一尺深紅蒙麴塵」、「井底點燈深燭伊」二詞，
周德華「以為浮豔而不取焉」[38]。周德華是一代名妓，她的看法具有相
當的影響力，《花間集》未錄這兩闋詞，可能就是因為這個原因。而
這樣的評價，與兩《唐書》所說的「側詞豔曲」，應有臍帶相連的關
係。又如李冰若《栩莊漫記》主張「飛卿所為詞，正如唐書所謂側詞
豔曲，別無寄託可言」[39]。由前述「不接受」之例，可見接受史上「側
豔」說的鍊帶關係，顯見他們在各時代都是指引接受方向的特殊讀
者。因此，本文擬以「接受」與「不接受」並重，完整觀照溫庭筠接
受史上的各個面向。

文學作品的生命體現於生產（作家創作）——本文（作品）——
接受（讀者閱讀）這三個環節的動態過程之中。姚斯《接受美學與接
受理論》揭示「一部文學作品，並不是一個自身獨立、向每一時代的

---

37 陳文忠：《中國古典詩歌接受史研究》，頁64。
38 〔唐〕范攄：《雲溪友議》（臺北市：新文豐出版公司，1985年《叢書集成新編》影
  印〔明〕商濬校刊《稗海》本），卷10，頁57。
39 李冰若：《花間集評註》，卷1，頁44。

每一讀者均提供同樣觀點的客體。它不是一尊紀念碑，形而上學地展示其超時代的本質。它更多地像一部管弦樂譜，在其演奏中不斷獲得讀者新的反響，使本文從詞的物質形態中解放出來，成為一種當代的存在」[40]。讀者既非消極、被動的接受，而是構成文學史的能動因素；作品的意義既來自讀者的接受，其歷史性也就體現於歷代的閱讀行為之中；而讀者在接受中，往往也參與了作品意義和價值的創造。姚斯因此認為「第一個讀者的理解將在一代又一代的接受鍊上被充實和豐富，一部作品的歷史意義就是在這過程中得以確定，它的審美價值也是在這過程中得以證實」[41]。就溫庭筠接受而言，自晚唐以迄清代，「接受」與「不接受」並峙，其間的「第一讀者」皆展現出鮮明的特色，影響著後代的讀者。本文因此正本清源，以最具意義的「第一讀者」為研究的切入點，由此發展為以下四大主題：

一 競唱與不唱——晚唐對溫庭筠詞的接受

晚唐合樂設酒的宴飲風氣極盛，酒令著辭可以說是文人雅集的靈魂。其間，雖有大眾競唱，有帝王愛唱〈菩薩蠻〉詞，但也有歌女不唱〈新添聲楊柳枝〉詞，溫庭筠詞的傳播與接受呈現多樣的面貌。溫庭筠詞為何會成為酒令歌唱的流行範本？主客觀的條件為何？在唐人的筆記小說與詩文中，都提供了清晰的線索。因此，首先分從「歌令著辭的條件——知音協律，高才敏捷」、「世人趨新的期待——著辭新曲，豔唱新詞」兩方面探討，前者著意於作者，後者著意於讀者與作品，而總為〈飲筵競唱——酒令歌唱的流行範本〉一節，置於篇

---

40 〔德〕姚斯、〔美〕霍拉勃撰，周寧、金元浦譯：《接受美學與接受理論》（瀋陽市：遼寧人民出版社，1987年9月），頁26。

41 同前註，頁25。

首。在唐代讀者中,「唐宣宗」以帝王的身分,「令狐綯」以宰相的身分,演繹了一齣獻〈菩薩蠻〉詞的故事。〈菩薩蠻〉十四闋,《花間集》列於篇首,是溫庭筠的代表作。這些作品何以受到青睞?獻詞故事是否為真?在第二節〈帝王知音——唐宣宗愛唱〈菩薩蠻〉詞〉中,擬分從「帝王詔取永豐柳」、「令狐綯密進〈菩薩蠻〉詞」、「傳統中的創新——論溫庭筠〈菩薩蠻〉詞」等三方面探討。至於周德華不唱溫詞,有審美因素,也有其專業考量;而筆記小說將溫庭筠、裴諴之作並舉,亦值得商榷。因此,分別提出「溫、裴之詞是否可以相提並論?」、「周德華何以不唱〈新添聲楊柳枝〉詞?」兩項議題,總為〈浮豔之美——周德華不唱〈新添聲楊柳枝〉詞〉一節,置於篇末。

二 花間鼻祖——溫庭筠詞史地位的確立

晚唐詞人皇甫松與溫庭筠遭際相類,有高才,有高志,卻困頓不遇,進退不得,只得在宴樂中抒發感情。溫庭筠有意識地運用「詞」特有的抒情功能,挹注了文人的靈魂與藝術技巧,與詩歌分流,成為嶄新的抒情文體。皇甫松則著意唐代酒令,所著《醉鄉日月》是親歷飲筵的紀錄,既呈現了「歌詞」產生、流播的背景,也得以一窺晚唐文人情懷與填詞觀念。本篇以《花間集》為主體,皇甫松是《花間》詞人,因其詞體接受的觀念具有前導的意義,因此別立〈從唐代酒令論晚唐的詞人情懷〉一節,置於篇首討論。《花間集》的成書,展現了對溫庭筠詞接受的新觀念,標誌著溫庭筠詞史地位的確立。因此,在第二節〈《花間集》——溫庭筠詞接受的新觀念〉中,即嘗試從新觀念延展,分為「溯源正體——詞體意識的開啟」、「冠冕溫詞——花間鼻祖的定位」、「由俗入雅——文人集體的雅化」三項主題探

項主題探討。《花間集》原非宗派詞選，然而趙崇祚編選、歐陽炯撰序既推尊為「宗主」，而《花間集》詞人的群體接受，形成後人所謂「花間詞派」，因此有了宗派詞選的意義。就詞學發展而言，溫庭筠詞所表現的詞體特徵，因《花間》詞人群體的接受與承襲，而深化定型。第三節〈詞學意義——情感的雅化與寓象化〉即針對此，分從「閨音——抒情主體的凝定」、「言長——主題內容的偏向」、「言長——詞體美學的特徵」等三項體性特徵，探討溫庭筠詞與《花間》詞人接受所顯示的詞學意義。

三　浮豔與側豔——《唐書》的「側豔」說

　　宋代是詞體成熟、興盛的時代，詞人各擅所長，自成格調。溫庭筠詞雖然因《花間集》的流播，為世人習知，卻已不再是歌唱、創作摹習的範本。就溫庭筠接受而言，最引人注目的是自兩《唐書》云溫庭筠「能逐弦吹之音，為側豔之詞」、「多作側辭豔曲」，詞品「側豔」說即開始形成；而所謂「士行塵雜，不修邊幅」、「薄於行，無檢幅」，則開啟了「薄行無檢」的人品說。從周德華的「浮豔」說，到史傳形成的「側豔」說，有其接受的鍊帶關係，然而史傳所稱的「側豔」在唐代原非專指「豔情」而言。「側豔」文獻雖源於史傳，但其詞義的轉變，則源於王灼《碧雞漫志》以「淫言媟語」解讀「側辭豔曲」[42]；史傳所云「側辭豔曲」意在美其音樂文學之才，然而前後語境強調薄行無檢、狂遊狎邪，隱含的貶意，則容易引人聯想與誤解。從史傳敘述的語境，可知溫庭筠「多作側辭豔曲」，是評定其「無行」的重要原因，而這樣的「才德矛盾」，與唐宋詞人對詞體所

42〔宋〕王灼：《碧雞漫志》，輯入唐圭璋編：《詞話叢編》，卷2，頁88。

顯示出的矛盾價值觀，可謂相互呼應。本篇因此首先釐清唐人所稱「豔曲」與「豔詞」的指涉，其次探討從「浮豔」到「側豔」的接受現象，終則從唐宋詞人的矛盾價值觀，探討溫庭筠接受障礙的歷史成因。

四　常州詞派 ── 溫庭筠詞的新接受

清代詞學號稱中興，溫庭筠詞接受也掀起了另一波高峰。歷經元代兵燹，明詞中衰，清人面對失樂之詞，總結前人創作經驗，並在明人草創的基礎上完成詞體格律，使「詞」由音樂文學蛻變為純文學。詞體由「樂律之文」，變為「寓目之文」，在衰頹與變革後，重新界定詞的體性成為詞家的關注焦點。張惠言選輯《詞選》，以「意內言外」說詞，提出比興寄託說，開創常州詞派。他推尊溫庭筠，以「感士不遇」詮解其〈菩薩蠻〉、〈更漏子〉諸詞，雖不免於依類指實之弊，卻讓溫庭筠接受從人品的糾葛中掙脫，關注於多義、富厚的內蘊，開啟新的接受視野。從「象必有喻」到「仁者見仁，智者見智」，從探求作者寄託之意，到容許讀者有解釋的空間，周濟不但修正了張惠言之說，且以「渾厚」稱美溫庭筠詞。譚獻提出「作者之心未必然，讀者之心何必不然」，將闡釋的主動權歸屬於讀者，進一步解決張惠言的理論困境，常州詞派的讀者接受理論更趨完備。陳廷焯論詞，從浙西到常州，從「雅正」到「沉鬱」，隨著詞學觀點不同，其對溫庭筠詞的品評重點亦有不同。前期以「淒豔為飛卿本色」，後期轉趨深刻，以「性情之厚」、「自寫性情」說溫詞，為溫庭筠詞接受開啟更寬廣的視野。

第二章

競唱與不唱

——晚唐對溫庭筠詞的接受

「南山宿雨晴，春入鳳凰城。處處聞弦管，無非送酒聲。」[1]這是劉禹錫〈路傍曲〉形容洛陽城裡管弦處處，聲歌接響的盛況。聽歌看舞，撰寫歌辭，是唐代文人社會生活的重要部分，試觀白居易在〈殘酌晚餐〉詩中的描寫：

> 閒傾殘酒後，煖擁小爐時。舞看新翻曲，歌聽自作詞。
> 魚香肥潑火，飯細滑流匙。除卻慵饞外，其餘盡不知。[2]

隋唐以來燕樂漸興，飲筵酒令歌舞風行，或是因雅飲而按令著辭，或是才情所趨、興之所至而按曲填詞，或為觀賞，或為助興，中唐以降，製曲填詞風氣大開。

溫庭筠（801-866）一生，歷德宗、順宗、憲宗、穆宗、敬宗、文宗、武宗、宣宗、懿宗等九朝，在尚文學、重科舉的末世亂局中，奮力於科舉之途，期能實現自我的經世理想。然而「龍門有萬仞之險，鸑谷無孤飛之羽」[3]，溫庭筠雖博學多才，卻因諷時刺世，得罪多

1　〔清〕彭定求、楊中訥等編：《全唐詩》（北京市：中華書局，1996年），卷364，頁4105。

2　同前註，卷456，頁5165。

3　〔唐〕黃滔：〈司直陳公墓誌銘〉，〔清〕董誥等輯《全唐文》，周紹良主編《全唐文新編》（長春市：吉林文史出版社，1999年12月），卷826，頁10392。

方，不僅難得一第，且屢受謗議貶黜。他雖然仕途受挫，但本於「有
弦即彈，有孔即吹」的音樂天才[4]，「凡八叉手而八韻成」的敏捷文
才[5]，在新興的音樂文學——曲子詞的領域裡，引領風騷。

　　他製新曲，填新詞，在世人趨新的期待中，所作以調新、律新、
詞新，廣受世人喜愛與傳播。他的詞作，既成了飲筵酒令歌唱的流行
範本，也因為唐宣宗愛唱〈菩薩蠻〉而演繹了一齣獻詞故事，至於歌
女周德華不唱其〈新添聲楊柳枝〉詞，則是羣聲競唱所引起的餘響。
上至宮廷，下至歌女，競唱與不唱，從不同面向反映了溫庭筠詞的傳
播與接受。本章因此據以分節標目，嘗試從這三種不同的接受面向，
探析晚唐對溫庭筠詞的接受。

第一節　飲筵競唱——酒令歌唱的流行範本

　　歐陽炯〈花間集序〉論唐代歌詞的發展，曾如是說：

> 有唐已降，率土之濱，家家之香逕春風，寧尋越豔；處處之紅
> 樓夜月，自鎖嫦娥。在明皇朝，則有李太白應制〈清平樂〉詞
> 四首。近代溫飛卿復有《金筌集》。邇來作者，無愧前人。[6]

〈花間集序〉是詞史上第一篇詞論，晚唐、五代時代相及，由當代人
論當代事，更能探察歷史的真相。由前述歐陽炯這段話，可見唐代歌
詞之制作，與當時的飲筵風氣有關。是時國勢昌盛，經濟繁榮，家家

4　〔五代〕孫光憲：《北夢瑣言》（臺北市：藝文印書館，1966年《百部叢書集成》影
　　印《雅雨堂藏書》本），卷20，頁2-3。

5　同前註，卷4，頁12。

6　〔五代〕趙崇祚輯：《花間集》（臺北市：鼎文書局，1974年10月，影印南宋紹興
　　本《花間集》），頁2。案：以下徵引，版本同此，不另作註，但註明書名、頁碼。

蓄養歌姬，處處舞榭歌臺，備足聲色之樂，因著市場的需要，歌詞的
創作亦隨之大盛。其中，李白於玄宗時曾應制〈清平樂〉詞四首，
稍後的溫庭筠更有歌詞的專集──《金荃集》，當代作者輩出。雖然
歐陽炯說的是《花間集》產生的環境背景，但溫庭筠身為「花間鼻
祖」，無疑也清楚地說明了溫庭筠詞產生的背景。

　　《金荃集》的問世，標示了溫庭筠是唐代第一位，也是詞史上第
一位有歌詞專集的文人。《金荃集》今已不傳，但歐陽炯〈花間集
序〉特為標出，可見該書於「大蜀廣政三年（940）夏四月」《花間
集》成書之際，仍流播風行於世。趙崇祚《花間集》輯選的是「詩客
曲子詞」五百首，目的是「庶使西園英哲用資羽蓋之歡，南國嬋娟休
唱蓮舟之引」[7]，亦即想「要用這本精選的詩人高雅之作，取代南朝以
來流行的鄙俗的內容空洞的歌詞，使上層社會不必唱那些不文、不實
的作品」[8]。從這些資料看來，溫庭筠詞在唐五代的流播與接受情況，
可得而言者有二：

　　其一，《花間集》是歌詞的精選集，所選溫庭筠詞多達十八調六
十六闋之夥，《金荃集》應是輯選溫庭筠詞的重要選源，推測《金荃
集》所錄當不止此數。如此不登大雅之堂的文體──歌詞，竟能結集
出版；當然和溫庭筠的音樂、文學天才有關，也和他傲岸獨行、勇於
和當世價值抗衡的性格有關，但更重要的應和市場的接受度有關。由
晚唐《金荃集》的初版，到五代《花間集》精選再版的內容，可見溫
庭筠詞流播之廣遠，傳唱之熱度。

　　其二，《花間集》推出之後，極受市場歡迎；然而《花間集》的
暢銷，卻很可能使《金荃集》失去市場價值，終至亡佚。按〈花間集

7　〔五代〕歐陽炯〈花間集序〉，紹興本《花間集》，頁 2。

8　張以仁：〈花間集序的解讀及其涉及的若干問題〉，《花間詞論續集》（臺北市：中
　　央研究院中國文哲研究所，2006 年 8 月），頁 14。

序〉選詞的標準，溫庭筠詞因其音律、內容、文詞之美，為《花間集》所接受；而隨著《花間集》的行銷，溫庭筠詞更得以流播不墜。

此外，從〈花間集序〉可知歌詞傳播的場所在「飲筵」，而飲筵的參與者則有「嬋娟」、「詩客」，亦即樂人（飲妓與樂工）、文士都是當時歌詞創作與傳播的重要成員。溫庭筠詞的傳播與接受，正是建立在這樣的基礎上，晚唐范攄《雲溪友議》也有相應的記載：

> 裴郎中諴，晉國公次子也。足情調，善談諧。與舉子溫岐為友，好作歌曲，迄今飲席，多是其詞焉。……二人又為〈新添聲楊柳枝〉詞，飲筵競唱其詞而打令也。[9]

范攄生卒年不詳，按《雲溪友議》所記及於唐僖宗乾符六年（879）事，則其成書當在此後。溫庭筠卒於懿宗咸通七年（866），所謂「迄今飲席，多是其詞焉」，可見乾符年間溫庭筠詞仍是飲席中流行的「歌曲」。所謂「飲筵競唱其詞而打令」，聯繫「迄今飲席，多是其詞焉」並觀，足證溫庭筠詞是晚唐飲筵中應用極廣、極受歡迎的酒令曲。

「飲筵」是唐代文人熱衷參與的社會生活，他們藉此娛樂、交際、遊戲，而酒令則是其中的核心。隨著飲筵風氣的盛行，唐代的酒令有著超軼前代的發展。唐李肇《唐國史補》云：

> ……平、索、看、精四字令，至李稍雲而大備，自上及下，以為宜然。大抵有律令，有頭盤，有拋打，蓋工於舉場，而盛於使幕。[10]

---

9 〔唐〕范攄：《雲溪友議》（臺北市：新文豐出版公司，1985年《叢書集成新編》影印〔明〕商濬校刊《稗海》本），卷10，頁57。

10 〔唐〕李肇：《唐國史補》（臺北市：世界書局，1959年），卷下，頁61。

李稍雲是唐玄宗時人，按這段記載，可見當時酒令伴隨著舉場、使幕宴遊風氣而大備。又宋人王讜《唐語林》記載唐代酒令的發展云：

> 壁州刺史鄧宏慶，飲酒（置）「平」、「索」、「看」、「精」四字。酒令之設，本〈骰子〉、〈卷白波〉律令。自後聞（間）以〈鞍馬〉、〈香毬〉或〈調笑〉拋打時上酒，「招」、「搖」之號。其後「平」、「索」、「看」、「精」四字與律令全廢，多以「瞻相」、「下次據」上酒，絕人罕通者。「下次據」一曲子打三曲子，此出於軍中邠善師酒令，聞於世。[11]

王小盾據此考證唐代酒令藝術的演進過程，大體可分為四個階段：

1. 隋唐之際，繼承前代骰子令、「卷白波」律令階段。
2. 高宗間，增加「四字令」的階段。
3. 開元、天寶以迄中唐，律令、骰盤、拋打三大酒令成熟的階段。
4. 中晚唐，律令廢止，瞻相令一類動作令和下次據令一類歌舞令盛行的階段。

其中，「律令」是傳統常見的酒令形式，以語言文字的遊戲為主。亦即「按照一定的法度，主要採用言語的方式，在同席之中依次巡酒行令」。所謂「頭盤」，又稱「投盤令」、「骰盤令」，是一種結合博戲的酒令。唐代主要流行「陸博」、「樗蒲」、「雙陸」三種博戲，骰盤令即結合這三種博戲，特點是「根據擲骰所得的『采』以及與之相對應的條例來決定飲次」。「拋打令」與歌舞結合，是唐代特有的一種藝術化的酒令。其特點是「通過巡傳行令器物，以及巡傳中止時的拋擲遊戲，來決定送酒歌舞的次序。因此，它是針對歌舞者以及飲酒者兩方面的酒令形式」。「瞻相令」，又名「占相」，是一種姿勢令，有

---

11 〔宋〕王讜：《唐語林》（臺北市：廣文書局，1968年6月），卷8，頁311。

搖頭擺首等頭部動作,主要流行於民間。「下次據令」產生於軍中,流行於晚唐,是一種規則化的改令,即在某一酒令的範圍之內,由與筵者輪番持令。[12] 這些酒令往往不是單獨進行,而是依其娛樂性質的不同,按飲筵氛圍的營造並用於一堂。如皇甫松《醉鄉日月》云:「大凡初筵,皆先用骰子。蓋欲微酣,然後迤邐入酒令。」[13] 指的就是由骰盤令而進入拋打令的過程。

唐代文人對於能行酒令,是相當得意的。如韓愈〈醉贈張祕書〉詩云:「長安眾富兒,盤饌羅羶葷;不解文字飲,唯能醉紅裙。」[14] 諷刺唯務飲酒,不能行酒令者。劉禹錫〈路傍曲〉云:「處處聞弦管,無非送酒聲」[15],則說明了當時飲筵酒令的風行。溫庭筠能在這樣的風潮中,受到時人的喜愛而「競唱」其詞,箇中原由可以從個人才情、及時人喜好兩方面來觀察:

一 歌令著辭的條件──知音協律 高才敏捷

酒和歌舞在古人的生活中,本即相互伴隨,至於唐代則與流行的酒令結合。自律令、骰盤令、拋打令、瞻相令以至於下次據令,歌舞化、令格化始終隨著這段歷史進程而發展,成為唐代酒令的重要藝術特徵。原是宴飲輔助的歌舞,成為酒席中的主要節目,皇甫松在《醉

---

12 以上關於唐代酒令的敘述,據王小盾:《唐代酒令藝術》(臺北市:文津出版社,1993年3月),第八章〈酒令藝術的文化背景〉,頁245-246,第一章〈唐代酒令〉,頁10、頁21、頁35,第五章〈下次據令和敦煌舞譜〉,頁157-158。

13 〔唐〕皇甫松撰《醉鄉日月》,今僅存殘本,以〔明〕陶宗儀《說郛》輯錄最夥,惟其版本繁多,本文所據為臺北:國家圖書館善本書室所藏藍格舊鈔本,該書卷58輯錄14則,所收最全。案:下文微引,為免詞費,但註明篇目。

14 〔清〕彭定求、楊中訥等編:《全唐詩》,卷337,頁2774。

15 同前註,卷364,頁4105。

鄉日月》中標舉的「合樂設酒」，正反映了這樣的轉變。唐代的酒筵歌舞有兩種形式，一種是觀賞性質的，亦即歌舞伎表演歌舞，飲酒者觀賞歌舞，兩者身分有別。一種是遊戲性質的，「在這種歌舞中，飲酒者同時是表演者，節目是臨時確定的，其歌詞大都是即興創作」[16]。因此，參與其間的文人，不止要才思敏捷，且須通曉音律。如尉遲偓《中朝故事》曾記載一段故事：

> （劉）瞻至湖南，李庚方典是郡，出迎於江次竹牌亭置酒。瞻唱〈竹枝〉詞送李庚：「躝履過溝（竹枝）恨渠深（女兒）。」庚慴怒，乃上酒於瞻，瞻命庚酬唱，庚云：「不曉詞間音律。」瞻投杯曰：「君應只解為制詞也。」是夕，庚飲鴆而卒。[17]

劉瞻唱〈竹枝〉詞送酒，命李庚酬唱，李推辭說：「不曉音律」而不就。由於此前劉瞻曾因事坐貶，「李庚行誥詞，駁責深焉，將欲加害」[18]。幸遇僖宗初立，蕭倣舉薦而再受重用。此時兩人再見，劉瞻唱〈竹枝〉詞暗諷，又怒責李庚「只解為制詞」；而劉瞻不能酬對，竟至於「飲鴆而卒」，當然還是緣於兩人的恩怨。然而這段故事也說明了著辭歌唱，文學與音樂造詣缺一不可。

　　案唐代「著辭」，據王小盾考證可分為兩類：（一）送酒著辭：唐人酒筵，凡勸人酒，須以歌送；凡罰人酒，亦有歌送。而飲酒者亦須酬唱，按一定規則令答。送酒著辭包括兩種體裁，一是「謠歌型」：採徒歌形式，無器樂伴奏，是無固定譜式的「無章曲之歌」。一是「曲子型」：即按隋唐燕樂歌唱，亦即有調名、有較穩定的曲

16　王小盾：《唐代酒令藝術》，頁56。

17　〔南唐〕尉遲偓：《中朝故事》（臺北市：臺灣商務印書館，1983年影印文淵閣《四庫全書》本），冊1035，頁813。

18　同前註。

體、經過藝人加工、配入樂器而流行的「有章曲之歌」。具「詞體」
意涵的送酒著辭,即指送酒歌舞中的「曲子辭」,是依照一定曲調而
作的歌辭,具有依調唱和的特點。(二)改令著辭:主要特點是由
與筵者依次為令主,其次則是格式上的規定,它承襲了各種文字令
手法,而更加重視令格規則。改令著辭往往須按雙重令格,亦即形
式(辭式)與內容(題材範圍)上的著辭令格規定。因此,具「詞
體」意涵的改令著辭,其性質特徵大抵有三:其一,命調,須按曲調
令格;其二,命題,須按題材令格;其三,依格式作辭,須按修辭
令格。[19]要言之,無論是送酒著辭或改令著辭,皆須按一定的曲調與
一定的格式要求,由於須及時應對,因此除了兼擅音樂、文學之外,
「敏捷」更是必要的秉賦。

溫庭筠以「才思敏捷」著名,史料中多有相關的記載。如宋祁
《新唐書》說他:

> 少敏悟。工為辭章,……數舉進士,不中第。思神速,多為人
> 作文。大中末試,有司廉視尤謹。庭筠不樂,上書千餘言,然
> 私占授者已八人,執政鄙其為,授方山尉。[20]

溫庭筠工於辭章,不僅能在舉場為人作文,且人數高達八人,這段記
載不盡然為真,但所突顯的「思神速」卻頗有根據的。如五代王定保
《唐摭言》不但記載了科場事,並有具體的描述:

> 溫庭筠燭下未嘗起草,但籠袖憑几,每賦一詠一吟而已,故場

---

19 以上關於唐著辭敘述,參考王小盾《唐代酒令藝術》,頁81-96,並附以己意。

20 〔宋〕歐陽修、宋祁等撰:《新唐書》(北京市:中華書局,1997年3月),卷91,
〈溫大雅附傳〉,頁3787。案:本文徵引飛卿傳記之處繁多,為免詞費,以下不另
作註,但稱《舊傳》、《新傳》。

中號為「溫八吟」。[21]

孫光憲《北夢瑣言》也說：

> 庭筠才思豔麗，工為小賦。每入試，押官韻作賦，凡八叉手而
> 八韻成，時人號「溫八叉」。[22]

在場中能「每賦一詠一吟而已」、「八叉手而八韻成」，贏得了「溫八
吟」、「溫八叉」的名號，顯然聲傳極廣。而在場外，也流傳不少故
事，如《北夢瑣言》云：

> 李義山謂曰：「近得一聯句云：『遠比召公三十六年宰輔』，未
> 得偶句。」溫曰：「何不云：『近同郭令二十四考中書』。」宣
> 宗嘗賦詩，上句有「金步搖」，未能對。遣未第進士對之。庭
> 雲乃以「玉條脫」續之，宣宗賞焉。又藥名有「白頭翁」，溫
> 以「蒼耳子」為對，他皆此類也。[23]

這些應對機敏的故事，在錢易《南部新書》也有相類的記載：

> 大中好文，嘗賦詩，上句有「金步搖」，未能對。進士溫岐即
> 庭筠續之，岐以「玉條脫」應之。宣皇賞焉，令以甲科處之，
> 為令狐綯所沮，遂除為方城尉。初綯曾問故事于岐，岐曰：
> 「出《南華真經》，非僻書也，冀相公燮理之暇，時宜覽古。」
> 綯怒甚。後岐有詩云：「悔讀《南華》第二篇。」

---

21 〔五代〕王定保撰，姜漢椿校注：。《唐摭言校注》（上海市：上海社會科學院出版
　　社，2003 年），卷 13，〈敏捷〉，頁 266。
22 〔五代〕孫光憲：《北夢瑣言》，卷 4，頁 12。
23 同前註，頁 12。

又：

> 令狐絢以姓氏少，族人有投者，不吝其力。由是遠近皆趨之，
> 至有姓胡冒令者。進士溫庭筠戲為詞曰：「自從元老登庸後，
> 天下諸胡悉帶令。」[24]

大中年間，宣宗專寵令弧絢，令狐絢執政十年（大中四年－十三年；850-859），期間溫庭筠雖從游門下，但對於令狐絢父子等專權納賄把持朝政與科舉大門而屢加諷刺，由此得罪權貴，這是溫庭筠即使能為人假手中第，自己卻始終一第難求的原因。從譏諷令狐絢「自從元老登庸後，天下諸胡悉帶令」，到應對宣宗「金步搖」以「玉條脫」，雖然毀譽交加，但才思敏捷的形象卻是深入人心的。文學才能如此，音樂才能更是如此，試看孫光憲《北夢瑣言》的形容：

> 吳興沈徽，乃溫庭筠諸甥也。嘗言其舅善鼓琴吹笛，亦云有弦
> 即彈，有孔即吹，不獨柯亭、爨桐也。制〈曲江吟〉十調，善
> 雜畫。每理髮則思來，輒罷櫛而綴文也。[25]

《桐薪》也如是說：

> 溫岐貌甚陋，號溫鍾馗，不稱才名。最善鼓琴吹笛。云：有絲
> 即彈，有孔即吹，不必柯亭爨桐也。[26]

元代辛文房《唐才子傳》曾就這些故事，做了完整的概括：

---

24 〔宋〕錢易：《南部新書》（臺北市：藝文印書館1965年影印〔清〕張海鵬輯《學津討原》本），丁，頁9；庚，頁6。

25 〔五代〕孫光憲：《北夢瑣言》，卷20，頁2-3。

26 〔明〕錢希言：《桐薪》（東京市：高橋情報，1991年影印日本內閣文庫藏《松樞十九山》萬曆二十八年序刊本），卷4。

> 少敏悟，天才能走筆成萬言。善鼓琴吹笛，云有弦即彈，有孔
> 即吹，何必爨桐與柯亭也。側詞豔曲與李商隱齊名，時號溫
> 李。才情豔麗，尤工律賦。每試押官韻，燭下未嘗起草，但籠
> 袖憑几，每一韻一吟而已。場中曰『溫八吟』又謂八叉手而成
> 八韻，名『溫八叉』。」[27]

「有弦即彈，有孔即吹」，不但可見其管樂、絃樂兼擅，亦可見其
「才敏」；至於不必柯亭爨桐，可見其不擇器，更突顯了曲藝之精湛，
甚至還能製曲，這樣的音樂才具配合敏捷的文思，置之酒筵自然如魚
得水。

從民間辭，而樂工辭，而飲妓辭，到文人辭，這是唐代曲子辭演
進的歷程。王小盾先生認為自中唐文人加入妓筵，開始大量創作曲子
辭，到了晚唐五代，酒筵著辭已成為文人的日常娛樂方式，配合富於
歌唱的南方音樂，因此產生了大批著辭新曲。其中，最關鍵的人物就
是溫庭筠：

> 文人的積極參與，既表現在將文學修辭手段大量用為著辭令格
> 方面──從溫庭筠起，格律精緻的著辭作品，就成為飲筵競唱
> 的打令範本；又表現在對著辭曲調的選用和創製方面──大批
> 來自南方民間的新聲曲，因其婉轉多變的旋律，而在騷人墨客
> 的筵席上被改製為著辭曲。[28]

這段話可以作為溫庭筠詞在晚唐傳播與接受的註解。唐代音樂蓬
勃發展，到了晚唐臻於高峰，此時展現了重視歌唱的「音律」及「新

---

27 〔元〕辛文房撰，傅璇琮主編：《唐才子傳校箋》（北京市：中華書局，1990年），
　　卷8〈溫庭筠〉，頁435。
28　王小盾：《唐代酒令藝術》，頁298。

聲」這樣的新風氣。誠如王小盾先生所言,「當各種酒令中的送酒辭和改令詞,由於文人的參與而成為擒藻一體的時候,曲子辭的文人化也就實現了」[29]。溫庭筠以其出眾的音樂、文學秉賦,擇用「新聲」著成「協律」、「合韻」的新詞,新詞的熠熠文采與精緻的格律,應和了世人對於曲調、格律、擒藻的期待,因此成為飲筵競唱的歌曲,「打令」的範本。

二　世人趨新的期待——著辭新曲　豔唱新詞

世人對於飲筵歌唱的期待,或者應該說參與飲筵的文人所期待的是甚麼?這可以從中唐大家白居易〈殘酌晚餐〉詩中窺其大較:

> 閑傾殘酒後,煖擁小爐時。舞看新翻曲,歌聽自作詞。
> 魚香肥潑火,飯細滑流匙。除卻慵饞外,其餘盡不知。[30]

飲筵中流露的是詩人的閑情雅致,所言「舞看新翻曲,歌聽自作詞」顯示了時人求「新」的趨向,當然更顯示了文人「以難見才」的用意。而這樣的趨向,具體而微地反映了文人「度曲」、「度詞」的新風氣。常相與唱和的劉禹錫,有一首〈樂天以愚相訪沽酒至歡因成七言聊以奉答〉也呈現了相同的生活情調:

> 少年曾醉酒旗下,同輩黃衣領亦黃。蹴踏青雲尋入仕,蕭條白髮且飛殤。令微古事歡生雅,客喚閑人興任狂。猶勝獨居荒草院,蟬聲聽盡到寒螿。[31]

29　王小盾:《唐代酒令藝術》,頁298。
30　同前註。
31　〔清〕彭定求、楊中訥等編:《全唐詩》,卷360,頁4073。

詩中抒發了官場生涯的慨歎，不過伴隨著仕途的起伏，所謂「令徵古事歡生雅」——雅飲，始終是生活中的樂事。劉禹錫〈拋毬樂〉二首體現了所謂「歡生雅」的酒筵風情：

> 五色繡團圓。登君玳瑁筵。最宜紅燭下，偏稱落花前。上客如先起，應須贈一船。

又：

> 春早見花枝。朝朝恨發遲。及看花落後，卻憶未開時。幸有拋毬樂，一杯君莫辭。[32]

按《唐語林》云：「以〈鞍馬〉、〈香毬〉或〈調笑〉拋打時上酒。」[33]所謂〈香毬〉即〈毬樂〉，是一支拋打樂曲，今存最早的文人詞就是劉禹錫的這兩闋「送酒著辭」。兩詞以拋打令中的香毬為題材，以「行樂須及春」之意遞相聯屬。前一首送酒，故云「應須贈一船」；後一首勸酒，故云「一杯君莫辭」，格式同為：五五五五五五，是一組聯章詞。樂舞既是生活中的樂事，自然處處留心，〈竹枝〉詞就是在劉禹錫的手中有了新的生命，他在〈竹枝詞九首〉序言中說：

> 四方之歌，異音而同樂。歲正月，余來建平，里中兒聯歌〈竹枝〉，吹短笛擊鼓以赴節。歌者揚袂睢舞，以曲多為賢。聆其音，中黃鐘之羽。其卒章激訐如吳聲，雖傖儜不可分，而含思宛轉，有淇濮之豔。昔屈原居沅、湘間，其民迎神，詞多鄙陋，乃為作〈九歌〉，到于今荊楚鼓舞之。故余亦作〈竹枝〉

---

32 曾昭岷、曹濟平、王兆鵬、劉尊明等編：《全唐五代詞》（北京市：中華書局，1999年12月），頁63。

33 〔宋〕王讜：《唐語林》，卷8，頁311。

　　詞九篇，俾善歌者颺之，附于末。後之聆巴歈，知變風之自焉[34]

〈竹枝〉本為巴歈民歌，劉禹錫嘗自言「及謫于沅湘之間，為江山風物所感蕩，往往指事成歌詩」[35]，〈竹枝〉詞九篇應即其中一例。民間的〈竹枝〉其聲、詞或有「傖儜不可分」、「多鄙陋」之病，劉禹錫作〈竹枝〉因此改正傖俗，取其優長──「含思宛轉，有淇濮之豔」，再融通自我情感以成辭。所撰既保留民歌格調清新、節奏明快的特點，更巧用比興、雙關等文學藝術技巧，所表達的情感與內心世界，反映了曲調「含思宛轉」的特色，比民歌更細膩華美、典雅動聽，因此深受歡迎。白居易尤為傾倒，其〈憶夢得〉詩云：

　　齒髮各蹉跎，疏慵與病和。愛花心在否，見酒興如何。
　　年長風情少，官高俗慮多。幾時紅燭下，聞唱竹枝歌。[36]

詩題並自注云：「夢得能唱〈竹枝〉，聽者愁絕。」說明了劉禹錫所唱〈竹枝〉，聲情、詞情之動人。《新唐書・劉禹錫傳》亦特為標舉，稱美云：「作〈竹枝〉辭十餘篇，於是武陵夷俚悉歌之。」[37]這是南方曲調經由文人「推陳出新」，而傳播廣遠的著名例子。

　　〈楊柳枝〉這支北朝曲調的「新唱」，則和白居易有莫大的關係。如段安節《樂府雜錄》云：

　　〈楊柳枝〉，白傅閒居洛邑時作，後入教坊。[38]

---

34 曾昭岷、曹濟平、王兆鵬、劉尊明等編：《全唐五代詞》，頁56。
35〔唐〕劉禹錫：〈劉氏集略說〉（上海市：上海古籍出版社，2002年清嘉慶內府刻本《續修四庫全書》本），冊1035，頁813。
36〔清〕彭定求、楊中訥等編：《全唐詩》，卷449，頁5070。
37〔宋〕歐陽修、宋祁等撰：《新唐書・列傳》，卷168，〈劉禹錫〉，頁5129。
38〔唐〕段安節：《樂府雜錄》（臺北市：新文豐出版公司，1985年《叢書集成新編》

郭茂倩《樂府詩集》云：

> 〈楊柳枝〉，白居易洛中所製也。《本事詩》曰：白尚書有妓樊
> 素善歌，小蠻善舞。嘗為詩曰：「櫻桃樊素口，楊柳小蠻腰。」
> 年既高邁，而小蠻方豐豔，乃作〈楊柳枝〉辭以託意曰：「永
> 豐西角荒園裡，盡日無人屬阿誰。」及宣宗朝，國樂唱是辭。
> 帝問誰辭？永豐在何處？左右具以對。時永豐坊西南角園中有
> 垂柳一株，柔條極茂，因東使命取兩枝植於禁中。居易感上知
> 名，且好尚風雅，又作辭一章云：「定知玄象今春後，柳宿光
> 中添兩星。」河南盧尹，時亦繼和。[39]

段安節、郭茂倩都認為〈楊柳枝〉是白居易閒居洛陽時所創製
的，然而據沈冬先生《唐代樂舞新論》考證，應是源於北朝樂府的
〈折楊柳〉：

> 此曲（〈折楊柳〉）本是西晉末造的民歌，原屬華聲，北朝以
> 後才轉為胡兒快馬的內容、長笛橫吹的形式。「笛吹楊柳」的
> 傳統由六朝綿延入唐，始終未輟；盛唐李白、王翰、王之渙等
> 人詩中所提及的〈折楊柳〉，正是北朝〈折楊柳〉的嫡傳，也
> 是唐人〈楊柳枝〉的先聲。〈楊柳枝〉在初唐雖有喬知之、陳
> 子昂之作，盛唐有賀知章之作，但真正流行還在中唐新翻歌曲
> 之後。[40]

白居易雖然不是〈楊柳枝〉的創製者，但是以其文壇領袖的地

影印〔明〕陸楫輯刻《古今說海》本），頁39。

39 〔宋〕郭茂倩：《樂府詩集》（臺北市：里仁書局，1980 年 12 月），頁1142。

40 沈冬：〈小妓攜桃葉，新歌踏柳枝──民間樂舞楊柳枝〉，《唐代樂舞新論》（臺北
　市：里仁書局，2000 年 3 月 10 日），頁130。

位，既大量創作新詞，所蓄聲妓樊素亦善唱此曲，宣宗時甚至成為國樂唱詞，因此演繹出詔取永豐柳的一段故事，「才子與妍詞」益以君臣相惜的佳話，更促成了這支「洛下新聲」——〈楊柳枝〉的風行。對於這支新翻曲調的愛好，白居易有許多生動的描述，如其〈楊柳枝〉云：

> 六么水調家家唱，白雪梅花處處吹。古歌舊曲君休聽，聽取新翻楊柳枝。[41]

對於因為老病等因素，不得不放籍善唱〈楊柳枝〉的樊素，更有難以忘情的表白。其〈不能忘情吟·並序〉云：

> 樂天既老，又病風，乃錄家事，會經費，去長物。妓有樊素者，年二十餘，綽綽有歌舞態，善唱〈楊枝〉，人多以曲名名之。由是名聞洛下。籍在經費中，將放之。……乃目素分素分，為我歌〈楊柳枝〉。我姑酌彼金罍，我與爾歸醉鄉去來。[42]

對於新唱〈楊柳枝〉，劉禹錫也在唱和中推波助瀾，試觀其〈楊柳枝〉詞：

> 塞北梅花羌笛吹，淮南桂樹小山詞。請君莫奏前朝曲，聽唱新翻〈楊柳枝〉。[43]

白居易高唱「古歌舊曲君休聽，聽取新翻〈楊柳枝〉」；劉禹錫亦同聲唱和「請君莫奏前朝曲，聽唱新翻〈楊柳枝〉」，在兩大詩人的呼籲中反映的不僅是「新翻〈楊柳枝〉」暢銷的情況，更是詩人

---

41 曾昭岷、曹濟平、王兆鵬、劉尊明等編：《全唐五代詞》，頁66。

42 〔清〕彭定求、楊中訥等編：《全唐詩》，卷461，頁5251。

43 曾昭岷、曹濟平、王兆鵬、劉尊明等編：《全唐五代詞》，頁52。

「追新」的心理現象。「喜新厭舊」本是人性，而在這波中唐宴樂風潮中，所謂「舞看新翻曲，歌聽自作詞」，成為「歡生雅」的最高原則。

對於「新曲」、「新詞」的追求，筆記小說也有不少記載。如《雲溪友議》云：

> 咸陽郭氏者，殷富之室也，僕媵甚眾。內有一蒼頭，名曰捧劍，不事音樂，常以望水瞰雲，不遵驅策，雖每遭鞭捶，中所見達。一旦，忽題一篇章，其主益怒。詩曰：青鳥啣葡萄，飛上金井欄。美人恐驚去，不敢捲簾看。儒士聞而競觀之，以為協律之詞。[44]

區區一個蒼頭（僕役），平時不事音樂，一日忽題一篇章竟惹得「儒士聞而競觀之，以為協律之詞」，時人對於新詞的渴求與崇尚可見一斑。從這些追新的事例，分析當時追「新」的內涵，可歸結為：調新，律新，詞新，溫庭筠詞在這樣的背景中生發，包舉著這三項特質，正符合了世人的期待，而大受歡迎。

（一）調新

世人追求新的曲調，但並非盲目追新，誠如賴橋本《詞曲散論》所云「溫氏以前的三十二調，《花間集》、《尊前集》仍然延用的只有七調，而溫氏新創的十五調，《花間集》、《尊前集》仍然沿用的就有十四調之多，一定是他的詞調優美好聽，纔有那麼多人喜歡它，而倚聲填詞，流傳不已」[45]。這段話雖然說的是五代以後的流播情況，但也

44〔唐〕范攄：《雲溪友議》，卷9，頁52。
45　賴橋本：《詞曲散論》（臺北市：文津出版社，1990年3月），頁11。

可以作為晚唐人競唱的註解。

　　飛卿今存詞十八調六十八闋，無論用調之繁，或體式之長短錯落、抑揚有致，並超軼前代。其目如次：

1.〈菩薩蠻〉十四闋

「小山重疊金明滅」、「水晶簾裡玻璃枕」、「蕊黃無限當山額」、「翠翹金縷雙鸂鶒」、「杏花含露團香雪」、「玉樓明月長相憶」、「鳳凰相對盤金縷」、「牡丹花謝鶯聲歇」、「滿宮明月梨花白」、「寶函鈿雀金鸂鶒」、「南園滿地堆輕絮」、「夜來皓月纔當午」、「雨晴夜合玲瓏日」、「竹風輕動庭除冷」。

2.〈更漏子〉六闋

「柳絲長」、「星斗稀」、「金雀釵」、「相見稀」、「背江樓」、「玉鑪香」。

3.〈歸國遙〉二闋

「香玉」、「雙臉」。

4.〈酒泉子〉四闋

「花映柳條」、「日映紗窗」、「楚女不歸」、「羅帶惹香」。

5.〈定西蕃〉三闋

「漢使昔年離別」、「海燕欲飛調羽」、「細雨曉鶯春晚」。

6.〈楊柳枝〉八闋、題〈新添聲楊柳枝〉二闋

「宜春苑外最長條」、「南內牆東御路傍」、「蘇小門前柳萬條」、「金縷毿毿碧瓦溝」、「館娃宮外鄴城西」、「兩兩黃鸝色似金」、「御柳如絲映九重」、「織錦機邊鶯語頻」、「一尺深紅蒙麴塵」、「井底點燈深燭伊」。

7.〈南歌子〉七闋

「手裡金鸚鵡」、「似帶如絲柳」、「墮低梳髻」、「臉上金霞細」、「撲蕊添黃子」、「轉盼如波眼」、「懶拂鴛鴦枕」。

8.〈河瀆神〉三闋

「河上望叢祠」、「孤廟對寒潮」、「銅鼓塞神來」。

9.〈女冠子〉二闋

「含嬌含笑」、「霞帔雲髮」。

10.〈玉胡蝶〉一闋

「秋風淒切傷離」。

11.〈清平樂〉二闋

「上陽春晚」、「洛陽愁絕」。

12.〈遐方怨〉二闋

「憑繡檻」、「花半坼」。

13.〈訴衷情〉一闋

「鶯語」。

14.〈思帝鄉〉一闋

「花花」。

15.〈夢江南〉二闋

「千萬恨」、「梳洗罷」。

16.〈河傳〉三闋

「江畔」、「湖上」、「同伴」。

17.〈蕃女怨〉二闋

「萬枝香雪開已遍」、「磧南沙上驚雁起」。

18.〈荷葉杯〉三闋

「一點露珠凝冷」、「鏡水夜來秋月」、「楚女欲歸南浦」。

上述十八調，見錄於《教坊記》的有〈歸國遙〉、〈酒泉子〉、〈定西蕃〉、〈南歌子〉、〈河瀆神〉、〈女冠子〉、〈遐方怨〉、〈訴衷情〉、〈思帝鄉〉、〈荷葉杯〉等十調。不是教坊曲的有〈更漏子〉、〈玉胡蝶〉、〈河傳〉、〈蕃女怨〉等四調，而飛卿之前詞家亦不見填

製。此外，〈菩薩蠻〉、〈楊柳枝〉、〈清平樂〉、〈夢江南〉等四調，則已見於李白、白居易等文人詞。

筆者所撰《溫庭筠辨疑》曾詳考飛卿詞之調譜，為呈現「調新」在接受上的意義，以下歸納為三項，略作說明：

1. 創調

案：凡曲名不見於《教坊記》，前此亦無例可考，可能是飛卿自度曲者，此類稱為「創調」。〈蕃女怨〉一調，既不見《教坊記》記載，唐五代亦只見《花間》所錄飛卿詞，餘無他作。《詞譜》云：「唐溫庭筠二詞，俱詠蕃女之怨，故詞中有雁門、沙磧諸語。」《詞律》則謂「此詞起於溫八叉」。張夢機《詞律探源》云：「溫詞二首俱詠蕃女之怨，故名。」[46]飛卿曾於太和年間出塞從軍，〈蕃女怨〉二闋很可能正是當時的作品。兩詞皆切合本題，以聯章形式歌詠戍邊情事，與創調者多述本意之例相合，疑此調或即為飛卿所創。

2. 新製詞調

案：始用舊曲填製新詞，文字體式上或與舊式不同，前此無例可考者，稱為「新製詞調」。有〈更漏子〉、〈玉胡蝶〉、〈河傳〉、〈歸國遙〉、〈酒泉子〉、〈南歌子〉、〈河瀆神〉、〈女冠子〉、〈遐方怨〉、〈訴衷情〉等十調。

3. 沿用舊調

案：曲調已經前人填製，有例可按者，稱為沿用舊調。有〈菩薩蠻〉、〈清平樂〉、〈楊柳枝〉、〈夢江南〉、〈定西蕃〉、〈思帝鄉〉、〈荷葉杯〉等七調。

飛卿創調、新製詞調有十一調之多，為世人歌唱、填詞提供新的樂調與譜式。即使沿用舊調之作，亦多推陳出新，如〈菩薩蠻〉雖已

---

46 張夢機：《詞律探源》，頁397。

傳唱教坊，然猶俟飛卿詞出，以其詞境深致、韻律圓美，方才引領文人倚聲，風行一世。再如〈楊柳枝〉詞，在白居易、劉禹錫兩大詩人的光環下，飛卿仍以〈新添聲楊柳枝〉詞而讓飲筵「競唱其詞而打令」。吾師沈冬先生認為飛卿的〈新添聲楊柳枝〉，「當是在音樂上又增加了新腔。時人對於此腔愛好之甚，所以才會『競唱其詞而打令』」[47]。可見飛卿挾管絃之才，能創製新調，能按舊曲填製新詞，亦能沿用舊調翻為新曲，多樣的曲調與韻律讓世人耳目一新，競唱不已。

（二）律新

鄭騫先生論溫庭筠詞曾說：

> 溫庭筠上距劉白雖只數十年，詞的面目已經大不相同，所用的詞調，不僅數量較前人為多，而且大部分是長短句並用，句數也較多的真正詞調，不再是絕句式的非詩非詞亦詩亦詞的東西。[48]

劉、白所唱雖然聲傳一世，然而確如鄭先生所言仍是「絕句式的非詩非詞亦詩亦詞」之作。如劉禹錫今存詞四十七闋，所用十詞調，是飛卿以前填詞最多的文人。試觀其體製：

〈紇那曲〉二首：四句二十字，「五五五五」。

〈憶江南〉二首：五句二十七字，「三五七七五」（和樂天春詞）。

〈瀟湘神〉二首：五句二十七字，「三三七七七」。

〈楊柳枝〉十二首：四句二十八字，「七七七七」。

47　沈冬：〈小妓攜桃葉，新歌踏柳枝──民間樂舞楊柳枝〉，《唐代樂舞新論》（臺北市：里仁書局，2000 年 3 月），頁 118。

48　鄭騫：《從詩到曲》，頁 103-104。

〈竹枝〉十一首：四句二十八字，「七七七七」。

〈浪淘沙〉九首：四句二十八字，「七七七七」。

〈拋球樂〉二首：六句三十字，「五五五五五五」。

〈步虛詞〉二首：四句二十八字，「七七七七」。

〈踏歌詞〉四首：四句二十八字，「七七七七」。

〈江南春〉一首：四句二十八字，「七七七七」。

所用詞調多為單調四句，至多五、六句。且句法整齊，屬於七言的有
六調，五言的有二調，長短句的僅有〈憶江南〉、〈瀟湘神〉二調。
至於用韻，俱屬單韻形式，除了〈步虛詞〉「阿母種桃雲海際」協仄
韻，其餘皆協平聲韻。再如白居易存詞六調二十八闋：

〈楊柳枝〉十首：四句二十八字，「七七七七」。

〈竹枝〉四首：四句二十八字，「七七七七」。

〈浪淘沙〉六首：四句二十八字，「七七七七」。

〈憶江南〉二首：五句二十七字，「三五七七五」。

〈宴桃源〉三首：七句三十五字，「六六五六二二六」。

〈長相思〉二首：八句，「三三七五；三三七五」。

所用詞調多與劉禹錫同，其中唯〈宴桃源〉、〈長相思〉為長短句形
式。至於用韻，除〈宴桃源〉屬仄韻格，其餘俱為平韻格。飛卿詞則
不然，其韻律隨著調式的多樣，而抑揚長短，變化多端。為窺其律
度，以下按其韻法，分項略述：

1. 平韻格

　　（1）〈玉胡蝶〉

　　飛卿〈玉胡蝶〉一闋，雙調四十一字，前段四句四平韻，後段四
句三平韻：

　　　　秋風淒切傷離韻　　行客未歸時協　　塞外草先衰協　　江南雁到遲協

芙蓉凋嫩臉_句　楊柳墮新眉_協　搖落使人悲_協　斷腸誰得知_協

此詞押第三部平聲韻，八句而七句協韻，用韻頗密。

（2）〈南歌子〉

飛卿〈南歌子〉七闋，俱為單調二十三字，五句：「五五五五三」，三平韻，七闋平仄如一。以其一為例：

手裡金鸚鵡_句　胸前繡鳳凰_韻　偷眼暗形相_韻　不如從嫁與_句
作鴛鴦_韻

此詞押第二部平聲韻，《詞律》、《詞譜》俱錄為正體。

（3）〈遐方怨〉

飛卿〈遐方怨〉二闋，單調三十二字，七句：「三三四七七五三」，四平韻。以其一為例：

憑繡檻_句　解羅帷_{平韻}　未得君書_句　斷腸瀟湘春雁飛_協　不知
征馬幾時歸_協　海棠花謝也_句　雨霏霏_協

此詞押第三部平聲韻，《詞律》、《詞譜》俱錄為正體。

（4）〈思帝鄉〉

飛卿〈思帝鄉〉一闋，單調三十六字，七句：「二五六三六五六三」，五平韻：

花花_{仄韻}　滿枝紅似霞_協　羅袖畫簾腸斷_句　卓香車_協　回面共
人閒語_句　戰篦金鳳斜_協　惟有阮郎春盡_讀不歸家_協

此詞押第十部平聲韻，《詞律》錄為「又一體」，《詞譜》則列為「正體」。

（5）〈楊柳枝〉

　　飛卿〈楊柳枝〉八闋，俱為單調三十八字，四句：「七七七七」，三平韻，以其四為例：

　　　　金縷毶毶碧瓦溝韻　　六宮眉黛蕊香愁韻　　晚來更帶龍池雨句，
　　　　半拂闌干半入樓韻。

此詞押第十二部平聲韻，《詞譜》錄為正體，《詞律》則錄「館娃宮外鄴城西」詞為正體。

　　（6）〈夢江南〉

　　飛卿〈夢江南〉二闋，俱為單調二十七字，五句三平韻，以其一為例：

　　　　千萬恨句　　恨極在天涯韻　　山月不知心裡事句　　水風空落眼前
　　　　花韻　　搖曳碧雲斜韻

《詞譜》錄李白此調「江南好」為正體，而參酌此詞格律定譜。

2. 仄韻格

　　飛卿〈歸國遙〉二闋，俱雙調四十二字，八句：「二七六五；六五六五」，前後段各四句四仄韻，句句用韻：

　　　　雙臉仄韻　　小鳳戰篦金颭艷協　　舞衣無力風斂協　　藕絲秋色染協
　　　　錦帳繡帷斜掩協　　露珠清曉簟協　　粉心黃蕊花靨協　　黛眉山兩
　　　　點協

《詞譜》錄此詞為正體，《詞律》則列為〈歸國謠〉又一體。[49]

49　案：《詞律》以〈歸自謠〉、〈歸國遙〉為同調異名，並以「謠」或作「遙」，因列
　　此詞入〈歸國謠〉又一體「四十二」字。然〈歸自謠〉、〈歸國遙〉當判為二體，
　　不可混淆，筆者前已辨明。詳見《溫庭筠辨疑》（臺北市：國家出版社，2012年2
　　月），頁459-460。

3. 轉韻[50]

（1）〈菩薩蠻〉

　　飛卿〈菩薩蠻〉十四闋，俱雙調四十四字，八句：「七七七七；七七五五」，前後段各四句兩仄韻兩平韻，以其一為例：

　　　小山重疊金明滅仄韻A　鬢雲欲度香腮雪韻A　懶起畫蛾眉平韻B
　　　弄妝梳洗遲韻B　照花前後鏡換仄韻C　花面交相映韻C　新帖繡
　　　羅襦換平韻D　雙雙金鷓鴣韻D。

此詞上片一、二句協第十八部入聲韻，三、四句協第三部平聲韻；下片一、二協第十一部仄聲韻，三、四句協第四部平聲韻，屬轉韻：ABCD形式。

（2）〈更漏子〉

　　飛卿〈更漏子〉六闋，俱雙調四十六字，前後段各六句：「三三六三三五；三三六三三五」，四換韻：上片二仄韻二平韻，下片三仄韻二平韻。以其一為例：

　　　玉鑪香句紅蠟淚仄韻A　偏照畫堂秋思韻A　眉翠薄句　鬢雲殘平韻B

---

50 「轉韻」或稱「換韻」，即用不同韻部的字，無論平韻或仄韻，逐次轉換，而鮮回復的現象。其形式為A、B、C（或又回復為A）、D，如〈菩薩蠻〉、〈更漏子〉、〈清平樂〉即是。按：詞的協韻，夏承燾〈詞韻約例〉分為十一類：一、一首一韻；二、一首多韻；三、以一韻為主，間協他韻；四、數部韻交協；五、疊韻；六、句中韻；七、同部平仄通協；八、四聲通協；九、平仄韻互改；十、平仄韻不得通融；十一、協韻變例。龍沐勛《唐宋詞格律》分為五類：一、平韻格；二、仄韻格；三、平仄轉換格；四、平仄通協格；五、平仄韻錯協格。徐信義《詞學發微》則綜合前說，分為三類：一、單韻，分平聲韻、仄聲韻，又有：必用入聲韻、宜用上聲韻、宜用去聲韻等三種；二、多韻，分：轉韻、遞韻、間韻等三種；三、平仄通協。本文論詞的協韻，按徐信義《詞學發微》分類（臺北市：華正書局，1985年7月）；詞韻分部，則按〔清〕戈載《詞林正韻》。

> 夜長衾枕寒韻B　梧桐樹換仄韻C　三更雨韻C　不道離情正苦韻C
> 一葉葉句　一聲聲換平韻D　空階滴到明協D

此詞上片第二、三句押第三部仄聲韻，第五、六句換第七部平聲韻；下片第一、二、三句換第四部仄聲韻，第五、六句換第十一部平聲韻，屬「轉韻」：ABCD形式。

（3）〈河傳〉

飛卿〈河傳〉三闋，俱雙調五十五字，十四句：「二二三六七二五；七三五三三二五」，前段七句兩仄韻五平韻，後段七句三仄韻四平韻，惟韻法稍異。其中「江畔」、「同伴」兩闋韻法相同，以「江畔」詞為例：

> 江畔仄韻A　相喚協A　曉妝鮮平韻B　仙景個女採蓮協B　請君莫
> 向那岸邊協B　少年協B　好花新滿船協B　紅袖搖曳逐風暖協仄A
> 垂玉腕協A　腸向柳絲斷協A　浦南歸換平韻C　浦北歸協C　莫知
> 協C　晚來人已稀協C

此詞上片一、二兩句押第七部仄聲韻，三至七句換押第七部平聲韻；下片一、二、三等句押第七部仄聲韻，四、五、六、七等句換押第三部平聲韻，屬「轉韻」：「ABAC」形式。另一首「湖上」，則與此小異：

> 湖上仄韻A　閒望協A　雨蕭蕭平韻B　煙浦花橋路遙協B　謝娘翠
> 蛾愁不消協B　終朝協B　夢魂迷晚潮協B　蕩子天涯歸棹遠換仄C
> 春已晚協C　鶯語空腸斷協C　若耶溪換平韻D　溪水西協D　柳堤
> 協D　不聞郎馬嘶協D

此詞上片一、二兩句押第二部仄聲韻，三至七句換押第八部平聲韻；

下片一、二、三等句換押第七部平聲韻，四至七句換押第三部平聲韻。用韻逐次轉換，未曾回復，屬於「轉韻」：「ABCD」形式。

（4）〈蕃女怨〉

飛卿〈蕃女怨〉二闋，俱為單調三十一字，七句：「七四三三四七三」，但韻法不同。試觀其詞：

> 其一
>
> 萬枝香雪開已遍仄韻A　細雨雙燕協仄A　鈿蟬箏句　金雀扇協仄A
> 畫梁相見協仄A　雁門消息不歸來換平B　又飛回協平B
>
> 其二
>
> 磧南沙上驚雁起仄韻A　飛雪千里協仄A　玉連環句　金鏃箭換仄B
> 年年征戰協仄B　畫樓離恨錦屏空換平C　杏花紅協平C

兩詞雖同為七句六韻，同為「轉韻」，但第一首四仄韻換二平韻（其形式為AB），第二首二仄韻換二仄韻換二平韻（其形式為ABC）。

（5）〈河瀆神〉

飛卿〈河瀆神〉三闋，俱為雙調四十九字，八句：五六七六、七六六六。前段四句四平韻，後段四句四仄韻。《詞譜》錄「河上望叢祠」為正體：

> 河上望叢祠平韻A　廟前春雨來時協A　楚山無限鳥飛遲協A　蘭
> 橈空傷別離協A　何處杜鵑啼不歇仄韻B　豔紅開盡如血協B　蟬
> 鬢美人愁絕協B　百花芳草時節協B

此詞上片押第三部平聲韻，下片押第十八部入聲韻，屬於轉韻：AB形式。

（6）〈女冠子〉

飛卿〈女冠子〉二闋，俱為雙調四十一字，九句：「四六三五

五；五五五三」，前段五句兩仄韻兩平韻，後段四句兩平韻。《詞律》、《詞譜》並錄「含嬌含笑」為正體：

> 含嬌含笑_{仄韻A}　宿翠殘紅窈窕_{協A}　鬢如蟬_{換平韻B}　寒玉簪秋水_句　輕紗捲碧煙_{協B}　雪胸鸞鏡裡_句　琪樹鳳樓前_{協B}　寄語青娥伴_句　早求仙_{協B}

此詞上片一、二句押第八部仄聲韻，以下換押第七部平聲韻，屬於轉韻：AB形式。

（7）〈清平樂〉

> 上陽宮晚_{仄韻A}　宮女愁蛾淺_{韻A}　新歲清平思同輦_{韻A}　怎奈長安路遠_{韻A}　鳳帳鴛被徒熏_{平韻B}　寂寞花鎖千門_{韻B}　競把黃金買賦_句　為妾將上明君_{韻B}。

此詞上片押第七部仄聲韻，下片換押第六部平聲韻，屬於轉韻：AB形式。

4. 遞韻

　　飛卿〈定西蕃〉三闋，雙調三十五字，八句：「六三三三；六五六三」。三詞平仄如一，其用韻皆屬於「遞韻」：ABAB形式[51]，但韻法小異。如：

> 漢使昔年離別_{仄韻A}　攀弱柳_句　折寒梅_{平韻B}　上高臺_{協B}　千里玉關春雪_{協仄A}　雁來人不來_{協平B}　羌笛一聲愁絕_{協仄A}　月徘徊_{協平B}

---

51 據徐信義《詞學發微》，「遞韻」即二部韻或數部韻（不論平仄）交遞協韻，或稱交協。其形式為：ABAB。

此詞前後段起句，及後段第三句間押仄韻，飛卿別首「海燕欲飛調羽」與此同。又如：

> 細雨曉鶯春晚_{仄韻A}　人似玉_句　柳如眉_{平韻B}　正相思_{協B}　羅幕
> 翠簾初捲_{協仄A}　鏡中花一枝_{協平B}　腸斷塞門消息_句　雁來稀_{協平B}

此詞前後段起句間押仄韻，後段第三句不用韻，與前首異。《詞譜》錄前首為正體，此首為又一體。

5. 間韻

（1）〈酒泉子〉

飛卿〈酒泉子〉四闋，其中「花映柳條」、「日映紗窗」、「楚女不歸」等三闋，俱為雙調四十字，十句：「四六三三三；七五三三三」；惟「羅帶惹香」為四十一字體：「四六三三三；七六三三三」，其第七句作六字與他體作五字者異。至其協韻，雖同為十句八韻，都屬於無論平仄，以一部為主，中間夾有他部協韻之「間韻」形式[52]。但其中又有不同，可分為三式：

其一，以平聲韻為主，前後段間入兩仄韻，「花映柳條」、「日映紗窗」屬之。以其一為例：

> 花映柳條_{平韻A}　閒向綠萍池上_{仄韻B}　凭欄干_句　窺細浪_{協仄B}
> 雨蕭蕭_{協平A}　近來音信兩疏索_{換仄韻C}　洞房空寂寞_{協仄C}　掩銀
> 屏_句　垂翠箔_{協仄C}　度春宵_{協平A}

此詞上片一、五句與下片末句相協，押平聲韻；上片二、四句相協，押仄聲韻；下片一、二、四句相協，押入聲韻，屬間韻：ABACA形

---

52 據徐信義《詞學發微》，「間韻」是指一首詞中，其協韻，無論平仄，以一部為主，中間夾有他部協韻。

式。

其二，即「花映柳條」體，惟後段起句，仍押前段仄韻，與別換仄韻者不同。如「楚女不歸」：

> 楚女不歸平韻A　樓枕小河春水仄韻B　月孤明句　風又起協仄B
> 杏花稀協平A　玉釵斜簪雲鬟髻協仄B　裙上金縷鳳換仄韻C　八行書句　千里夢協仄C　雁南飛協平A

此詞上片一、五句與下片末句相協，押平聲韻；上片二、四句與下片起句相協，押仄聲韻；下片二、四句相協，押入聲韻，屬間韻：ABABCA形式。

其三，以平聲韻為主，前後段間入兩仄韻。惟後段起句，仍押前段平韻，與別首押仄韻者不同。如「羅帶惹香」：

> 羅帶惹香平韻A　猶繫別時紅豆仄韻B　淚痕新句　金縷舊協仄B
> 斷離腸協平A　一雙嬌燕語雕梁協平A　還是去年時節換仄韻C　綠陰濃句　芳草歇協仄C　柳花狂協平A

此詞上片一、五句與下片一、五句相協，押平聲韻；上片二、四句相協，押仄韻；下片二、四句相協，押入聲韻，屬間韻：ABACA形式。

以上三式最主要的不同，在於下片起句的押韻。於第一式中，它與下片二、四句同協入聲韻；第二式，與上片二、四句同協仄聲韻；第三式，則與上片一、五句及末句同協平聲韻。《詞律》列飛卿「楚女不歸」為「又一體」，《詞譜》則以「花映柳條」為正體，並列「楚女不歸」、「羅帶惹香」為又一體。

（2）〈訴衷情〉

飛卿〈訴衷情〉一闋，單調三十三字，十一句：「二二三三三二

三五二五三」：

　　　鶯語_{仄韻A}　花舞_{協A}　春畫舞_{協A}　雨霏微_{平韻B}　金帶枕_{換仄韻C}
　　宮錦_{協C}　鳳凰帷_{協平B}　柳弱蝶交飛_{協B}　依依_{協B}　遼陽音信
　　稀_{協B}　夢中歸_{協B}

此詞句句用韻：上片一至三句相協，押第四部仄聲韻；上片三句與下
片二至五句相協，押第三部平聲韻；上片末句與下片首句相協，押第
十三部仄聲韻。以平韻為主，間入兩仄韻，屬於間韻：ABCB形式。
《詞律》、《詞譜》俱列為正體。

　　（3）〈荷葉杯〉

　　飛卿〈荷葉杯〉三闋，俱單調二十三字，六句：「六二三七二
三」，三詞平仄悉同，以其一為例：

　　　一點露珠凝冷_{仄韻A}　波影_{協A}　滿池塘_{平韻B}　綠莖紅豔兩相亂
　　_{換仄韻C}　腸斷_{協仄C}　水風涼_{協平B}

此詞句句用韻：一、二句相協，押第十一部仄聲韻；三、六句相協，
押第二部平聲韻；四、五句相協，押第七部仄聲韻。以平韻為主，間
入兩仄韻，屬間韻：「ABCB」形式。《詞律》錄「鏡水夜來秋月」為
正體，《詞譜》則錄此詞為正體。

　　劉禹錫、白居易等雅好新興曲調，在「歡生雅」的生活型態下，
興到填詞，但囿於詩家手眼，多用五七言律絕體式。溫庭筠則不然，
隨著曲調的多樣，其體製、句法、用韻亦靈活多變，顯然已脫出詩家
手筆，創立新局。按前考述，從律度論其出新，可歸納為以下三項：

　　其一，溫庭筠詞所用十八調，同調詞或平仄如一，如〈定西蕃〉
三闋、〈女冠子〉二闋、〈荷葉杯〉三闋、〈歸國遙〉二闋、〈南歌子〉
七闋等，皆格律全同，形成定格。以其知音創調，律度謹嚴、優美，

不獨當代翕然從之，即如清代集詞譜大成之《御製詞譜》，定為譜式者多達十五調十八闋，其目如次：

「正體」十五闋：

〈南歌子〉「手裡金鸚鵡」

〈荷葉杯〉「一點露珠凝冷」

〈楊柳枝〉「金縷毵毵碧瓦溝」

〈蕃女怨〉「萬枝香雪開已遍」

〈遐方怨〉「憑繡檻」

〈訴衷情〉「鶯語」

〈定西蕃〉「漢使昔年離別」

〈思帝鄉〉「花花」

〈酒泉子〉「花映柳條」

〈玉胡蝶〉「秋風淒切傷離」

〈女冠子〉「含嬌含笑」

〈歸國謠〉「雙臉」

〈更漏子〉「玉鑪香」

〈河瀆神〉「河上望叢祠」

〈河傳〉「湖上」

「又一體」三闋：

〈定西蕃〉「細雨曉鶯春晚」

〈酒泉子〉「楚女不歸」

〈酒泉子〉「羅帶惹香」

其二，就體製言，多已脫離絕句形式，單調、雙調兼備。其句法，亦脫離五、七言形式，多用長短句式，錯綜變化。單調如〈訴衷情〉：

鶯語。花舞。春晝舞。雨霏微。金帶枕。宮錦。鳳凰帷。柳弱
蝶交飛。依依。遼陽音信稀。夢中歸。

此調僅二十三字，卻多達十一句。其句式以二、三、五言組成，而以
二、三言短句為主。句句用韻，以平韻為主，間入兩仄韻。全詞句短
韻密，韻律抑揚變化，聲情諧合詞情，巧妙靈動。雙調如〈河傳〉：

江畔。相喚。曉妝鮮。仙景個女採蓮。請君莫向那岸邊。少年
好花新滿舡。　　紅袖搖曳逐風暖。垂玉腕。腸向柳絲斷。浦
南歸。浦北歸。莫知。晚來人已稀。

飛卿創製此調之難能，陳廷焯《白雨齋詞話》曾如此評價：

〈河傳〉一調，最難合拍。飛卿振其蒙，五代而後，便成絕
響。[53]

劉毓盤《詞史》也有極高的評譽：

其真能破詩為詞者，始於李白之〈憶秦娥〉詞，極於溫庭筠
〈河傳〉詞。[54]

觀飛卿此調五十五字，與七律（五十六字）差同，但全篇卻多達
十四句。卻又句句用韻，而逐次轉換，句法參差錯落，以二、三、
五、六、七字句錯雜用之，極長短句之能事，體現了詞體音韻格律之
美。陳、劉之評，的非虛語。

其三，就韻法言，除了單韻的平韻格：〈玉胡蝶〉、〈南歌子〉、
〈思帝鄉〉、〈遐方怨〉、〈楊柳枝〉、〈夢江南〉等六調，仄韻格：〈歸

---

53 〔清〕陳廷焯：《白雨齋詞話》卷7，唐圭璋編《詞話叢編》，頁3942。
54 劉毓盤：《詞史》（臺北市：學生書局，1972年月），頁30-31。

國遙〉一調以外，皆屬多韻格。其中，轉韻格有〈菩薩蠻〉、〈更漏子〉、〈河傳〉、〈蕃女怨〉、〈河瀆神〉、〈女冠子〉、〈清平樂〉等七調，遞韻格有〈定西蕃〉一調，間韻格有〈酒泉子〉、〈訴衷情〉、〈荷葉杯〉等三調。此外，飛卿用韻極密，如七句六韻者有〈清平樂〉、〈蕃女怨〉，八句七韻者有〈定西蕃〉、〈玉胡蝶〉，十句八韻者有〈酒泉子〉，十二句九韻者有〈更漏子〉。而句句用韻者，亦所在多有，如〈荷葉杯〉六句六韻，〈菩薩蠻〉、〈河瀆神〉、〈歸國遙〉並皆八句八韻，〈訴衷情〉十一句十一韻，〈河傳〉十四句十四韻。飛卿隨情押韻，在疏密之間，在抑揚之間，騰挪變化，韻律的豐富精美顯然也已騰越當代。

（三）詞新

晚唐薛能（？-880）有〈楊柳枝〉十八闋，他的兩段話很能說明當代文人填製「新詞」的心態。先看其詞序：

> 此曲盛傳，為詞者眾。文人才子各衒其能，莫不「條似舞腰」、「葉如眉翠」，出口皆然，頗為陳熟。能專於詩律，不愛隨人，搜難抉新，誓脫常態，雖欲弗伐，知音其舍諸。[55]

他自負知音審律，厭棄「條似舞腰」、「葉如眉翠」等陳熟之詞，欲擺脫常態，因此棄柳之「形」而涵攝其「神」，以融通自我的情思，期能賦與〈楊柳枝〉更深刻的內涵意境。再看其評註：

> 劉、白二尚書，繼為蘇州刺史，皆賦〈楊柳枝〉詞，世多傳唱，雖有才語，但文字太僻，宮商不高。如可者豈斯人徒歟！

---

55 曾昭岷、曹濟平、王兆鵬、劉尊明等編：《全唐五代詞》，頁138。

洋洋乎唐風，其令虛矣。[56]

　　對於傳唱一時的劉、白之詞，他的評語很具體──「雖有才語，但文字太僻，宮商不高」。所謂「宮商不高」，顯然與其「知音」的自負相應；而「雖有才語，但文字太僻」，則顯然是對劉、白用詩家手眼填詞的批判。薛能是〈楊柳枝〉詞的接受者，也是〈楊柳枝〉詞的創作者，他的話反映了當時文人在聽詞、唱詞、填詞之間，身兼創作者與接受者的心態。除了宮商、聲律的要求，他反對陳語，反對文字太僻，可見他在俗、雅之間有其標準，隱然透露出對於「詞」的特殊體認。

　　溫庭筠詞所以為人競唱，除了宮商、聲律的原因之外，詞體藝術的創新也是吸引讀者接受極為關鍵的一環。前述薛能對於詞體的反思，在溫庭筠詞中已有全面的展現。由於「詞新」涉獵層面廣泛，其影響在《花間》詞人的接受中，更形突顯。因此，這部分的相關探討，擬於本章第二節中，別立〈傳統中的創新──論溫庭筠〈菩薩蠻〉詞〉一目，專就〈菩薩蠻〉十四闋分析；且在第三章第三節〈詞學意義──情感的雅化與寓象化〉中，有更深入的探討。

第二節　帝王知音──唐宣宗愛唱〈菩薩蠻〉

　　溫庭筠（801-866）一生，歷德宗、順宗、憲宗、穆宗、敬宗、文宗、武宗、宣宗、懿宗等朝。其中，宣宗在位十三年（847-859），好文，諡曰「獻文」，亦妙善音律，是時飛卿在京求舉，兩人間頗有文學與音樂的對話。

　　唐代科舉選士，以「考文章於甲乙」的「進士科」獨貴，這樣的

56　同前註，頁145。

尚文心態，在唐宣宗身上有最深刻的體現。據《唐語林》記載：

> 宣宗愛羨進士，每對朝臣問登第否。有以科名對者，必有喜。
> 便問所賦詩賦題，并主司姓名。或有人物優而不中第者，必嘆
> 息久之。嘗于禁中題：「鄉貢進士李道龍」。[57]

科舉及第，是唐代士人獲得政治地位及保持世襲門第的重要途
徑。進士出身「為國名臣者，不可勝數」，故「時君篤意，以謂莫此
為尚」[58]，「搢紳雖位極人臣，不由進士者，終不為美，以至歲貢常不
減八九百人。其推重謂之『白衣公卿』，又曰『一品白衫』；其艱難
謂之『三十老明經，五十少進士』」[59]。這種對進士的歆動之情，實根
柢於尚文的文化環境中，誠如皇甫湜〈題浯溪石〉詩云：「文與一氣
間，為物莫與大」[60]，文學的價值在當代社會中無與倫比。唐人尊崇進
士科，孫棨《北里志・序》以為與宣宗有關，他說：「自大中皇帝好
儒術，特重科第，……故進士自此尤勝，曠古無儔。」[61]唐代科舉考
試，有生徒與鄉貢之分，而鄉貢尤難，尤為貴盛，此宣宗所以題「鄉
貢進士李道龍」。帝王富有天下，但不能參與進士考試，用以證明自
己的文學才能，從宣宗的舉措，可見他對自己才學的肯定，亦可見時
人愛羨進士的程度。

宣宗雅好文學，多有君臣唱和故事，如《全唐詩》卷四錄其詩六

---

57 〔宋〕王讜：《唐語林》（臺北市：藝文印書館，1968年《百部叢書集成》影印
〔清〕道光錢熙祚校刊本），卷4〈企羨〉，頁17。

58 〔宋〕歐陽修、宋祁等撰：《新唐書》，卷44〈志〉第34〈選舉志上〉，頁1166。

59 同前註，卷1〈散序進士〉，頁10。

60 〔唐〕皇甫湜：〈題浯溪石〉，〔清〕彭定求、楊中訥等編《全唐詩》（北京市：中華
書局，1996年），卷369，頁4150。

61 〔唐〕孫棨：《孫內翰北里誌》（臺北市：新文豐出版公司，1985年《叢書集成新
編》影印〔明〕陸楫輯刻《古今說海》本），冊83，頁175。

首，說他「每曲宴，與學士唱和。公卿出鎮，多賦詩踐行」。[62] 既兼善音樂、文學，故於燕樂亦多假手，能自製新曲。《唐語林》云：

> 宣宗妙於音律，每賜宴前，必製新曲，俾宮婢習之。至日，出數百人，衣以珠翠緹繡，分行列隊，連袂而歌。其聲清怨，殆不類人間。其曲有曰〈播皇猷〉者，率高冠方履，褒衣博帶，趨赴俯仰，皆合規矩；有曰〈蔥嶺西〉者，士女踏歌為隊，其詞大率言蔥嶺之士，樂河湟故地，歸國而復為唐民也；有〈霓裳曲〉者，率皆執幡節，被羽服，飄然有翔雲飛鶴之勢。如是者數十曲，教坊曲工遂寫其曲奏於外，往往傳于人間。[63]

　　這段記載，說明了宣宗對於宴樂極其講究，不但在賜宴前自製樂曲，且令宮婢演習，務求完美。所製〈播皇猷〉、〈蔥嶺西〉、〈霓裳曲〉等數十曲，皆合舞有詞，這些曲子因教坊傳唱，而流遍人間。這樣精美的飲筵設計，反映的不只是帝王的喜好，更是自我才能的體現，與白居易「舞看新翻曲，歌聽自作詞」的自尊、自負，可謂同一聲氣。在這樣好文、好樂的背景中，發生了兩則與宣宗有關的詞林故事。

一　宣宗詔取永豐柳

　　據孟棨《本事詩》記載[64]，白居易年既高邁，而愛姬小蠻方豐

---

62 〔清〕彭定求、楊中訥等編：《全唐詩》，卷4〈宣宗皇帝〉，頁49。
63 〔宋〕王讜：《唐語林》（臺北市：臺灣商務印書館，1983年影印文淵閣《四庫全書》本），冊1038，頁178。
64 〔唐〕孟棨：《本事詩》（臺北市：藝文印書館，1966年《百部叢書集成》影印〔明〕顧元慶輯《陽山顧氏文房》本），〈事感〉第2，頁13。

豔，遂賦〈楊柳枝〉寄意，詞曰：

> 一樹春風萬萬枝，嫩於金色軟於絲。永豐坊裡東南角，盡日無
> 人屬阿誰？[65]

這闋詞大為流行，終傳入禁中，引來了宣宗的垂注：

> 白居易……乃作〈楊柳枝〉辭以託意……及宣宗朝，國樂唱是
> 辭。帝問誰辭？永豐在何處？左右具以對。時永豐坊西南角園
> 中有垂柳一株，柔條極茂，因東使命取兩枝植於禁中。居易感
> 上知名，且好尚風雅，又作辭一章云：「定知玄象今春後，柳
> 宿光中添兩星。」河南盧尹，時亦繼和。[66]

宣宗聽到國樂所唱歌詞，問是誰的作品？「永豐坊」在哪兒？左
右告知後，即命人從永豐坊取來兩枝柳，栽於禁中。宣宗對於歌詞的
癡迷，由此可見。這件事想必轟傳一時，白居易感懷君王知音，寫下
了〈詔取永豐柳禁苑感賦〉：

> 一樹衰殘委泥土，雙枝榮曜植天庭。定知此後天文裡，柳宿光
> 中添兩星。[67]

君臣因〈楊柳枝〉詞，譜出了一齣相知相惜的風流韻事，白居易
的〈楊柳枝〉詞因此聲價更高。

〈楊柳枝〉因著白居易新唱而推動流行，因著與帝王的一段佳話
而更為風行。在這波風潮中，飛卿有〈新添聲楊柳枝〉詞受到世人青
睞，但同時也有周德華不歌飛卿〈楊柳枝〉的事件。一支流行的曲

---

65 曾昭岷、曹濟平、王兆鵬、劉尊明等編：《全唐五代詞》，頁68。

66 〔宋〕郭茂倩：《樂府詩集》（臺北市：里仁書局，1980年12月），頁1142。

67 曾昭岷、曹濟平、王兆鵬、劉尊明等編：《全唐五代詞》，頁69。

調，一首流行的歌詞，面對同樣的時空條件，但不同的接受者有不同的反應。區區歌女不唱，其事雖小，卻也因此由微而著，衍生出另外一派接受反應，此中變化留待下節〈浮豔之美——周德華不歌〈楊柳枝〉〉討論。

二　令狐綯密進〈菩薩蠻〉

另外一支流行曲調是——〈菩薩蠻〉，它是宣宗愛唱的曲子，也是飛卿最著名的歌詞，由此牽繫的是一段內蘊豐富的詞林公案。據孫光憲《北夢瑣言》載：

> 宣宗愛唱〈菩薩蠻〉詞，令狐相國假其新撰密進之。戒令勿洩，而遽言於人，由是疏之。[68]

宣宗愛尚風雅，好文好樂，史有明載。是否愛唱〈菩薩蠻〉呢？這可以從當時一首無名氏的〈菩薩蠻〉窺知，詞云：

> 牡丹含露真珠顆，佳人折向庭前過。含笑問檀郎，花強妾貌強？檀郎故相惱，剛道花枝好。一餉發嬌嗔，碎挼花打人。

據章淵《稿簡贅筆》記載，「唐宣宗時有婦人以刀斷其夫兩足，宣宗戲語宰相曰：『無乃碎挼花打人』。」[69]宣宗曾為宴樂自製曲詞，曾為白居易〈楊柳枝〉栽柳禁中，如今聽聞民間妻斷夫足故事，竟能隨口吟出〈菩薩蠻〉詞語：「碎挼花打人」，以為調笑取資，足徵宣

---

68 〔五代〕孫光憲：《北夢瑣言》，（臺北市：藝文印書館，1966 年《百部叢書集成》影印《雅雨堂藏書》本），卷 4〈溫李齊名〉，頁 12。

69 〔宋〕章淵：《稿簡贅筆》，收入〔明〕陶宗儀纂，張宗祥校《說郛》（臺北市：臺灣商務印書館，1972 年影印涵芬樓本），卷 44，頁 2873。

宗嫻熟此調，愛唱〈菩薩蠻〉當是必然。至於是否真有假飛卿新撰〈菩薩蠻〉詞，密進宣宗的情事呢？這可以從兩方面來驗證：

其一，關於令狐綯，《北夢瑣言》曾如是說：「宣宗時，相國令狐綯最受恩遇而怙權，尤忌勝己。」精確扼要地道出了令狐綯的權勢地位，與品格特徵。令狐綯自大中四年（850）十月入相，至十三年（859）十二月罷相，主政十年，權動寰中，勢傾天下。此時，正是飛卿到京城應舉，從游令狐綯門下，期能獲得舉薦的階段。然而令狐綯蒙父蔭而居高位，恃皇權而招財納賄，把持科場大門，壟斷仕途。對於這樣的現象，飛卿不肯保持緘默，屢屢出言諷刺。最著名的例子是《南部新書》所載：

> 令狐相綯以姓氏少，族人有投者，不吝其力。繇是遠近皆趨之，至有姓胡冒令者。進士溫庭筠戲為詞曰：「自從元老登庸後，天下諸胡悉帶令。」[70]

對於令狐綯「怙權」，提拔氏族，飛卿出言譏刺。又曾說「中書堂內坐將軍」，譏諷令狐綯無才，卻高踞宰相之位。因為高才，飛卿得以獲得令狐綯賞識，從遊門下；但因為性格剛直，飛卿不惜得罪權貴，兩人嫌隙多生。當然，勢弱的終究勢弱，最終令狐綯回報的是上奏「有才無行，不宜與第」，飛卿因此與科第無緣。

宣宗好文、愛唱，此正飛卿擅長；令狐綯接納飛卿，想必亦緣於此。令狐綯陪伴君王左右，深知所好，為邀恩寵，自然有獻詞動機。令狐綯擁有以歌曲聞名的飛卿從游，此人又有求於己，自然有命其假手作詞的空間。因此，從宣宗、令狐綯與飛卿彼此間的關係而言，獻詞的客觀條件確實是存在的。

---

70 〔宋〕錢易：《南部新書》，庚，頁6。

其二，飛卿所撰、令狐綯進呈的〈菩薩蠻〉詞，見存於文獻記載。按饒宗頤《詞集考》云：

> 羅振玉藏《春秋後語》，為作《背記》，以木筆書之。末有詞三首，一為〈菩薩蠻〉。〈菩薩蠻〉此殆因宣宗所喜，令狐綯著溫飛卿密進之。是卷「背記」內有咸通皇帝判官王文瑀語，或書於咸通間，去大中不過數載耳，是則寫本有關於詞史者，故特記之。[71]

羅振玉所藏《春秋後語・背記》有飛卿〈菩薩蠻〉詞，復「有咸通皇帝判官王文瑀語」，饒先生發現的這件史料，補成了這段詞史，極為珍貴。

按前述考證，宣宗愛唱〈菩薩蠻〉詞，令狐綯假手飛卿獻詞，足可確認。此調源起，最早見於蘇鶚《杜陽雜編》：

> 大中初，女蠻國貢雙龍犀，有二龍，麟鬣爪角悉備，明霞錦，云鍊水香麻以為之也，光耀芬馥著人，五色相間，而美麗於中國之錦。其國人危髻金冠，瓔珞被體，故謂之菩薩蠻。當時倡優遂製〈菩薩蠻〉曲，文士亦往往聲其詞。[72]

〈菩薩蠻〉曲名見錄於《教坊記》，該書約著成於安史亂後不久，玄宗方卒之時，約西元七六二年左右；可見〈菩薩蠻〉於盛唐已傳唱教坊，蘇鶚大中初獻曲著詞之說顯然有誤[73]。為分析之便，茲迻

---

71 饒宗頤：《詞集考》（北京市：中華書局，1992年10月），頁6-7。

72 〔唐〕蘇鶚《杜陽雜編》（臺北市：藝文印書館，1965年《百部叢書集成》影印《學津討原》本），卷下，頁5。

73 管見以為宣宗朝獻〈菩薩蠻〉故事，流傳一時，史料有記，蘇鶚或因此附會此調原起於「大中初」。相關考證，筆者業已辨明，詳見《溫庭筠辨疑》，頁481-485。

錄飛卿〈菩薩蠻〉十四闋如次：

其一

小山重疊金明滅。鬢雲欲度香腮雪。懶起畫蛾眉。弄妝梳洗遲。　照花前後鏡。花面交相映。新帖繡羅襦。雙雙金鷓鴣。

其二

水精簾裡頗黎枕。暖香惹夢鴛鴦錦。江上柳如煙。雁飛殘月天。　藕絲秋色淺。人勝參差剪。雙鬢隔香紅。玉釵頭上風。

其三

蕊黃無限當山額。宿妝隱笑紗窗隔。相見牡丹時。暫來還別離。　翠釵金作股。釵上雙蝶舞。心事竟誰知。月明花滿枝。

其四

翠翹金縷雙鸂鶒。水紋細起春池碧。池上海棠梨。雨晴紅滿枝。　繡衫遮笑靨。煙草粘飛蝶。青瑣對芳菲。玉關音信稀。

其五

杏花含露團香雪。綠楊陌上多離別。燈在月朧明。覺來聞曉鶯。　玉鉤褰翠幕。妝淺舊眉薄。春夢正關情。鏡中蟬鬢輕。

其六

玉樓明月長相憶。柳絲裊娜春無力。門外草萋萋。送君聞馬嘶。　畫羅金翡翠。香燭銷成淚。花落子規啼。綠窗殘夢迷。

其七

鳳凰相對盤金縷。牡丹一夜經微雨。明鏡照新妝。鬢輕雙臉長。　畫樓相望久。欄外垂絲柳。音信不歸來。社前雙燕迴。

其八

牡丹花謝鶯聲歇。綠楊滿院中庭月。相憶夢難成。背窗燈半明。　翠鈿金壓臉。寂寞香閨掩。人遠淚欄干。燕飛春又殘。

其九

滿宮明月梨花白。故人萬里關山隔。金雁一雙飛。淚痕沾繡衣。　小園芳草綠。家住越溪曲。楊柳色依依。燕歸君不歸。

其十

寶函鈿雀金鸂鶒。沉香閣上吳山碧。楊柳又如絲。驛橋春雨時。　畫樓音信斷。芳草江南岸。鸞鏡與花枝。此情誰得知。

其十一

南園滿地堆輕絮。愁聞一霎清明雨。雨後卻斜陽。杏花零落香。　無言勻睡臉。枕上屏山掩。時節欲黃昏。無聊獨倚門。

其十二

夜來皓月纔當午。重簾悄悄無人語。深處麝煙長。臥時留薄妝。　當年還自惜。往事那堪憶。花落月明殘。錦衾知曉寒。

其十三

雨晴夜合玲瓏日。萬枝香裊紅絲拂。閒夢憶金堂。滿庭萱草長。　繡簾垂箓簌。眉黛遠山綠。春水渡溪橋。憑欄魂欲銷。

其十四

竹風輕動庭除冷。珠簾月上玲瓏影。山枕隱穠妝。綠檀金鳳凰。　兩蛾愁黛淺。故國吳宮遠。春恨正關情。畫樓殘點聲。

值得注意的是，《北夢瑣言》強調的是飛卿「新撰」，亦即這批

獻詞應有超越舊唱，有其「出新」之處。帝王「好製新曲」，詩人好製「新詞」，時風所趨，進呈之作應能滿足這樣的期待。其創新的內涵是甚麼？將在下文中進一步探討。

三　傳統中的創新──論溫庭筠〈菩薩蠻〉詞

〈菩薩蠻〉是教坊曲，除前舉無名氏「牡丹含露真珠顆外」，今存飛卿以前的文人著詞，題名為李白的有兩闋。又《雲謠集》所錄十闋，其中「紅爐暖閣佳人睡」為歐陽炯之作，時代猶在飛卿之後。因此，飛卿按〈菩薩蠻〉調填詞，竟至於十四闋之夥，單就數量而言，即是前所未有的。〈菩薩蠻〉雖是舊調，句式雖然齊整：七七五五；五五五五，不脫五七言形式；然而兩句一韻，逐次轉換，且句句用韻，用韻密，換韻亦密，要配合宮商填詞，其難度自然很高。按格律檢視，飛卿十四闋皆屬轉韻：ABCD形式，格律謹嚴流麗，自成定格，這也是此前文人或民間詞未曾臻至的。飲筵歌唱，首要宮商與音律，飛卿十四闋〈菩薩蠻〉所以流播，至五代成為《花間集》開卷作品，想來應是極能滿足時人的聽覺美感。此外，這十四闋詞在文學藝術上也呈現了整體的美感，展現了不同與以往的特色。

（一）為美代言──堅貞幽怨的美人形象

自「小山重疊金明滅」以至「竹風輕動庭除冷」十四闋詞，抒情主體都是「美人」，顯然是有意識地為美人代言。隨著季節不同、時間不同，詞人描繪的美人畫卷，宛如十四齣獨幕劇，展現在讀者眼前。裝飾豔麗的舞台上只有「她」孤獨一人，她的哀怨、寂寞、迷惘，流轉在珠簾、幃幕之間，在倚門、憑欄之間，在花開、花落之間，在月明、月殘之間，在夢境、現實之間，孤獨的身影演繹的是無

盡的等待，雖然「他」始終不曾出場，但「她」依然堅持。在一幕幕等待的畫面中，在反覆纏綿的情緒變化中，宛轉流露的是心中根植的「愛」。飛卿塑造的美人形象，優美而幽怨，幽怨而堅貞，是理想愛情的化身？是詞人心音的流露？美人不語，詞人無言，但留給讀者無窮的想像。

（二）晚唐美感──富豔精工的藝術風格

　　十四闋詞，十四幕展演的舞臺，無一例外，都是美人生活的空間。飛卿描寫的主角，不在神仙幻界，亦不在往昔的歷史，而是現實中的美人，這些場景顯示的是婦女真實的生活空間。唐代是一個堂皇富麗的時代，居室器用多錦繡綺羅、鏤玉雕瓊，婦女化妝、衣飾亦絢麗多彩、華美斑斕。對於美人妝飾，詩人頗為講究精研，曾作《靚妝錄》一書，記錄六朝以來各式妝容樣態。於此，他以「美人」及其身處的空間為中心而擇取物象，化景為情，藉由穠麗的景物暗示淒涼的心境；在對比強烈的藝術效果中，密麗精工的風格顯得更為鮮明。因此，十四闋〈菩薩蠻〉所表現的穠詞麗藻、富豔精工，固然與飛卿善以精美物象烘托美人「心曲」的表現手法有關，與個人偏嗜的美感有關，但也如實地反映了時代的審美趨向。

（三）無限心曲──愛情悲劇意識的彰顯

　　十四闋詞，十四幕展演的都是美人與愛情，卻無一例外，都是落空的愛情。以禽鳥象徵愛情是古代文人習用的手法，飛卿於此大量、集中地運用此一技法，顯然是有意識地、特意以隱曲的方式彰顯愛情。這些富象徵意義的禽鳥，無處不在，如「新帖繡羅襦，雙雙金鷓鴣」、「金雁一雙飛，淚痕沾繡衣」，是衣服上的；「水精簾裡頗黎枕，暖香惹夢鴛鴦錦」、「山枕隱穠妝，綠檀金鳳凰」，是床上

的;「翠釵金作股,釵上雙蝶舞」、「翠翹金縷雙鸂鶒,水紋細起春池碧」,是頭髮上的;「畫羅金翡翠,香燭銷成淚」,是畫羅上的,包圍女主角的這些繡物、飾物都是沒有生命的,是虛的。有生命的禽鳥在哪兒?在簾外。如「繡衫遮笑靨,煙草粘飛蝶」、「燈在月朧明,覺來聞曉鶯」、「楊柳色依依,燕歸君不歸」、「人遠淚欄干,燕飛春又殘」、「花落子規啼,綠窗殘夢迷」,這些具體存在的禽鳥,作為愛情的信使,往報簾內人的——卻是春光的流逝,等待的徒然,夢醒的淒哀,落空的愛情。寫愛情,卻沒有邂逅的驚喜,沒有歡會的悅然,有的只是憑窗等待的無盡酸辛。寫美人,不在於「形態」的觀賞,而在於「情境」的體會,精美的物象,穠麗的設色,都是為了烘托美人的「無限心曲」。飲筵歌唱,但擇「悲」不擇「歡」,這「無限心曲」彰顯了詞人的愛情悲劇意識,是以悲為美?是理想失落的投射?同樣留給讀者無窮想像的空間。

(四)離合變換——「蒙太奇」的藝術手法

「蒙太奇」(Montage),是法國建築術語的音譯,原意是指構成、裝配。蘇聯導演愛森斯坦從中國會意文字得到啟示,開創剪接、組合各種鏡頭進行電影藝術創造的方式,稱為「蒙太奇」。愛森斯坦認為,將對列鏡頭組接在一起時,其效果「不是兩數之和」,而是「兩數之積」,意即藉由不同鏡頭的組接以產生新的意涵。這種技法與古代詩人藉由意象的組合,以追求「象外之象」的藝術效果正相吻合。電影「蒙太奇」,剪接組合的是攝影機攝錄的鏡頭畫面;語言蒙太奇,剪接組合的則是詩人巧用形象化語言所構成的意象。這種通過意象並置的形式產生「象外之象」的藝術手法,本是古代詩人習用的一種形式,到唐代更因詩人們刻意追求而得到空前的發展並臻於成熟。

　　如前所述，飛卿於詩歌中已嫻熟此藝術，於〈菩薩蠻〉詞更巧用
這種結構方式，其中「水精簾裡頗黎枕」詞的「蒙太奇」手法堪稱是
十四闋中的典範之作，筆者曾以之為例說明飛卿的蒙太奇：

> 飛卿此詞，隱去了事，只著重於人物的心境意緒。又不作明白
> 的敘述，但提揳物象，有機地排比組合，直接陳列於讀者眼
> 前，讓讀者從中領會隱藏在這些事象或物象背後的主觀意圖與
> 感情色彩。這種捨棄語法聯繫與抽象的邏輯推理，只用畫面與
> 畫面的重疊組接而產生意義的意象經營，與蘇聯導演愛森斯坦
> 從中國會意文字得到啟示，所創的「蒙太奇」藝術頗為相類。
> 故賞味此詞，其脈絡神理宜從鏡頭的移動中推尋，而其意旨則
> 在鏡頭與鏡頭的「縮合」中自可有會於心。[74]

　　為深入說明，因此以下再徵引詞作並再作陳述：

> 水精簾裡頗黎枕。暖香惹夢鴛鴦錦。江上柳如煙。雁飛殘月
> 天。　　藕絲秋色淺。人勝參差剪。雙鬢隔香紅。玉釵頭上風。

　　詞人先寫「簾裡」的暖香惹夢，次言「江上」的煙柳殘月，鏡頭
的移動，不但暗示自夜到曉情事的發展，亦形成兩幅對比的畫面，
反襯離情。開篇「水精簾裡頗黎枕，暖香惹夢鴛鴦錦。」鏡頭由外而
內，從晶瑩澄澈的「水精簾」、「頗黎枕」，到聚焦於幽香溫暖的「鴛
鴦錦」，精美的物象、斑斕的色彩對比，圖染出一片綺麗，烘托簾內
「鴛鴦」所象徵的繾綣情事，更為纏綿旖旎，牽情惹夢。接著鏡頭轉
向簾外：「江上柳如煙，雁飛殘月天。」從江上煙柳，到雁飛殘月，
飛卿連綴這些象徵別離的意象，化為淒清迷離之景，暗示清曉離別

74　參見筆者所撰《溫庭筠辨疑》，頁512。

之意。下片不直接描摹美人情狀，但工筆細染：「藕絲秋色淺，人勝
參差剪。雙鬢隔香紅，玉釵頭上風。」運鏡由整體而局部，從衣裙開
始，再漸次聚焦於頭飾。尤其末結「玉釵頭上風」，「風」字宛如靈
光一點，頓使人物鮮活靈動。吾師張以仁先生云：

> 「風」字實虛設，風之有無，非此句重點也，特以之烘托其人
> 首飾顫動之貌與其款款行來婀娜之姿也。再深一層看，其首飾
> 顫動之貌，實亦狀其體態之婀娜有致也。彼抽象難畫難描之無
> 限神韻，盡藉此一具體之「風」字呈現。[75]

「風」字注入了生命，因此「藕絲秋色淺」柔軟的質地，淡雅的
色調；「人勝」、「香紅」、「玉釵」芬芳的氣味，繽紛的形貌色澤，
不再是單獨存在的意象，而是與人物渾然成為一體。使得佳人的款款
婀娜，更添精神姿態；而佳人的神韻，反過來又烘托得這些顏色氣
味，更為具體可感。詩人妙化神造，筆下的人物，「有如電影之近鏡
頭，款款行來，活色生香婀娜有致一美人也」[76]！

飛卿在小小一闋詞中，共剪接了三組鏡頭，宛如一齣小小的劇
場。第一幕，在水精簾裡，頗黎枕上，鴛鴦錦被中。第二幕，在江
上，楊柳堆煙，春雁北飛，殘月在天。第三幕，身著藕絲秋色衫裙，
頭簪人勝、紅花、玉釵，活色生香婀娜有致的美人，款款行來。佳人
的出現，補足了前兩幕人物、情事的空白，將三幕鏡頭聯繫成一有機
的整體。她正是水晶簾裡，無限旖旎纏綣的女主角，也是楊柳江上、
曉天殘月中，無限淒然迷離的女主角，她過人的美麗使得簾內的情
事，更顯纏綿；江上的離別，更為悽惻。飛卿在最後一幕，精心勾畫

---

75 張以仁：〈溫飛卿詞舊說商榷〉，頁20。
76 同前註，頁15。

的美人，應是深深鐫刻在離人心目中的印象，也是映在讀者心目中的最後一幅圖像，而引人聯想，餘蘊悠長的，正是在這樣的「美麗」上發酵。居室之清雅晶瑩，象徵心靈品質，錦衾妝飾之香暖斑斕，象徵熱情真摯，因此離別只是點燃感情的引子，形貌的「美麗」是要映照佳人真善美的內心世界，但真相卻是「美麗」遭到冷落──價值的失落，最是人間可悲之事。飛卿以美寫悲愁，這種深隱在美麗之後的心理失落感，其實超越了性別。此詞讓人在美麗與哀愁中，體會無盡的人生況味，十足體現了「要眇宜修」、「詞之言長」的特色。[77]

　　溫庭筠十四闋〈菩薩蠻〉的撰作背景，有一則與君王、權貴相關的獻詞故事流傳。可見〈菩薩蠻〉詞的第一位讀者，應是宰相令狐綯；而令狐綯甘冒不諱，假飛卿新撰進獻宣宗，固然是邀寵心切，但也反映了他對飛卿〈菩薩蠻〉詞的欣賞。第二位讀者，應是唐宣宗，具體接受情況史無明言，然而撰作長達十四闋的〈菩薩蠻〉詞，卻是前所未有的。從撰作背景看來，構設如此巨幅的體製，應是以宣宗為潛在讀者，是為帝王宴樂而設的。題有「咸通皇帝判官王文瓃語」的《春秋後語·背記》，內錄飛卿〈菩薩蠻〉詞，可證獻詞確曾為禁中樂曲。如是，則第三位讀者，應是宮廷的樂工、歌妓；第四位讀者，則是與筵的仕人。令狐綯「戒令勿洩」，但飛卿卻「遽言於人」，雖然破壞了兩人的關係，失去了仕進的機會，但也因此驗明正身，奪回了智慧財產權。既是帝王獻詞，聲價更高，自然助長了流播，甚至女蠻獻樂〈菩薩蠻〉故事，竟因此附會至宣宗朝。與白居易〈楊柳枝〉詞由外而內的傳播方式不同，飛卿是由內而外，自帝王以至於民間，讀者層更趨廣泛。

---

77 以上論析，參見筆者所撰《溫庭筠辨疑》，頁515-516。

第三節　浮豔之美——周德華不歌〈新添聲楊柳枝〉

　　文人填詞，歌伎唱詞，二者相輔相成。好的歌曲，需要才色勻亭的歌者，有詮釋作品的慧心，有悅耳動人的清音，也要有賞心悅目的姿容。悅目，悅耳，悅心，才能和諧譜出樂曲動聽、動容、動心的品味享受。好歌因歌伎而廣為流播，歌伎因好歌而廣受歡迎，作者與歌者往往相得益彰，聲名益顯。唐代的飲筵歌唱，有表演性質的，有酒令性質的，當然也可能兩者錯雜交用。因著服務對象的不同，伎人有宮伎、官伎、營伎、家伎與私伎的區別；因著宴會性質的不同，表演節目的不同，伎人亦往往各有專司。

　　周德華約為元和I長慶間（806-824）人，她出身於江南的樂人家庭，其母劉采春、父周季崇、伯父周季南並有盛名。尤其劉采春以擅長參軍戲及善唱〈羅嗊曲〉知名於世。元稹任越州刺史、浙東觀察使（820-829）期間，劉采春曾於長慶三年（823）偕周季崇、周季南到越州演出，深得元稹賞識，寫下了〈贈劉采春〉詩：

> 新妝巧樣畫雙蛾，謾裏常州透額羅。正面偷勻光滑笏，緩行輕踏破紋波。言辭雅措風流足，舉止低迴秀媚多。更有惱人腸斷處，選詞成唱望夫歌。（即〈羅嗊曲〉也。）[78]

　　元稹悅其色，愛其才，詩筆細膩地描繪劉采春的形貌、神態，而以美人才能——善唱〈望夫歌〉收束全篇，確實是一幅「風流足」的傳神寫照圖。范攄《雲溪友議》謂劉采春所唱〈望夫歌〉有「一百二

---

78 〔清〕彭定求、楊中訥等編：《全唐詩》冊12，卷423，頁4561。

十首，皆當代才子所作」[79]，惟今存僅六首：

> 不喜秦淮水，生憎江上船。載兒夫婿去，經歲又經年。
> 借問東園柳，枯來得幾年。自無枝葉分，莫怨太陽偏。
> 莫作商人婦，金釵當卜錢。朝朝江口望，錯認幾人船。
> 那年離別日，只道住桐廬。桐廬人不見，今得廣州書。
> 昨日勝今日，今年老去年。黃河清有日，白髮黑無緣。
> 昨日北風寒，牽船浦裡安。潮來打纜斷，搖櫓始知難。[80]

〈望夫歌〉即〈羅嗊曲〉，方以智《通雅》卷二十九〈樂曲〉云：「羅嗊猶來羅。」[81]「來羅」，有盼望遠行人回來之意，詩中「莫作商人婦」與「商人重利輕離別」同一機杼，道出了〈望夫歌〉的感情底蘊。江、浙一帶商業發達，〈望夫歌〉以水岸船邊商人家庭的感情為題材，極具社會現實意義，容易觸動人心；再由「響徹行雲」的女聲歌之，堪稱是音聲與感情的完美結合，無怪乎「采春一唱是曲，閨婦行人莫不漣泣」[82]。

劉采春之女周德華，以擅唱〈楊柳枝〉聞名，在京、洛時甚至搬演了一段不唱〈新添聲楊柳枝〉詞的故事。其事載《雲溪友議》：

> 裴郎中誠，晉國公次子也。足情調，善談諧。與舉子溫岐為友，好作歌曲，迄今飲席，多是其詞焉。裴君既入臺，而為三院所謔曰：「能為淫豔之歌，有異清潔之士也。」……二人又為〈新添聲楊柳枝〉詞，飲筵競唱其詞而打令也。……湖州崔

---

79 〔唐〕范攄：《雲溪友議》，卷9，頁55。
80 〔清〕彭定求、楊中訥等編：《全唐詩》冊23，卷802，頁9024。
81 〔清〕方以智：《通雅》（臺北市：臺灣商務印書館，1983年影印文淵閣《四庫全書》本），冊857，頁571。
82 〔唐〕范攄：《雲溪友議》，卷9，頁55-56。

郎中夐言初為越副戎，宴席中有周德華。德華者，乃劉采春女
也。雖〈羅嗊〉之歌，不及其母；而〈楊柳枝〉詞，采春難
及。崔副車寵愛之異，將至京洛。後豪門女弟子從其學者眾
矣。溫（岐）、裴（諴）所稱歌曲，請德華一陳音韻，以為浮
豔之美，德華終不取焉。二君深有愧色。所唱者七八篇，乃近
日名流之詠也。滕邁郎中一首⋯⋯，楊巨源員外一首⋯⋯，劉
禹錫尚書一首⋯⋯，韓琮舍人一首⋯⋯。[83]

　　這段記載，說明了周德華承襲了歌唱的天賦，也是能唱〈羅嗊
曲〉，但別有專精，所唱〈楊柳枝〉連其母劉采春也不能及，因此深
受越州副使崔夐言寵愛。而後隨崔夐言至京、洛，大受歡迎，聲名
顯揚，以至「豪門女弟子從其學者眾矣」。所謂「一經品題，身價百
倍」，唐代著名樂人選或不選那位作者的作品演唱，關乎著文人的社
會聲譽。溫、裴〈新添聲楊柳枝〉詞正當流行，而善唱此調的流行歌
手周德華卻擯卻他們的作品，此事一經渲染，對於文人聲譽自然產生
了深遠的影響。管見以為溫、裴之詞是否可以並論？周德華何以不
唱？就相關資料以及時代背景而言，還有許多討論的空間。

一　溫、裴之詞是否可以相提並論？

　　周德華不唱溫、裴詞的理由，《雲溪友議》是這樣說的：

溫（岐）、裴（諴）所稱歌曲，請德華一陳音韻，以為浮豔之
美，德華終不取焉。二君皆有愧色。所唱者七八篇，乃近日名
流之詠也。滕邁郎中一首⋯⋯，楊巨源員外一首⋯⋯，劉禹錫

---

83 〔唐〕范攄：《雲溪友議》，卷10，頁57。

尚書一首……，韓琮舍人一首……。[84]

按這段敘述，可見溫、裴所作〈新添聲楊柳枝〉詞，大受世人稱賞，因此希望「德華一陳音韻」，但德華「以為浮豔之美」而「不取焉」。這樣看來，身為名伎的德華選歌是很嚴謹的，她有自己選擇棄取的嚴格標準。值得注意的是，溫、裴〈楊柳枝〉為人所稱，主要在於「新添聲」，亦即在原有音樂上添加了新腔，時人對於此腔愛好之甚，才會「飲筵競唱其詞而打令」。時人請德華一陳音韻正為此，則所謂「浮豔之美」，指的或即「音韻」而言，亦即按〈楊柳枝〉進行改造過的〈新添聲楊柳枝〉。由於曲譜不傳，我們無從得知其音韻與當日名流如劉、白等人新唱的〈楊柳枝〉有何不同，但就詞文而言，溫、裴之作顯然不能相提並論。

先論溫庭筠詞。他招致非議的，是以下兩闋〈新添聲楊柳枝〉詞：

一尺深紅蒙麴塵，舊物天生如此新。合歡桃核終堪恨，裡許元來別有人。（其一）

井底點燈深燭伊，共郎長行莫圍棋。玲瓏骰子安紅豆，入骨相思知不知。（其二）[85]

兩闋詞同一曲調，這是按曲調令格；取酒席間物品：核桃、骰子為題面，歌詠男女戀情，這是按題材令格；皆採「雙關」辭格作辭，這是按修辭令格，因此這兩闋詞應是即席的「改令著詞」。雖然只是即席「打令」的遊戲之作，但雙關表意的手法極為高妙，字句中含藏

---

84 同前註。

85 同前註。

著未表出的情，有著容人致思的餘地，耐人咀嚼的餘味。黃永武《中國詩學・設計篇》曾舉這兩闋詞為例，說明詩歌藝術設計的精妙，有極為精到的品評：

> 這詩中的「燭」字雙關「囑」，藏著「囑咐」的意思，「圍棋」雙關「違期」，藏著「逾時不歸」的意思，都是取字音的雙關；而「長行」本是唐人用骰子比賽的一種遊戲，但「共郎長行」，字面上是和你作「長行」的遊戲，句外卻藏著「要和你常走在一起」的意思。至於「玲瓏骰子安紅豆，入骨相思知不知？」因為骰子的一點和四點是紅色的，其他是黑色的，正像上面安置著紅豆，紅豆又名相思子，也有紅黑二色，玲瓏可愛，這相思子般的色彩刻在骰子上，骰子是骨頭製成的，所以說「入骨相思知不知」？這些是取字義的雙關。……「合歡桃核終堪恨，裡許原來別有人！」核桃中有的是「仁」，取字音雙關「人」，這詩被雙關的「人」字先表出來，原來別有人，難怪合歡桃核也堪恨了！這二句詩與牛希濟〈生查子〉的：「終日劈桃核，仁在心裡兒」比較起來，溫詩似多一層翻折，多一段情味。[86]

有令格的限制，而此「物」──骰子、桃核卻不免於「俗」；愛情相思雖然動人，然須在這些「題面」的要求下寫就，此外，還有著時間的限制──須及時應對。在這些要求下，飛卿能夠巧妙運用雙關，有著「多一層翻折，多一段情味」的蘊藉，既脫出陳俗，又不失趣味。如此的藝術表現，呈現的不只是音樂、文學兼擅的才能，「敏捷」更是受人稱道的特殊秉賦。

---

86 黃永武：《中國詩學・設計篇》（臺北市：巨流圖書公司，1976年），頁236。

而裴誠的作品又如何呢？試觀其詞：

> 思量大是惡姻緣，只得相看不得憐。願作琵琶槽那畔，美人長
> 抱在胸前。（其一）
> 獨房蓮子沒人看，偷折蓮時命也拚。若有所由來借問，但道偷
> 蓮是下官。（其二）[87]

飛卿詞著重在愛情「心境意緒」的婉轉纏綿，裴誠詞則宛如登徒
子猥瑣心態的真實寫照。詞以「琵琶」、「蓮子」為題面，原較溫詞
更為清雅，然而嵌入愛情的描寫，卻墮入淫褻的惡少趣味。同樣以酒
席珍物為題材，同樣是語言文字遊戲，裴誠詞顯然失於淺露鄙俗，與
飛卿詞之饒富情味，實不可相提並論。

二　周德華何以不唱〈新添聲楊柳枝〉？

唐代歌伎競爭激烈，如何保持優勢與增進身價，不只是技藝上的
精練，更是一門商業行銷的藝術。最典型而著名的例子，是白居易在
〈與元九書〉中「難掩得意」的一段話：

> 及再來長安，又聞有軍使高霞寓者欲聘娼妓，妓大誇曰：「我
> 誦得白學士《長恨歌》，豈同他妓哉！」由是增價。[88]

這則藉由誦得名家──「白學士」，名著：〈長恨歌〉以自誇，「由是
增價」的故事，如實地反映了歌伎普遍作法與心態。同樣地，文人作
品能得名伎青睞，更是得意非凡，往往以此甲已才情。薛用弱《集異

87〔唐〕范攄：《雲溪友議》，卷10，頁57。
88〔清〕董誥等輯，周紹良主編：《全唐文新編》（長春市：吉林文史出版社，1999年
　12月），卷152，頁1737。

記》所載「旗亭畫壁」故事，即是典範：

開元中，詩人王昌齡、高適、王之渙齊名，時風塵未偶，而遊
處略同。一日，天寒微雪，三詩人共詣旗亭，貰酒小飲。忽有
梨園伶官十數人，登樓會宴。三詩人因避席煨暎，擁爐火以觀
焉。俄有妙妓四輩，尋續而至，奢華豔曳，都冶頗極。旋則奏
樂，皆當時之名部也。昌齡等私相約曰：「我輩各擅詩名，每
不自定其甲乙，今者可以密觀諸伶所謳，若詩入歌詞之多者，
則為優矣。」俄而一伶拊節而唱，乃曰：「寒雨連江夜入吳，
平明送客楚山孤。洛陽親友如相問，一片冰心在玉壺。」昌齡
則引手畫壁曰：「一絕句。」尋又一伶謳之曰：「開篋淚沾臆，
見君前日書。夜臺何寂寞，猶是子雲居。」適則引手畫壁曰：
「一絕句。」尋又一伶謳曰：「奉帚平明金殿開，強將團扇共徘
徊。玉顏不及寒鴉色，猶帶昭陽日影來。」昌齡則又引手畫壁
曰：「二絕句。」之渙自以得名已久，因謂諸人曰：「此輩皆潦
倒樂官，所唱皆巴人下里之詞耳；豈陽春白雪之曲，俗物敢近
哉！」因指諸妓之中最佳者曰：「待此子所唱，如非我詩，吾
即終身不敢與子爭衡矣。脫是吾詩，子等當須列拜床下，奉吾
為師。」因歡笑而俟之。須臾，次至雙鬟發聲，則曰：「黃河
遠上白雲間，一片孤城萬仞山。羌笛何須怨楊柳，春風不度玉
門關。」之渙即揶揄二子曰：「田舍奴，我豈妄哉！」因大諧
笑。諸伶不喻其故，皆起詣曰：「不知諸郎君何此歡噱？」昌
齡等因話其事。諸伶競拜曰：「俗眼不識神仙，乞降清重，俯
就筵席。」三子從之，飲醉竟日。[89]

---

89 〔唐〕薛用弱：《集異記》，（臺北市：藝文印書館，1966年《百部叢書集成》影印
顧元慶輯《陽山顧氏文房》本），卷4，頁12。

　　王昌齡、王之渙、高適三位大詩人，於天寒微雪之日，共詣旗亭。偶遇梨園伶官登樓宴會，三人且避席擁爐火旁觀，賭唱以定甲乙。此中風流逸趣，堪稱一時韻事；既為詩人增價，且流傳千古。在宴樂盛行的唐代，合樂設酒是社會主流行為，因此除了文本的閱讀，歌伎實承載著歌詩傳播的重要功能，她們的選擇往往影響著詩人的聲價。箇中奧蘊，歌伎明瞭，詩人想必亦有會於心。

　　唐代樂人各有專司，「專」方才能「精」，即歌伎亦多恃專擅而揚名。劉采春以擅唱「參軍戲」與〈羅嗊曲〉著名，而在《雲溪友議》的記載中，又特別強調她所唱「一百二十首，皆當代才子所作五六七言」。周德華擅唱〈楊柳枝〉，而在《雲溪友議》的記載中，同樣也強調了她「所唱者七八篇，乃近日名流之詠也」。從兼善「參軍戲」、〈羅嗊曲〉，到專擅〈楊柳枝〉；從「一百二十首」，到「七八篇」，技藝由廣而專，選曲由多而少，可見周德華較劉采春更偏重於曲藝的專精。從「當代才子」，到「近日名流」；從「閨婦行人」，到「豪門女弟子」，可見周德華所唱，從作者到讀者，都比劉采春更偏向上流社會。《雲溪友議》所以再三強調，顯然是「豈同她妓哉」這種心態的彰顯，也是當時普遍意識的流露。再看所指的「名流」是誰？是「滕邁郎中」、「賀知章祕監」、「楊巨源員外」、「劉禹錫尚書」、「韓琮舍人」，都是赫赫有名，位居郎官之流的「名流」。《雲溪友議》所列「近日名流」的作品是：

滕邁〈楊柳枝〉：

　　三條陌上拂金羈，萬里橋邊映酒旗。此日令人腸欲斷，不堪將入笛中吹。

賀知章〈楊柳枝〉：

> 碧玉妝成一樹高，萬條垂下綠絲絛。不知細葉誰裁出，二月春
> 風是剪刀。

楊巨源〈楊柳枝〉：

> 江邊楊柳麴塵絲，立馬憑君剪一枝。惟有春風最相惜，殷勤更
> 向手中吹。

劉禹錫〈楊柳枝〉：

> 春江一曲柳千條，二十年前舊板橋。曾與美人橋上別，恨無消
> 息至今朝。

韓琮〈楊柳枝〉二首：

> 枝鬥芳腰葉鬥眉，春來無處不如絲。灞陵原上多離別，少有長
> 條拂地垂。

> 梁苑隋堤事已空，萬條猶舞舊春風。那堪更想千年後，誰見楊
> 花入漢宮。[90]

　　前述詩人詠柳，或相惜離別，或詠史傷今；展現的是含蓄典雅，
「比諷隱含」的詩人風格。尤其賀知章「詠柳」，形象而生動地描繪
楊柳的色澤與姿態，不止是巧奪天工的「物色」之美；更巧用問答，
妙用譬喻，自然牽引出「物色」的創造者──春風，賦予了「物色」
生命，突顯了「美」的動態變化過程。天工妙造物色之美，而詩筆則
巧奪天工之美；在詩人富於創造的筆力中，我們看到了大自然的創造
力，在詠嘆自然美中，我們更詠歎詩歌之美。如此詠柳，有設色之

90〔唐〕范攄：《雲溪友議》，卷10，頁57-58。

妙，有靈動的構思，在感官與神靈的交會中，留給讀者無窮的回味。再如劉禹錫〈柳枝詞〉，詩人在一曲清江、碧柳千條的清景中，著以「舊板橋」，用以演繹感情，連繫今昔。二十年的感情內涵，得以在曲江楊柳掩映下的舊板橋，在今昔畫面之間宛曲回環，可謂寓感慨於言外，深得吞吐含蓄之妙。然而這首作品，可以溯源出處，按白居易有〈板橋路〉詩：

> 梁苑城西二十里，一渠春水柳千條。若為此路今重過，十五年前舊板橋。曾共玉顏橋上別，恨無消息到今朝。

劉禹錫之作，顯然是裁去白詩的一、三兩句，再略加修飾而成。可能是詩人靈感驟至，興到意諧，因而翻製故人舊作以付歌唱。這首詩雖按舊作翻製，卻裁剪得宜，更覺詞約義豐，結構謹嚴，精妙動人。再經周德華歌喉婉轉，原作反不如新唱著名。

周德華經營自己的歌唱事業，按現今的術語來說，顯然有技藝專長的考量，也有精品形象的設計。她跟隨崔崿言在京、洛，是時「豪門女弟子從其學者眾矣」，可見她交往的對象，聽眾的基礎，在於「豪門」。因此，她以京、洛正流行的「洛下新聲」〈楊柳枝〉為招牌曲，又精選「名流」作品，以符合「名流」的期待，激揚自己的聲價，的確是符合現實的智慧選擇。溫庭筠雖然以才學聞名，但還是一個到處尋求舉薦的舉子，稱不上「名流」；其〈新添聲楊柳枝〉詞，雖然極受歡迎，然而與周德華選歌的風格絕不相類，自不可能受青睞。此外，前述「名流」之作，全是「賦題」以寄意；溫詞則脫離「賦題」的範疇，是以席間珍物為題材令格的「改令著辭」。沈冬先生認為「〈楊柳枝〉在白居易之時，大概仍只是單純的歌舞欣賞，後來才用入酒令；至於是否要到溫庭筠等人才改用為酒令，則不可

知矣」[91]。周德華所歌名流之作，類同於白居易詞，大概仍只是歌舞欣賞；而溫庭筠之作，則用為酒令，二者性質有別。樂曲性質不同，應用不同，因此不願、不喜或不能，都有可能是周德華不唱的原因。她以「浮豔」為由，拒絕歌唱溫庭筠〈新添聲楊柳枝〉詞，有其審美偏愛，也有專業背景考量的因素。

「浮豔」，是周德華對溫庭筠〈新添聲楊柳枝〉詞的評價。她是一代名妓，在公開的場合評騭，一經渲染，影響深遠。自《雲溪友議》而下，歷代筆記小說多記其事，如宋陳鵠《耆舊續聞》：

> 周德華嘗在符冀郎中席上唱〈柳枝〉，如劉禹錫之「春江一曲柳千條」；賀知章之「碧玉裁成一樹高」；楊巨源之「江邊楊柳鞠塵絲」；而不取溫庭筠、裴誠，二人有愧色。[92]

明胡震亨《唐音癸籤》：

> 〈新添聲楊柳枝〉，溫庭筠作。時飲筵競歌，獨女優周德華以聲太浮豔不取。[93]

《唐音癸籤》頗忠於事實，對於不唱的歌曲，標明是「新添聲楊柳枝」；對於不唱的理由，說明是「以聲太浮豔」不取。《耆舊續聞》則舉周德華所唱名流〈柳枝〉，而言「不取溫庭筠、裴誠」，由於泛言其事，似亦將飛卿其餘八闋〈楊柳枝〉亦概括其內。從接受史而言，《花間集》未錄這兩闋詞，可能就是因為這個原因。而這樣的評價，與兩《唐書》所說的「側詞豔曲」，應有臍帶相連的關係。自

---

91 沈冬：《唐代樂舞新論》，頁122。

92 李冰若：《花間集評註》（臺北市：鼎文書局，1974年10月），卷1，頁5。

93 〔明〕胡震亨：《唐音癸籤》（臺北市：臺灣商務印書館，1973年《四庫全書珍本》），卷13，頁16。

兩《唐書》而下,「側豔」說,成為溫庭筠詞論接受中的重要一環。
從「浮豔」到「側豔」,始於周德華;從原來對〈楊柳枝〉音韻的評
價,開展為對詞人詞品的評價,恐怕是這位名伎始料未及。周德華的
「浮豔」說,代表了唐人接受反應的一個面向;她是指引接受方向的
特殊讀者,堪稱是「第一讀者」。從此,這位「第一讀者」的詮解,
在一代又一代的接受鍊上綿延相續,不斷被被充實和豐富,在溫庭筠
接受史上形成一派「側豔」理論的悠悠長河。

第三章
花間鼻祖
──溫庭筠詞史地位的確立

　　《花間集》以溫庭筠為冠冕，〈花間集序〉所闡述的詞學理論，應可視為對溫庭筠詞接受的反響。詩、詞異體的觀念，從溫庭筠有意識地反映於倚聲填詞，到《花間集》提出理論的宣揚，在醞釀的過程中，皇甫松可以說是承啟的重要人物。對於飲筵歌詞，溫庭筠有《金筌集》輯錄自作歌詞，皇甫松有《醉鄉日月》記錄飲筵酒令，都是新觀念的具體表現。本章探討的焦點是《花間集》，皇甫松是《花間》詞人，且於詞體接受觀念的闡發具有前導的意義，故於〈《花間集》──詞體接受的新觀念〉、〈詞學意義──情感的雅化與寓象化〉兩節之外，別立〈從唐代酒令論晚唐的詞人情懷〉一節，冠於篇首討論。

第一節　從唐代酒令論晚唐的詞人情懷

　　皇甫松，字子奇，自號檀欒子，睦州新安人（今浙江淳安）。據陳尚君〈花間詞人事輯〉考證，約生於唐憲宗元和年間，卒於懿宗咸通至昭宗光化年間[1]。其父皇甫湜，是唐代著名古文大家。然而他卻久

1　其生卒年不詳，此據陳尚君〈花間詞人事輯〉考證，文載《唐代文學叢考》（北京市：中國社會科學出版社，1995年），頁370-371。

試不第，終身未仕。其〈大隱賦序〉曾如此自述：

> 樂子，進不能強仕以圖榮，退不能力耕以自給。上不能放身雲
> 壑，下不能投跡塵埃。似智似愚，人莫之識也；如狂如懦，物
> 不可知焉。酒泛中山，適逢千日；萍飄上國，怠逾十年。遨遊
> 不出於醉鄉，居處身同於愚俗。[2]

他出身世家，有高才，有高志，卻困頓京城十年，進退不得。所
謂「萍飄上國，怠逾十年」，這和溫庭筠於宣宗朝在京城十年的經歷
相近；所謂「遨遊不出於醉鄉，居處身同愚俗」，這也和溫庭筠進退
不能，只得在宴樂中抒發感情相類。兩人也同樣列名於韋莊〈乞追賜
李賀、皇甫松等進士及第奏〉的名單中：

> 詞人才子，時有遺賢，不霑一命於聖朝，沒作千年之恨骨。據
> 臣所知，則有李賀、皇甫松、李群玉、陸龜蒙、趙光遠、溫庭
> 筠、劉德仁、陸逵、傳錫、平曾、賈島、劉稚珪、羅鄴、方
> 干，俱無顯遇，皆有奇才。麗句清詞，遍在詞人之口，銜冤抱
> 恨，竟為冥路之塵。伏望追賜進士及第，各贈補闕拾遺。見存
> 惟羅隱一人，亦乞特賜科名，錄升三級，便以特敕，顯示優
> 恩，俾使已升冤人，皆霑聖澤，後來學者，更屬文風。[3]

2　〔五代〕李昉等編，《文苑英華》（北京市：中華書局，1982年），頁450。

3　韋莊：〈乞追賜李賀皇甫松等進士及第奏〉，〔清〕董誥等輯，周紹良主編《全唐文
新編》（長春市：吉林文史出版社，1999年12月），卷889，頁11136。又同書載吳
融〈代王大夫請追賜方干等及第疏〉：「前件人俱無顯遇，皆有奇才。麗句清辭，
遍在時人之口；銜冤抱恨，竟為冥路之塵。但恐憤氣未銷，上沖穹昊。伏乞宣賜中
書門下，追賜進士及第，各贈補闕拾遺。見存明代，惟羅隱一人，亦乞特賜科名，
錄升三級。便以特赦，顯示恩優。俾使已升冤人，皆霑聖澤，後來學者，更屬文
風。」（卷820，頁10194）與韋奏，字句差同。夏承燾〈韋莊年譜〉云：「案：《唐
才子傳・方幹傳》云：『大中中，舉進士不第，隱居鏡中。王大夫廉問浙東，……

　　這是由官方肯定了溫庭筠、皇甫松等人的才學。處境相類，性格亦有幾分相似，如《唐摭言》記載：

> 松，丞相奇章公表甥，然公不薦。因襄陽大水，遂為〈大水辨〉，極言誹謗。[4]

　　皇甫松應進士，其表舅牛僧儒不舉薦。會昌元年（841）襄陽大水，作〈大水辨〉諷刺牛僧儒。這和溫庭筠譏刺令狐綯，如出一轍。對於自己的進路，溫庭筠「自笑、自知、自恨」，曾說：「自笑漫懷經濟策，不將心事許煙霞」（〈郊居秋日有懷一二知己〉）；又說：「自知終有張華識，不向滄洲理釣絲」（〈題西明寺僧院〉），還說：「自恨青樓無近信，不將心事許卿卿」（〈偶題〉），[5]可見他一生的「心事」，不在綺羅香澤之中，也不在山野林泉之間，而在於向人間實現自我經世濟民的理想，缺的只是一位知音人。皇甫松說自己「進不能強仕以圖榮，退不能力耕以自給。上不能放身雲鏊，下不能投跡塵埃。」他「進、退、上、下」不能，在自我嘲諷的語氣中，所透露的

嘉其操，將薦於朝，托吳融草表，行有日，王公以疾逝去，事果不成。』據此，此事實倡於王，或王逝後，端己取其奏上之，文實吳融作也。」此從夏氏之說。洪邁《容齋三筆》卷7〈唐昭宗恤儒士〉條，亦載此事，云：「唐昭宗光化三年十一月，左補闕韋莊奏……。」據此，則韋莊奏請事在唐昭宗光化三年（900）十一月。又《唐摭言》卷10〈韋莊奏請追贈不及第人近代者〉條，尚有孟郊、李甘、顧邵孫、沈佩、顧蒙五人，溫庭筠作溫庭皓，與此不同。夏氏以為孟郊、李甘已及第，端己不應不知，《唐摭言》似誤，其說可從。又《北夢瑣言》，卷8〈陸龜蒙追贈〉條載：「光化三年，贈右補闕。」

4　〔五代〕王定保撰，姜漢椿校注：《唐摭言校注》（上海市：上海社會科學院出版社，2003年），卷10〈韋莊奏請追贈不及第近代者〉，頁216。

5　溫庭筠撰，〔明〕曾益原注，〔清〕顧予咸補注、顧嗣立重校，王國安點：《溫飛卿詩集箋注》（上海市：上海古籍出版社，1980年7月），卷4，頁82；卷4，頁84、85。

衷心意旨，與溫庭筠始終堅持理想並無區別。

兩人皆風塵不偶，也都音樂、文學天才兼具，使他們能在新興的音樂文學中自遣，不僅得到身心的慰藉，並開啟新的抒情世界。溫庭筠揚芬於前，有詞集——《金荃集》引領風騷；皇甫松繼軌在後，書成《醉鄉日月》以見詞人情懷。按皇甫松《醉鄉日月‧自序》云：

> 頃居清洛，歡多循人，歲月既滋，頗有瑕纇。……余會昌五年
> 春，嘗因醉罷，戲撰當今飲酒者之格，尋而亡之。是冬閒暇，
> 追以再就，名曰《醉鄉日月》，勒成一家，施於好事，凡上中
> 下三卷。[6]

被世人輕視的酒筵歌席上的豔曲小詞，有了知音人，它們被溫庭筠、皇甫松以獨特而嚴謹的態度對待。溫庭筠有意識地運用「詞」特有的抒情功能，把注了文人的靈魂與藝術技巧，完整了詞的體性，既超軼於俗詞，也與詩歌分流，成為嶄新的抒情文體。皇甫松則著力於關注唐代的飲筵酒令，呈現了「歌詞」產生的場域與機制，為瞭解唐人填詞、歌詞、流播、接受等背景，提供了最直接的歷史資料。《醉鄉日月》是皇甫松親歷飲筵歌舞的記錄，所謂「飲筵競唱其詞而打令」，則是溫庭筠詞在晚唐流播、接受的情況，因此探析《醉鄉日月》實有助於對溫詞接受背景的理解。惜《醉鄉日月》今僅存殘篇，按其目錄，原有三十篇：

> 飲論第一、謀飲第二、為賓第三、為主第四、明府第五、律錄
> 事第六、觥錄事第七、選徒第八、改令第九、令誤第十、骰子

---

6 〔清〕陳鴻墀輯，《全唐文紀事》，收入《續修四庫全書‧集部‧詩文評類》1717冊（上海市：上海古籍出版社，2002年），頁550-551。案：為免詞費，下文徵引此篇，版本同此，不另作註。

令第十一、詳樂第十二、旗旛令第十三、下次據令第十四、閃攎令第十五、上酒令第十六、並著詞令第十七、按門人第十八、手勢第十九、拒潑第二十、逃席第二十一、使酒第二十二、勤學第二十三、樂規第二十四、小酒令第二十五、雜法第二十六、進戶第二十七、釀酒第二十八、風俗第二十九、自序第三十。[7]

其中，改令、令誤、詳樂、旗旛令、下次據令、閃攎令、上酒令、並著詞令、按打、勤學、樂規、小酒令、雜法、釀酒、風俗、自序等十六篇已闕，所存十四篇文字亦或殘缺不全。又《永樂大典》錄有〈使酒〉一篇，是首尾完足的篇章[8]，《全唐文紀事》錄存〈自序〉一篇[9]，並可補原本之不足。雖然原書殘闕不全，然而從現存體製、佚文，仍可窺見皇甫松對於建構酒令律度的觀念及其創新的精神。

7　就筆者知見，今存《醉鄉日月》佚文，來源主要有二：一是《類說》收錄的十九則，但篇目無存，且節錄的佚文簡短雜亂。一是《說郛》所輯的殘本一卷，卷前錄有原書篇目，佚文按篇目序列，所收十四則，較《類說》本完整。本文因此校對比勘，而以《說郛》本為主。案：明‧陶宗儀《說郛》版本繁多，本文所據為臺北：國家圖書館善本書室所藏藍格舊鈔本，該書卷58輯錄14則，所收最全。其他版本篇目全同，但殘闕更甚，如《說郛》清李際期刊本卷94、《五朝小說》本所錄僅12篇，缺〈謀飲〉與〈骰子令〉二篇。下文徵引繁多，為免詞費，但註明篇目。宋‧曾慥：《類說》，收入《文津閣四庫全書‧子部‧雜家類》875冊（北京市：商務印書館，2006年），頁637-640。

8　按《說郛》本所存〈使酒〉篇僅110字，田奕撰〈《醉鄉日月‧使酒》——一篇精妙的唐人佚文〉一文，發現《永樂大典》，卷12044，「酒」字韻「使酒」條所收〈使酒〉篇約700字。該文載《文獻》1998年1期，頁282-285。按本文徵引〈使酒〉篇，據《永樂大典》輯錄。

9　〔清〕陳鴻墀輯，《全唐文紀事》，收入《續修四庫全書‧集部‧詩文評類》，1717冊（上海市：上海古籍出版社，2002），卷33，頁551。

一　以律度為高談，以風標為上德

　　皇甫松將「醉」分為「上士」、「中士」、「下士」三種等級，他說：

> 夫以酒德自怡者，莫若負壺雲巖，長歌林莽；希夷陶兀，混濁百年，斯上士之為醉也。其或友月朋風，吟烟笑露；資歡於杼軸之境，取勝於徵引之場；追傲逸於古人，求舒適於當代，斯中士之醉也。其或節以絲簧，程以袂舞；焰紅蠋於春夕，飄翠袖於香筵；以律度為高談，以風標為上德；含妍吐豔，拂霧縈烟，此下士之為醉也。（《醉鄉日月・自序》）

作者是哪一種等級呢？不是隱者的「上士」，也不是仕者的「中士」，皇甫松的「醉鄉」不在林泉，不在經籍，而是在春夕香筵、翠袖歌舞中。一半兒遊戲，一半兒嘲諷，戲謔中流露的卻是十分的肯定。所謂「以律度為高談」，可見「律度」之難；「以風標為上德」，可見以「風標」為準的，這是音樂與文學完美的結合，不是兼擅二者難以臻至。固然稱之為「下士之醉」，但須是稟才賦，識徑路，迥非等閒可以為之。

　　因此，他在開篇〈飲論〉中，以「論」名篇，系統地闡述他的主張：

> 醉花宜晝，襲其光也；醉雪宜夜，樂其潔也；醉得意宜豔唱，宣其和也；醉將離宜鳴鼉，壯其神也；醉文人宜謹節奏、慎章程，畏其侮也；醉俊人宜益觥盂，加旗幟，助其烈也；醉樓宜暑，資其清也；醉水宜秋，泛其爽也。此皆以審其宜、收其

　　景，以與憂戰也。（〈飲論〉）

　　設筵需要審度四項要件：一在於「時」，以「賞花宜晝、賞雪宜夜」為例，認為設酒的時間宜按開筵目的規畫，方能得意盡歡。一在於「事」，以「得意宜豔唱、別離宜鳴嗚」為例，認為人事不同，情懷有別，宴樂曲調也當按不同的情境設置。一在於「人」，由於與筵者的情性不同，上酒行令也應寬猛合宜；如文人謹嚴，宜確實按酒令章程行事，俊人豪爽，則行令罰酒不妨嚴一些，以增進熱烈歡快的氣氛。一在於「地」，憑樓或臨水設宴，也須配合季節，得氣之所宜。如此「審其宜、收其景」，才能成就一場成功的飲筵，也才能「與憂戰」。

　　何以解憂？唯有杜康。不止是「解憂」，皇甫松甚至是要「與憂戰」，可見其「憂」之深沉。「憂」、「歡」相對，謀飲是為了「謀歡」，為了確保歡源，他接著在〈謀飲〉篇中提出了「九候」、「十三徵」之說：

　　「九候」指的是九項「不歡之候」：主人吝、賓輕主、鋪陳雜而不敘、樂生而妖嬌、數易令、騁牛飲、迭詼諧、互相熟、惟歡骰子。

　　「十三徵」指的是十三項「歡之徵」：得其時、賓主久間、酒醇而飲嚴、非觥盂不謳、雖觥盂而謳不謳者、不能令有恥、方飲不重膳、不動筵、錄事貌毅而法峻、明府不受請謁、廢賣律、廢替律、不恃酒、使勿懽勿暴。

　　無「酒」不成歡，但關於酒，皇甫松僅以〈釀酒〉一篇專論，惟該篇已闕。而在〈飲論〉中，皇甫松雖曾按酒的「色、清、味」分為：「聖、賢、愚」三等，所論「懽之徵」中「酒醇」也是其一，但卻不是最重要的，他關注的重點尤在於「飲嚴」。這可以從兩方面來觀察：

其一，酒德：避免「不歡」的「九候」，遵行「歡」的「十三徵」，這是「飲之王道」，反之則是「飲之霸道」。雖然皇甫松有〈進戶〉一篇，教人增加酒量的方法，但目的卻不是為了飲酒，而是為了暢行酒令。「騁牛飲」是不歡之候，「不恃酒」是歡之徵，他甚至以〈使酒〉一篇專門批評「沉酗於酒」的種種敗德行為，主張飲酒要有節制。反對任意酗酒，藉酒放縱性情，不止是為了避免「以酒敗德」、「以酒速罪」，更重要的是為了維護酒令的進行，因為這才是皇甫松認為的「謀歡」徑路。

其二，酒令：皇甫松提出的九項「不歡之候」中，如「樂生而妓嬌」指樂工造詣與飲妓侍酒的缺失，「數易令」指改令次數太多，「惟歡骰子」指貪歡於骰子令惟務飲酒；十三項「歡之徵」中，如：「非觥盂不謳，雖觥盂而囂不謳者、不能令有恥」是對參與酒令者的要求，「錄事貌毅而法峻、明府不受請謁」是對主持酒令者的要求，「廢賣律、廢替律」是對犯令罰酒的具體主張，這些無不與酒令直接相關。這樣的中心主旨，與《醉鄉日月》全書以酒令為重點的篇章結構，正相契合。

對於不能行令，唯務飲酒者，韓愈〈醉贈張祕書〉曾譏誚云：「長安眾富兒，盤饌羅羶葷，不解文字飲，唯能醉紅裙。」又白居易〈閑夜詠懷招周協律劉薛二秀才〉詩云：「若厭雅吟須俗飲，妓筵勉力為君鋪。」[10] 所謂「俗飲」與「雅吟」、「文字飲」相對，指的是不用雅令的飲筵。可見中唐時「雅飲」風行，但「俗飲」也相當普遍，各有愛好者。而在晚唐皇甫松的心目中，「飲筵」幾與「雅令」畫上等號。他在〈使酒〉篇中說：「夫合樂設酒者，得不慎其選徒歟？」

---

10 韓愈、白居易詩見〔清〕彭定求、楊中訥等編：《全唐詩》（北京市：中華書局，1996年），卷337，頁3774；卷443，頁4954。案：下文徵引唐人詩句，版本同此，為免詞費，但註明卷次、頁碼。

設酒與合樂並稱，而「合樂」更在「設酒」之先，顯見其衷心所向。

　　因此，「合樂設酒」是皇甫松《醉鄉日月》的總綱領，也是「謀歡」的途徑；「謀歡」──是皇甫松「深入醉鄉之路」的目的，但不是單純地沉溺酒鄉，他的方法是極為周密謹嚴的。為確保「歡源」，所有的規矩循此而生。然而酒令的律法，操之於行令的人；酒令能否助興，也須巧妙合宜的安排。飲筵的靈魂是「酒令」，靈魂的主體是「酒徒」，皇甫松因此告誡合樂設酒須「慎其選徒」，並且特立〈選徒〉一篇，提出「吉飲之法」。他是這樣說的：「選徒為根幹，選酒為枝葉，選令為敷萼。」酒、樂、人，是飲席能否終歡的三項要件，如前所述，皇甫松「醉翁之意不在酒」，「酒」須「合樂」而設。「選徒」、「選令」既關涉著「謀歡」的成敗，要瞭解其醉鄉的徑路，自宜深入探討。

（一）選徒為根幹

　　要成為「酒徒」，須具備甚麼樣的條件？皇甫松有八項鑑定的標準：

> 大凡寡於言而敏於令者，酒徒也；怯猛飲而惜終歡者，酒徒也；不動搖而貌愈殼者，酒徒也；不停觥而言不雜亂者，酒徒也；聞其令而不重問者，酒徒也；改令及時而不涉重者，酒徒也；持屈爵而不紛訴者，酒徒也；知內樂而惡外囂者，酒徒也。（〈選徒〉）

　　從這些條件看來，關鍵在於「知內樂而惡外囂」，能通達這個道理，才具備酒徒的基本精神。追求的不是「酒」的麻醉放縱，「令」才是內樂的泉源。和「惡外囂」相應，一方面要求飲酒有節，反對「猛飲」，強調「惜終歡」；一方面要求言語有節，能飲但要「言不

雜亂」、犯令罰酒時「不紛訴」，這些是對品性的要求。所謂「敏於令」、「聞其令而不重問者」、「改令及時而不涉重者」，要求文思敏捷，雅善行令，這些是對才學的要求。可見皇甫松追求的是歌酒文會的風雅，因此「酒」不過是枝葉而已，「令」才是飲筵靈魂的花兒，而這一切取決於人的酒德與文采，所以說「選徒為根幹」、「選令為敷荂」。

在〈使酒〉篇中，皇甫松再次強調了相同的看法：

> 《商書》曰：「沉酗於酒。」《抱朴子》曰：「君子以酒敗德，小人以酒速罪。」乃知始謀歡，往往翻以為禍。夫合樂設酒者，得不慎其選徒歟？大凡蔑章程而務飲者，非歡源也；醒木訥而醉喋喋者，非歡源也；飾己非而尚議讟者，非歡源也；得淺酒而訴深酌者，非歡源也；飲愈多而貌彌淡者，非歡源也；不諭令而病敏手者，非歡源也；己令謬而惡人議者，非歡源也；好請罪而諱以籌者，非歡源也；此八者蓋沉酗以濫觴，紛喧之鳴漸也。（〈使酒〉）

酒能助興，但牛飲爛醉，不能品味飲酒之趣；或喧囂酒筵，干擾文人雅飲之興，都是有傷歡雅的事。這裡從「非歡源」著眼，提出「慎其選徒」的警語，並列出八種有礙「謀歡」的人物，一一與他所反對的「沉酗」、「紛喧」兩種失去節度規矩的飲筵現象對應，也一一與他在〈選徒〉篇所讚揚的「酒徒」八項條件相和，可見皇甫松對於酒筵風格的要求。尤其值得注意的是，皇甫松的選徒條件，如：「蔑章程而務飲者」、「飾己非而尚議讟者」、「得淺酒而訴深酌者」、「不諭令而病敏手者」、「己令謬而惡人議者」、「好請罪而諱以籌者」等，所謂「章程」指的是酒令的章法程式，「八不要」中有「六不要」直接與行令有關。另外，「醒木訥而醉喋喋」譏諷的是清醒時拙

於行令，醉後則喧囂不已之徒。這與「八要」中的「寡於言而敏於令」、「不停觥而言不雜亂」相對，酒徒的性情可以是「木訥寡言」的人，但才情不可少——需是行令敏捷的；可以「不停觥」而醉，但醉而有品——需是言不雜亂的。和情緒亢奮、喋喋不休相反，隨著飲巡卻「飲愈多而貌彌淡者」，顯然並不解飲，才情不稱，也是難與「謀歡」的人物，因此也在「八不要」之中。

　　皇甫松揭示「八不要」之餘，又詳細描寫酒筵中種種殺風景的醜態，還有這樣的場景：

> 紛鶩酒坐，喧喧而踊躍用觥；撓亂樂工，坎坎而自伐鼓。恣憑麴蘗，大縱輕佻。斷絕而絲竹無倫，俯仰而章程失緒。問令不已，告之莫曉惛憬。使自趨之，茫然而不諧節奏。非無以指諭，終成執柯伐柯。（〈使酒〉）

　　在皇甫松極力指責的失措行為中，反映了他的標準：要求樂工伐鼓，絲竹諧奏，務使歌令行酒章程有緒；也要求賓客行止合儀，能歌善令，這才是高雅的歡筵。

（二）選令為敷葺

　　《醉鄉日月》記載的酒令有：骰子令、旗旛令、下次據令、閃摖令、上酒令、並著詞令、小酒令等七種。而〈手勢〉雖無「令」字名目，但據王小盾推測「早期的拋打，指的就是手勢令」[11]。此外，和行令相關的有〈改令〉、〈令誤〉兩篇，和音樂相關的有：〈詳樂〉、〈樂規〉兩篇。可惜的是，除了〈骰子令〉、〈手勢〉尚存殘篇，其他都已亡闕。如何選令？如何鋪陳飲筵氣氛？就現存資料看來，首先要

11　王小盾：《唐代酒令藝術》（臺北市：文津出版社，1993年3月），頁35。

能掌握各類酒令的性質，其次設計組織酒令的流程。

皇甫松在〈謀飲〉中提出九種不歡之候，「惟歡骰子」是其中之一，所謂「骰子」即「骰子令」，這是根據擲骰所得的采數以及與之相對應的條例來決定飲次。這種酒令只是單純地擲「采」，其性質著重於「飲」，「惟歡骰子」無疑惟歡於飲酒，因此是皇甫松所反對的。不過，雖然反對「猛飲」、「務飲」，反對酗醉狂徒的喧囂失序，然而「微酣」可以鼓動才思，可以翻湧熱情，這又是他所追求的。「骰子令」要如何應用？皇甫松是這樣說的：

> 大凡初筵，皆先用骰子。蓋欲微酣，然後迤邐入酒令。（〈骰子令〉）

從這段記載，可見一場成功的宴會，須是「合樂設酒」，按各種不同的酒令設計組織宴會的進行流程，以達到最佳的「謀歡」效果。飲筵初始，先行「骰子令」擲骰喝酒，引入「微酣」的妙境，藉此炒熱席間氣氛，再進行其他的酒令遊戲。在皇甫松心目中，什麼樣的酒令節目安排最符合其理想？據〈骰子令〉文句推測，《醉鄉日月》所載各篇酒令當亦註明其性質與應用，可惜今存僅前引〈骰子令〉寥寥數語而已，難究其詳。不過，他在〈為主〉篇曾這樣說：

> 主前定，則不繁；賓前定，則不亂；樂前定，則必暢；酒前定，則必嚴。時，然後懽，人乃不厭。（〈為主〉）

可見一場成功的盛筵，事前須作妥善的籌備。酒令是酒筵的主體靈魂，樂則是靈魂的載體，要掌握進行的節奏，因此需事先審度選定樂與酒，須是搭配合宜的。他提出「時然後歡，人乃不厭」的原則，這和〈選徒〉篇說的「改令及時而不涉重」，以及〈謀飲〉所云不歡之候「數易令」，正相呼應。複重，令人生厭，因此須及時改令；但改

令過度，繁雜無敘，亦令人不歡。可見「時」宜的掌握，是歡筵的關鍵。然而有好樂、好酒，若無好人亦枉然，故云「賓前定」。如何選定賓客？則與〈選徒〉篇相繫，該篇為此提出了具體的依據。而這些都須要主人事先周密籌劃，故云「主前定則不繁」。

關於酒令的人事，皇甫松另有〈明府〉、〈律錄事〉、〈觥錄事〉三篇，具體說明酒令官掌令的器物與職司：一、明府：唐人飲酒行令以二十人為一組，立一人為「明府」，每一明府掌管「骰子一雙、酒杓一只」，職司規正飲酌之道。二、律錄事：職掌宣令與行酒，又稱「席糾」、「酒糾」，管「籌一十枚、旗一、纛一」等器物。旗，用以指揮巡視；纛，用以指明犯令；籌，用以計罰犯令。三、觥錄事：職司糾核，對於犯令者拋投旗、纛，用以告示犯令，執行罰酒。其中，律錄事可以說是酒令遊戲的執行主持人，最是靈魂人物。皇甫松認為須具備「飲材」，即「第一要『善令』：熟悉妙令，能夠巧宣；第二要『知音』：擅歌舞，能度曲；第三要『大戶』，有酒量，能豪飲」[12]。可見律錄事第須專業人才，如《北里志》記載絳貞「善談謔，能歌令，常為席糾，寬猛得所」；俞洛真「時為席糾，頗善章程」[13]，都是一時之選。酒筵就在這些專業飲妓的總理之下，按部就班的進行一場藝術饗宴。

皇甫松將飲筵心得撰成《醉鄉日月》，巨細靡遺地規定為主、為賓、選徒之道，以及各種酒令、飲妓的職司、音樂等等規矩。他提出「合樂設酒」，這是唐代特有的融合歌、舞、樂，文人與歌妓共同創作，有章程組織的藝術活動；主張「選徒」，剔除沉酗與紛喧，要求文才與酒德，定位這是一場「文人」的高雅盛會；書名標舉「醉

---

12 參王小盾：《唐代酒令藝術》，頁8-9。

13 孫棨：《北里志》（臺北市：藝文印書館，1955年《百部叢書集成》影印《古今說海》本），頁3、19。

鄉」，但「酒」不過是發酵情思的引子，文學與音樂才是通往醉鄉之路的鎖鑰。在〈使酒〉篇中可以更清楚地見到他理想中的「醉鄉」徑路：

> 列嬋娟之子，間風雅之賓。極歌管之能，竭章程之妙。……。
> 緩從文圍之中，深入醉鄉之路。（〈使酒〉）

人，是「嬋娟之子」、「風雅之賓」；樂，能「極歌管之能，竭章程之妙」。從醇酒引入微醺，鼓湧文思，唱和文圍以極其歡，而在清音雅詞中沉入醉鄉。

二 「送酒著辭」、「並著詞令」反映的「令詞」特徵

皇甫松詞今存九調二十二闋：〈天仙子〉「晴野鷺絲飛一隻」、「躑躅花開紅照水」，〈浪淘沙〉「灘頭細草接疏林」、「蠻歌豆蔻北人愁」，〈楊柳枝〉「春入行宮映翠微」、「爛漫春歸水國時」，〈摘得新〉「酌一巵」、「摘得新」，〈夢江南〉「蘭燼落」、「樓上寢」，〈採蓮子〉「菡萏香連十頃陂」、「船動湖光灩灩秋」，〈竹枝〉「檳榔花發鷓鴣啼」、「木棉花盡荔枝垂」、「筵中蠟燭淚珠紅」、「斜江風起動橫波」、「山頭桃花谷底杏」，〈拋球樂〉「紅撥一聲飄」、「金蹙花毬小」，〈怨回紇〉「白首南朝女」、「祖席駐征棹」等。除了〈竹枝〉六闋以外，每一詞調皆各領兩闋，頗為獨特。這樣的形式特徵，如聯繫《醉鄉日月》所記，可從「送酒著辭」與「並著辭令」兩方面來探察。

（一）送酒著辭

關於飲筵中的犯令罰酒，皇甫松〈舳艫事〉有一段頗為生動的記

載：

> ……觥錄事糾之。以剛毅木訥之士為之。有犯者，輒投其觩於
> 前，曰：某犯觥令。觩法，先觩而後蠡也。犯者諾而收執之，
> 拱曰：知罪。明府酌其觥而斟焉，犯者右引觥，左執觩附於
> 胸，律錄事顧伶曰：命曲破送之。（〈觥錄事〉）

可惜的是，皇甫松雖然寫出酒令官執法的情狀，但關於罰酒只略敘
伶人以「曲破送之」而已。唐人飲筵，凡勸酒、罰酒，多有歌曲送
之。如李群玉〈索曲送酒〉詩云：「煩君玉指輕攏捻，慢撥鴛鴦送一
盅」，劉禹錫所謂「處處聞管弦，無非送酒聲」，正是這種風氣的寫
照。在皇甫松詞中，也有以勸酒形式表現的作品，如〈拋毬樂〉二
首、〈摘得新〉二首、〈天仙子〉二首等皆是。

按《唐語林》云：「以〈鞍馬〉、〈香毬〉或〈調笑〉拋打時上
酒。」[14] 所謂〈香毬〉即〈 毬樂〉，是一支拋打樂曲，今存最早的文人
詞是劉禹錫的作品：

> 五色繡團圓。登君玳瑁筵。最宜紅燭下，偏稱落花前。上客如
> 先起，應須贈一船。

又：

> 春早見花枝。朝朝恨發遲。及看花落後，卻憶未開時。幸有拋
> 毬樂，一杯君莫辭。[15]

---

14 〔宋〕王讜：《唐語林》（臺北市：廣文書局，1968 年 6 月），卷 8，頁 311。

15 曾昭岷、曹濟平、王兆鵬、劉尊明等編：《全唐五代詞》（北京市：中華書局，
　　1999 年 12 月），頁 63。案：本文徵引《全唐五代詞》版本同此，以下不另作註，
　　但註明書名、頁碼。

　　兩詞以拋打令中的香毬為題材，以「行樂須及春」之意遞相聯屬。前一首送酒，故云「應須贈一船」；後一首勸酒，故云「一杯君莫辭」，格式同為：五五五五五五，是一組聯章詞。皇甫松〈拋毬樂〉也是兩詞聯章的形式：

　　　　紅撥一聲飄。輕裘墜越綃。墜越綃。帶翻金孔雀，香滿繡蜂腰。少少拋分數，花枝正索饒。

又：

　　　　金蹙花毬小，真珠繡帶垂。繡帶垂。幾回衝鳳蠟，千度入香懷。上客終須醉，觥盂且亂排。（《全唐五代詞》，頁 94-95）

　　詞中佳人懇求「少少拋分數」，所言「分數」代表酒量單位：「十分」即滿斟一杯，「五分」為半杯，「四十分」為四杯[16]。「拋分數」時除了用籌，如徐鉉〈拋毬樂〉云：「歌舞送飛毬，金觥碧玉籌」；也有用玉燭的，如宋代章淵的《稿簡贅筆》云：「有勸酒玉燭，酌酒之分數為勸。」[17]按杜牧詩云「問拍擬新令，憐香占彩毬」（〈後池泛舟送王十秀才〉）[18]，皇甫松嘗云「列嬋娟之子，間風雅之賓」（〈使酒〉），於此又有「輕毬綴越綃」、「花枝正索饒」之語。由此可以擬想這場飲筵所行的拋打令，應是嬋娟之子、風雅之賓間坐，配合樂曲用歌舞巡傳香毬，再以玉燭計罰酒之「分數」。前一首描寫樂曲終

---

16 據王小盾考證，唐人籌令使用酒籌，用於司令、計罰、巡酒。酒籌上刻有四式：「飲」為自斟、「勸」為敬酒、「處」為罰酒、「放」為不敬不罰，重新下籌。酒令籌上所刻的字句，如「自飲五分」、「大器四十分」、「大戶十分」等，這些籌令章程中所說的分數，代表酒令單位。參見《唐代酒令藝術》，頁 17-20。

17 〔宋〕章淵：《稿簡贅筆》，收入〔明〕陶宗儀纂《說郛》（臺北市：新興書局，1963 年 12 月），卷 44，頁 721。

18 見〔清〕彭定求、楊中訥等編：《全唐詩》，冊 16，卷 525，頁 6018。

歇，花毬飄墜，嬋娟清歌曼舞，討饒淺盃輕罰；後一首則延續前章意脈，送歌勸酒，情懷熱烈，風神旖旎，完整展現了拋打令的歌舞場景。值得注意的是，皇甫詞由五言六句的聲詩體，變化為長短句：五五三五五五五，這或許是「問拍擬新令」，亦即「依曲拍擬定令格，依令格寫作著辭」，因令格不同而有不同的格律，因此形成詞調的又一體。此外，皇甫松寫綵毬，不是「五色繡團圓」的直接概括，而是寫其形、色、味：輕、小、金簇、花、香滿，寫其墜飾：「帶翻金孔雀」、「真珠繡帶垂」，寫其動：飄、墜、滿、垂、衝、入，細細描摹，反覆渲染，繪其精美，彰其動態。寫人，卻只寫衣服質地——越綃，鏡頭聚焦——「繡蜂腰」，動作——「索饒」。然而輕毬入懷，人香而毬「香滿」，毬香可見人香；毬在人手，毬動更襯人動，凸出「繡蜂腰」——舞腰曼妙可見，集中筆力描寫輕毬之精美、流動，正為烘托主體——人之美。皇甫松以細美寫貌，以動態寫神；以毬之美，烘托人之美；以人之美，烘托歌之美、舞之妙；以人美、歌美、舞美，見飲筵時光之美好。人生為歡，此樂何如？豈能不飲？焉能不醉？末結「終需醉」一語，直語通幽，正足以窺其歡情。雖然在格式上只增加和聲三字：「輕毬墜越綃，墜越綃」、「真珠繡帶垂，繡帶垂」，但破壞整齊的五言詩行，使節奏產生變化，接續的疊句又重複變化的節奏，使得音節流美，累累如貫珠，聲情與詞情相發並妙。以精美的事物，側筆烘托主體，而反覆纏綿，婉轉妍麗，如此寫豔幾與飛卿一氣，已經具備詞體「要眇宜修」之特徵，顯然不是劉禹錫聲詩體所能企及的。

　　以兩詞聯章歌以送酒，這樣的現象，在詩歌中也可以見到。如韓愈〈贈張徐州莫辭酒〉：

　　　莫辭酒，此會固難同。請看女子機上帛，半作軍人旗上紅。

莫辭酒，誰為君王之爪牙。春雷三月不作響，戰士豈得來還家？[19]

王小盾認為送酒歌曲是「一曲送一盅」、相互歌答的形式，因此這類分從男女立言的送酒曲，被視為主客二人分唱，質疑出自二人之手，如韋莊〈上行盃〉即是。又以韓愈詩原題：〈贈張徐州莫辭酒〉，故判斷這組作品是分別為勸酒者和應答者寫作的，出自韓愈一人之手[20]。管見以為韓愈此作雖然不離勸酒歌詞的常語：「莫辭酒」，但已經脫離了酒筵的範疇，意帶諷諭。內容與酒筵應景相去甚遠，與其說是分別為勸酒者與應答者而作，不如說是以聯章體的形式表達完整的意涵，嚴格來說應該是「兩章一首」。再看皇甫松〈摘得新〉也是如此：

酌一卮。須教玉笛吹。錦筵紅蠟燭，莫來遲。繁紅一夜經風雨，是空枝。

又：

摘得新。枝枝葉葉春。管絃兼美酒，最關人。平生都得幾十度，展香茵。（《全唐五代詞》，頁91-92）

這組詞由「酌一卮，須教玉笛吹」到「管絃兼美酒，最關人」，雖不似劉禹錫詞從「贈一船」到「君莫辭」，有明顯的送酒、勸酒形式，但按其詞情則可謂殊途同歸。詞詠春枝，前一首送酒，詞人喻示的人生真諦是「繁紅一夜經風雨，是空枝」，因此「莫來遲」呵！語似平淡，然而由「是」字的肯定，「莫」字的急切，可見其感悟之

---

19 〔清〕彭定求、楊中訥等編：《全唐詩》，冊10，卷345，頁3871。
20 王小盾：《唐代酒令藝術》，頁82-84。

深沉。陳廷焯謂「及時勿失，感慨何之」[21]，最得其要旨。後一首起句「摘得新」承前一首「是空枝」而轉折，嶺斷雲連，有如雙調詞的過片。不堪生命的落空，因此從沉痛轉而放達，從「及時勿失」轉而「及時行樂」，所謂「管絃兼美酒，最關人」，雖不言勸但「勸」意深長。

　　關於送酒著辭「往往兩首成組，使用同一格調」，王小盾《唐代酒令藝術》認為是緣自「令答二人的彼此唱和」，亦即是勸酒者與受酒者相互應答的作品。對於有本事記載者，如韓愈詩云「贈張徐州莫辭酒」論定為出自一人之手；沒有本事記載的，如韋莊〈上行盃〉則認為是「主客二人分唱的」，非出自一人之手。至於皇甫松〈摘得新〉何以兩詞聯章？王氏未曾置喙。沈松勤〈唐代酒令與令詞〉論此，分成「臨時確定的酒令節目」、「預定的酒令節目」兩式，認為前者即席而作，彼此歌唱，作品由兩人或多人集合成組；後者則由一人創作而成，皇甫松、韋莊等人詞作可證[22]。管見以為就皇甫松詞而言，這些說法值得再商榷：

　　其一，韓愈〈莫辭酒〉二首既是贈給「張徐州」之詞，也就是勸「張徐州」酒的作品，恐非為兩人：勸酒者與答酒者代言，而是聯章歌以送酒。這樣的形式到了晚唐更進一步發展，如前所述，劉禹錫以〈拋球樂〉同調兩詞聯章：一送、一勸，皇甫松〈拋球樂〉、〈摘得新〉等詞亦如是，似已成為晚唐文人習用的傳統，韓愈聯章詩正可為作為這種形式發展的前例與輔證。

21〔清〕陳廷焯：《詞則・別調集》卷1，見王兆鵬主編《唐宋詞彙評》（杭州市：浙江教育出版社，2004年1月），頁104。

22 沈松勤：〈唐代酒令與令詞〉，《浙江大學學報・人文社會科學版》第30卷第4期（2000年8月），頁70。

其二，皇甫松對於飲筵的規矩要求謹嚴，認為「主前定，則不繁；賓前定，則不亂；樂前定，則必暢；酒前定，則必嚴。」（〈為主〉）

一場成功的盛筵，事前須作妥善的籌備。皇甫松主張「合樂設酒」，酒令是飲筵的主體，他曾說「大凡初筵，先用骰子，蓋欲微酣，然後迤邐入酒令」（〈骰子令〉），這段話可與「樂前定，則必暢」並觀，可見酒令歌舞應是事前縝密規畫，有章程組織的飲筵藝術。「酒令」既是「前定」的，某些配合令曲的歌詞自然也就有「前定」的可能，而不全然是即席著辭。伎人是飲筵中的靈魂人物，她們是表演者也是酒令遊戲的參與者，要能「知音」，要能歌舞，當然須要能發揮自己才能的「曲子詞」，自有可能請求文人才子玉成。當然，反過來說，當才子詞人因為欣賞歌妓之能，而填製新詞合其歌吻，以為相得益彰之美事，也是人情之常。因此，送酒曲辭自有文人代作的可能，然而這並不能解釋前述作品何以呈現「先送、後勸」兩兩聯章的形式。這或許從劉邠《中山詩話》可以找到答案：

> 唐人飲酒以令為罰，……今人絲管歌謳為令者，即白傅所謂。大都欲以酒勸，故始言送而繼承者辭之，搖首捽舞之屬皆卻之也。至八遍而窮，斯可受矣。[23]

由此可見，送酒時還有一番送、勸、卻、受的儀式，送酒者與受酒者一送、一卻，往還數次，方才受之。從這樣看來，晚唐時曲子型的送酒歌辭，可能已從單純的「一曲送一盅」，演為更複雜的形式。皇甫松既謹嚴酒令儀式，要求「非觥盂不謳」，故其「觥盂而謳」之作，

---

23 〔宋〕劉邠《中山詩話》，收入《文淵閣四庫全書》1478 冊（臺北市：臺灣商務印書館，1983 年），頁 21。

應能反映當時的情況。觀其送酒詞皆兩兩聯章——前送、後勸，而送勸之間語氣漸趨熱切，詞情遞接流轉，推測皇府松醉鄉日月的送酒儀式應是「送、辭」兩次，亦即：送酒－辭卻－勸酒－辭卻，然後受之。其間主題、形式應與令格的要求有關，而這樣的體式特徵或許在皇甫松《醉鄉日月》的〈並著詞令〉中可以找到線索。

（二）並著詞令

皇甫松《醉鄉日月》三十篇，關於酒令著詞僅有一篇，題名「並著詞令第十七」，惜其內容不存。於「著詞令」前加一「並」字，說明了這是有著特殊規定的酒令。「並」同「竝」，有「並合」、「並排」之意，按其名義，推測「並著詞令」應是要求兩闋並聯的著詞令。皇甫松詞多兩兩成組，聯章而歌，應是這種「並著詞令」的反映。如〈浪淘沙〉二闋：

> 其一
>
> 灘頭細草接疏林。浪惡罾船半欲沉。宿鷺眠鷗飛舊浦，去年沙嘴是江心。

> 其二
>
> 蠻歌豆蔻北人愁。蒲雨杉風野艇秋。浪起鵁鶄眠不得，寒沙細細入江流。（《全唐五代詞》，頁90-91）

按「宿鷺」二句與「浪起」二句互為呼應，最是詞旨關絡。前寫流沙陸沉，鷗鷺盤旋，舊棲無覓；後寫流沙漸蝕，鵁鶄棲寢難安，所寫並為飛鳥求棲，棲處雖有舊、新，但以互文補足。前者因「浪惡」而起，後者因「浪起」而致，浪侵沙流，去年如是，現今如是，故舊浦難尋，新棲亦難安。「蠻歌荳蔻北人愁」句，以「北人」自稱，

以「愁」自慨，而與「蠻歌」對舉，道出了遊子異鄉飄泊的處境與心境。前一首以景起，後一首以情起，並以風濤險惡的船艇為襯，以飛鳥棲泊無依結穴；而「蠻歌」句有如過片，承上啟下，喚醒全篇。於此，作者著一「愁」字將人與鷗鷺、鶄鶄綰合為一，寓寄的豈止是桑田滄海？更是險惡處境，枝棲難覓的感慨。此前〈浪淘沙〉作者，劉禹錫有九闋，白居易有六闋，所詠皆調名；前者有「九曲黃河萬里沙，浪淘風波自天涯」之句，後者有：「一泊沙來一泊去，一重浪滅一重生，相攪相淘無歇日，會教山海一時平」之詞。皇甫松承劉、白詞意，借江浪流沙以抒發人生感慨，但以比興出之，聯章歌之，更顯含蓄委婉，思致深沉。

再如〈夢江南〉二闋：

> 其一
>
> 蘭爐落，屏上暗紅蕉。閑夢江南梅熟日，夜船吹笛雨蕭蕭。人語驛邊橋。
>
> 其二
>
> 樓上寢，殘月下簾旌。夢見秣陵惆悵事，桃花柳絮滿江城。雙髻坐吹笙。（《全唐五代詞》，頁92）

兩詞章法相同，以「夢」句為承啟的紐帶：前兩句，是夢憶者身處的實境；後兩句，則是離人的夢中情景。前一首泛寫江南，夢見別夜情景；後一首具焦秣陵，夢入歡會情事。前夢「夜船吹笛雨蕭蕭，人語驛邊橋」中吹笛、話語之「人」，亦正是後夢「桃花柳絮滿江城，雙髻坐吹笙」中的男、女主角。前者寫離，後者寫合；前者寫悲，後者寫歡；因離而夢，因夢而歡合，因夢醒而惆悵，兩詞以夢綰連，悲歡相續，相互補足情事，是一有機的整體。餘如〈楊柳枝〉二闋，一諷

玄宗梨園歌舞，一惜西施入吳；並藉帝王貪樂史事，寓寄諷意。〈採蓮子〉二闋，前者描繪少女貪戲弄水的憨態可掬，後者描摹少女貪看少年的初戀情懷；兩詞以「貪」字綰連，由形而神，迴環映照，刻畫出動人的形象。〈怨回紇〉二闋，分從邊塞、離筵著想，由今而昔，以見離情別思。

就前述作品所反映的內容而言，可見皇甫松的「並著詞令」不僅是並著二詞而已，其間並有情、事的繫連，兩詞並合為一體，以表達完整的情事。如前所述，皇甫松《醉鄉日月》所標舉的是：「緩從文囿之中，深入醉鄉之路」，因此文囿唱和才是他所衷心追求的，而「著詞」則是最終的成果。「並著詞令」在形式、內容上的要求，無疑增加了著詞的難度，也才能顯示行令者的文才，這和他追求的風雅是一致的。而詞需合樂，兩詞聯章的形式，可能與酒令中合宜的樂曲長度有關。皇甫松《醉鄉日月》所著，不只是反映了唐代的酒令、酒筵現象，更表現自己對酒令、酒筵的嚴謹要求與理想，推測其聯章而歌的「送酒著詞」，也是在這樣的背景中產生的。

皇甫松《醉鄉日月》雖僅存殘本，著詞亦只存二十二闋，但卻是今存唯一身兼酒令、著詞作者的唐代人物，所存彌足珍貴。就今存皇甫松詞觀之，其情思蘊蓄無端，往往逸出酒筵風景，寓寄人生思考與感慨。這與他所標舉的「以律度為高談，以風標為上德」一致，是他以「清真雅士」自許的具體呈現。關於著詞令，《醉鄉日月》著錄〈並著詞令〉一篇，其內容雖然亡佚，但其著詞多是兩兩聯章，二者若合符契。皇甫松謹嚴「飲酒者之格」，於「酒德」、「酒律」皆有具體而微的要求，並著聯章當是酒筵實際應用的反響，也是其「並著詞令」的產物。

皇甫松一生落拓，「醉鄉」是他「與憂戰」的棲止處，而「合樂設酒」則是他深入「醉鄉」的徑路。不是陶淵明式的「悠悠迷所

留」，在醉鄉中找尋「真淳」、「真我」，可以邀松、邀月，可以「揮杯勸孤影」。皇甫松的「醉鄉」很熱鬧、很嚴謹，他訂出了種種規矩，要求賓客的水準——需是敏捷、風雅的，要求飲妓的水準——需是善令、知音的，歌令行酒按著節奏章程進行，宛如儀式一般，是一場精緻的藝術活動。他強調「文囿之中」，有意識地與一般群眾區別，凸顯這是文人才思的競豔場，這樣的觀念和劉禹錫說的「歡生雅」[24]相近。五代趙崇祚輯選文人雅詞而成《花間集》，為的是「庶使西園英哲用資羽蓋之歡，南國嬋娟休唱蓮舟之引」，可以說是這種觀念的延伸。從《醉鄉日月》涵攝的範圍，以及所訂定的種種規矩看來，皇甫松應該是音樂、文學天才兼具的。他所擘畫的「醉鄉」雖然高舉「文囿」，但專意於向外追求聲樂的滿足仍然不免於世俗化；不過，這樣的追求卻反映了晚唐文人的情趣，而「文人詞」正是在這樣的環境下孕育滋長。

第二節　《花間集》——溫庭筠詞接受的新觀念

　　大蜀廣政三年（940），趙崇祚編成《花間集》十卷，歐陽炯為撰〈花間集序〉；文學史上第一部文人詞選集，第一篇詞學批評，於焉誕生。《花間集》所錄上起晚唐，下迄後蜀廣政年間，凡十八家五百闋詞：

　　　溫庭筠六十六首　　皇甫松十二首
　　　韋莊四十八首　　　薛昭蘊十九首
　　　牛嶠三十二首　　　張泌二十七首

---

24 見劉禹錫：〈樂天以愚相訪沽酒至歡因成七言聊以奉答〉詩，〔清〕彭定求、楊中訥等編《全唐詩》，冊11，卷360，頁4073。

　　毛文錫三十一首　　牛希濟十一首

　　歐陽炯十七首　　　和凝二十首

　　顧夐五十五首　　　孫光憲六十一首

　　魏承斑十五首　　　鹿虔扆六首

　　閻選八首　　　　　尹鶚六首

　　毛熙震二十九首　　李珣三十七首

　　選域以蜀國詞壇為主，詞人或隸籍西蜀，如歐陽炯、尹鶚、毛熙震、李珣等；或仕於前後蜀，如韋莊、薛昭蘊、牛嶠、毛文錫、牛希濟、顧夐、魏承斑、鹿虔扆等，至於處士閻選也是蜀中人，而據張泌詞的取材命意及風格推測可能也是蜀人。西蜀以外，只錄：溫庭筠、皇甫松、和凝、孫光憲等四家。《花間集》成書之際，是詞的濫觴時期，詞的體性處於范昧的狀態，輯選者、撰序者有意廓清詞壇的困惑。歐陽炯〈花間集序〉云：

　　鏤玉彫瓊，擬化工而迴巧；裁花剪葉，奪春豔以爭鮮。是以唱〈雲謠〉則王母詞清，把霞醴則穆王心醉。名高〈白雪〉，聲聲而自合鸞歌。響遏行雲，字字而偏諧鳳律。〈楊柳〉、〈大堤〉之句，樂府相傳；芙蓉、曲渚之篇，豪家自製：莫不爭高門下，三千玳瑁之簪。競富樽前，數十珊瑚之樹。則有綺筵公子、繡幌佳人，遞葉葉之花箋，文抽麗錦；舉纖纖之玉指，拍按香檀。不無清絕之辭，用助嬌嬈之態。自南朝之宮體，扇北里之倡風，何止言之不文，所謂秀而不實。有唐已降，率土之濱，家家之香徑春風，寧尋越豔；處處之紅樓夜月，自鎖嫦娥。在明皇朝，則有李太白應制〈清平樂〉詞四首。近代溫飛卿復有《金荃集》，邇來作者，無愧前人。今衛尉少卿字弘基，以拾翠洲邊，自得羽毛之異；織綃泉底，獨抒機杼之功；

廣會眾賓，時延佳論。因集近來詩客曲子詞五百首，分為十
卷。以炯粗預知音，辱請命題，仍為序引。昔郢人有歌〈陽
春〉者，號為絕唱，乃命之為《花間集》。庶使西園英哲，用
資羽蓋之歡；南國嬋娟，休唱蓮舟之引。[25]

　　趙崇祚編選《花間集》列溫庭筠為冠冕，歐陽炯〈花間集序〉亦
推遵溫庭筠詞。從唐代飲筵競唱，到《花間集》的成書，不僅反映了
溫庭筠詞傳播媒體的變化，更反映了溫庭筠詞接受的新觀念。

一　溯源正體──詞體意識的開啟

　　從唐到五代，詞體的發展還在初始的階段。「詞」依附於「曲
子」，是新興流行樂曲的附庸，還不足以被視為一種「文體」。「曲子
詞」雖然大受歡迎，但是作為飲筵打令、演唱的娛樂工具，始終以
其體「卑下」為世人所輕。唐代文人難以抗拒燕樂的美聽，妓樂的
魅力，酒令的趣味，紛紛假手詞作。大詩人如白居易倡言「舞看新
翻曲，歌聽自作詞」[26]，然而所用曲調仍局限於五七言的律絕體式，所
作歌詞則是詩歌風格的再現。劉禹錫倡言「歡生雅」[27]，曾因民歌〈竹
枝〉的聲、詞「儜儜不可分」、「多鄙陋」之病，而新作〈竹枝〉「俾
善歌者颺之」[28]，然其詞大抵言之，仍不脫白居易詞的範式。有鑑於民

---

25 〔五代〕趙崇祚輯：《花間集》（臺北市：鼎文書局，1974年10月，影印南宋紹興
　　本《花間集》），頁1-2。案：為免詞費，以下徵引〈花間集序〉不另作註；徵引詞
　　作，但註明書名、頁碼。
26 〔唐〕白居易：〈殘酌晚餐〉，收入〔清〕彭定求、楊中訥等編《全唐詩》（北京
　　市：中華書局，1996年），卷456，頁5165。
27 〔唐〕劉禹錫：〈樂天以愚相訪沽酒至歡因成七言聊以奉答〉，同前註，卷360，頁
　　4073。
28 〔唐〕劉禹錫：〈樂天以愚相訪沽酒至歡因成七言聊以奉答〉，同前註，頁4073。

間歌詞，樂人所作，或落入粗鄙庸俗的趣味；詩人力圖振作，雖風格高標，卻又不免陷入「非詩非詞」的混淆。晚唐溫庭筠繼出，他挾管絃之才，頗能掌握這種新興體製的優長，有意識地在創作中作出區別，雖然兼善詩詞，其詞卻「別是一家」。皇甫松淪落風塵，雖然傾心於「醉鄉」尋歡，卻作《醉鄉日月》專書，嚴謹地訂定「合樂設酒」亦即「酒令」的種種規矩，顯然也是有意識地提高這種藝術的體格。從白居易到皇甫松，明顯可見文人自覺地在詩、詞之間，在雅、俗之間，嘗試從新的角度審視這種新的藝術客體，賦予它新的體性。尤其溫庭筠在創作上為詞體定調，皇甫松在詞的應用上提高其品格，在詞體的困惑中有了可供依據的體式。不過，他們兩人並未形諸文詞，提出「詞體」的理論探討。

延續唐五代文人的體會，有意廓清世人的困惑，歐陽炯〈花間集序〉開宗明義，即是定義詞的「體性」：

> 鏤玉彫瓊，擬化工而迴巧；裁花剪葉，奪春豔以爭鮮。是以唱〈雲謠〉則金母詞清，把霞醊則穆王心醉。名高〈白雪〉，聲聲而自合鸞歌。響遏行雲，字字而偏諧鳳律。

詞是音樂文學，這段文字即是從「音樂」、「文學」兩方面立說。值得注意的是首先揭示的是詞體的「文學藝術」特徵，其次追溯詞樂的本源，用以確立詞體的「音樂藝術」特徵。看似兩者並重，但就詞序而言，隱約流露的是文人作者特有的意識，亦即出於文人的素養與自尊，對於「文學藝術」有著本能的敬重與偏向。提高「詞」的文學藝術，似乎是文人作者的共同命題，如皇甫松〈醉鄉日月序〉云「以風標為上德」，再如薛能認為世多傳唱的〈楊柳枝〉詞「文字太僻」等，都著眼於「詞」的文學性。從附庸於「曲子」，到音樂、文

學並重，以至於更注重於文學，詞學觀念的改變，有著明顯的脈絡可尋。

　　歐陽炯闡述詞體的文學特徵是：「鏤玉彫瓊，擬化工而迴巧；裁花剪葉，奪春豔以爭鮮。」他用形象化的語言敘述，提掇其中心要旨，可以「美」一字概括。要完成這樣的審美理想，是要經過詞家精心修飾雕琢，達到巧奪化工，更勝於天然的精美妍麗。關於「美」，〈九歌・湘君〉有「美要眇兮宜修」的形容，這是一種甚麼樣的美呢？按王逸《楚辭章句》，「要眇」是「好貌」，「修」是「飾」，也就是說這種「美」是帶著修飾的，一種很精巧的美。這樣的「美」，與歐陽炯所說的詞體美感特質，頗有異曲同工之妙。王國維《人間詞話刪稿》有「詞之為體，要眇宜修」之說[29]，其形容詞借鑑於〈九歌・湘君〉，詞學觀則似脫胎於〈花間集序〉。可見自〈花間集序〉伊始，文人已為「詞」的美學特質定格，歐陽炯之說在詞學史上，具有開創性的意義。而這樣的「美」，有著甚麼樣的藝術效果呢？歐陽炯說：「是以唱〈雲謠〉則金母詞清，挹霞醴則穆王心醉。」按〈雲謠〉即〈白雲謠〉。據《穆天子傳》，周穆王西遊時，飲宴於瑤池上，瑤池仙母唱〈白雲謠〉勸酒；清雅的歌詞，仙家的美酒，使得周穆王沉醉不已。意即這樣的美，這樣的歌詞，「出自天上仙家，款接人間帝王，非同泛泛」[30]。這顯然是為了破除歌詞卑下的觀念，有意藉由「天上仙家」、「人間帝王」的歌詞應用，來提高詞體的地位。

　　循著詞體地位的意脈，歐陽炯接著說：「名高〈白雪〉，聲聲而

29　王國維：《人間詞話刪稿》，見唐圭璋編《詞話叢編》（臺北市：新文豐出版公司，1988年2月），冊5，頁4258。

30　張以仁：《花間詞論續集》（臺北市：中央研究院中國文哲研究所，2006年8月），頁8。

自合鸞歌。響遏行雲，字字而偏諧鳳律。」這是從音樂的角度，確立詞體「律度諧美」的特質。樂曲美聽，倚聲之詞與音律諧和無間，悠揚動人，響遏行雲，〈白雪〉即是因此而「名高」。歐陽炯從詞的音樂性，將源頭上推到古曲〈雲謠〉、〈白雪〉，為的是糾正時人鄙視詞體的看法，欲從詞的起源來推尊詞體，提高「曲子詞」的地位。歐陽炯〈花間集序〉闡揚的詞體特質，即是趙崇祚選輯《花間集》的標準，二者相互呼應，呈現了《花間集》傳達的詞體意識。誠如筆者第一章所述，自晚唐溫庭筠出，以「調新、律新、詞新」最為世人傳唱；至於五代，〈花間集序〉首揭詞的體性，《花間集》選詞以溫詞為首，顯然在歌詞作者與詞體意識的發揚之間，有著密不可分的因果關係。文學體性的確立，需本源於文學作品的集體特性，從詞體的發展而言，溫庭筠詞無論數量、風格皆超越前人，已呈現有別於詩歌的「本色」。而這樣的特色引起後人的接受、模仿，遂由個人而形成集體特色，這是趙崇祚梳理詞體的發展，選擇以溫庭筠為首的緣由。歐陽炯〈花間集序〉揭揚的體性論，呼應《花間集》的選心，也是在這樣的脈絡中建立的。

二　冠冕溫詞——花間鼻祖的定位

　　歐陽炯論詞的源流發展，是這樣說的：

> 〈楊柳〉、〈大堤〉之句，樂府相傳；芙蓉、曲渚之篇，豪家自製：莫不爭高門下，三千玳瑁之簪。競富樽前，數十珊瑚之樹——則有綺筵公子、繡幌佳人，遞葉葉之花箋，文抽麗錦；舉纖纖之玉指，拍按香檀。不無清絕之辭，用助嬌嬈之態。自南朝之宮體，扇北里之倡風，何止言之不文，所謂秀而不實。

> 有唐以降，率土之濱，家家之香徑春風，寧尋越豔；處處之紅
> 樓夜月，自鎖嫦娥。在明皇朝，則有李太白應制〈清平樂〉詞
> 四首。近代溫飛卿復有《金荃集》，邇來作者，無愧前人。

這段話說明了歌詞發展的三個階段，呈現了三項要點：

（一）詞源於樂府、古詩

自「〈楊柳〉、〈大堤〉之句」至「不無清絕之辭，用助嬌嬈之
態。」這段話，首先說明傳世歌詞的來源：1、來自於古樂府：如
〈楊柳〉即〈折楊柳〉，〈大堤〉即〈大堤曲〉，此以古樂府名曲代指
樂府，說明傳世的歌曲，一部分來自於古樂府。2、豪門貴戶自家製
作：如「芙蓉」即《古詩十九首》之六「涉江採芙蓉」，「曲渚」即
梁朝何遜〈送韋司馬別〉「送別臨曲渚」等四首，此以古詩名篇代指
古詩，說明除了相傳的古樂府，另有豪門貴戶自作詩歌傳唱。

其次，說明歌詞製作的情況。歐陽炯引用兩則故事：春申君、平
原君以玳瑁相競，石崇、王愷以珊瑚誇豪，用以說明豪家貴戶競富誇
豪的風氣。因此，在豪門綺宴之上，有美麗的佳人侍宴，用纖纖玉指
彈唱助興；有翩翩的公子揮毫，乘興在一葉葉的花箋上，寫下錦麗的
文辭。這些清絕的歌詞，用助飲筵歌唱，使得佳人更添風姿神韻，更
顯嬌嬈無限。歐陽炯從詞的音樂性，論詞源起於樂府、古詩；論詞的
應用，則強調文人的「清絕之詞」，這種溯源正體的意識，與《花間
集》精選「詩客曲子詞」的概念一意相承，是為了推尊詞體，也是為
了突出《花間集》的價值。

（二）反對南朝宮體倡風

歐陽炯認為詞的發展，到了南朝產生了不良的風氣，他說：「自

南朝之宮體，扇北里之倡風，何止言之不文，所謂秀而不實。」這裡以「宮體」、「倡風」並舉，而以「言之不文」、「秀而不實」形容之。明確指陳南朝宮體，不合雅正，華而不實；流風所扇，竟使歌詞墮入低俗不雅的倡門風習。如此強烈的批判，顯然認為這個階段是詞體發展的黑暗期；按其意脈，《花間集》精選高雅的「詩客曲子詞」，應與宮體、倡風盛行有關，意在提供文質精美的歌本，以矯正歌壇的鄙俗風習。但令人困惑的是，後世論者或誤解其意，以為「宮體」、「倡風」是花間詞風的特點，甚至直接將飛卿詞與之連結，認為是花間鼻祖溫庭筠領導風氣。如唐圭璋、鍾振振合編《唐宋詞鑑賞辭典‧前言》曾如是說：

> 「……自南朝之宮體，扇北里之倡風」，不難看出，他們是跟著溫庭筠走的，而《花間集》首先入選的，也正是溫詞！難怪後人稱溫氏為「花間派」的鼻祖。……他們的作品確是「宮體」和「娼風」的混合物。[31]

又如楊海明〈心曲的外物化和優美化──論溫庭筠詞〉一文，也同樣截取這一段話，作為「溫詞內容專主香豔文學原因方面的解釋」[32]。再如羅瑩〈湯顯祖與花間集及其詞學思想〉一文即節錄「自南朝之宮體，扇北里之娼風」句，而云：「序文中指出詞作與『宮體』、『倡風』的關聯」[33]。其實，飛卿曾明確表明反對南朝宮體，有云：「南朝

---

31 唐圭璋、鍾振振合編：《唐宋詞鑑賞辭典‧前言》（上海市：江蘇古籍出版社，1999年1月），頁4。

32 楊海明：〈心曲的外物化和優美化──論溫庭筠詞〉，《文學評論》（1984年4月），頁87。

33 羅瑩：〈湯顯祖與花間集及其詞學思想〉，《遼寧傳播電視大學學報‧文學研究》（2004年4期），頁79。

漫自稱流品，宮體何曾為杏花」（〈杏花〉）？宮體、倡風之說，不僅
誤解歐陽烱〈花間集序〉的本意，也誤解飛卿的創作態度。就這一點
而言，歷來論者多有誤解，後人曲解文意，遂使趙崇祚、歐陽烱等
人極力反對的「宮體」、「倡風」，成為《花間集》的烙印，這是解讀
〈花間集序〉的詞學思想，宜先辨明的。

（三）推尊溫庭筠為《花間》鼻祖

歐陽烱論《花間集》成書之旨，一方面從反面著眼，批判南朝宮
體對歌詞造成不良風氣；一方面從正面著手，肯定唐五代文人詞的成
就。他是這樣說的：

> 有唐已降，率土之濱，家家之香逕春風，寧尋越艷；處處之紅
> 樓夜月，自鎖嫦娥。在明皇朝，則有李太白應制〈清平樂〉詞
> 四首。近代溫飛卿復有《金荃集》，邇來作者，無愧前人。

唐代宴飲風氣大盛，並與妓樂、酒令等結合，成為當代普遍流行
的生活娛樂。如李群玉云「煩君玉指輕攏撚，慢撥鴛鴦送一盅」，劉
禹錫所謂「處處聞管弦，無非送酒聲」，皇甫松謂「合樂設酒」，正
是這種風氣的寫照。歐陽烱論唐五代歌詞的發展，首先標舉李白應制
〈清平樂〉詞四首，顯然是以李白為文人詞的先聲；其次，提出近代
溫庭筠有《金荃集》，然後認為「邇來作者，無愧前人」。他選擇以
李白、溫庭筠為唐代文人詞的代表，其中體現了多重的詞學意義。

《花間集》以五代西蜀詞人為主體，選源上溯至於唐代，要選擇
哪些作家？以誰為首？對於有詞學理論為基礎的詞選集而言，列為首
選者自有著宗師的地位。唐代文人假手詞作者不少，歐陽烱舉李白、
溫庭筠為代表；但前者只有應制之作——〈清平樂〉詞四首，後者則
是個人作品的結集——《金荃集》；前者應制，後者自由創作；前者

散作數闋，後者結集成書；前者未錄其作，後者則位列卷首，錄詞十八調六十六闋。從〈花間集序〉到《花間集》的編製，顯示李白是文人詞的開啟，溫庭筠則具有總結的意義；因為詞史上，真正具有自我的主體風格，成一家之「詞」者，非溫庭筠莫屬。歐陽炯說「邇來作者，無愧前人」，所謂「前人」應指溫庭筠《金荃集》而言，足見「邇來作者」即《花間》詞人，與溫庭筠有著一脈相承的關係。

　　〈花間集序〉開篇即揭示歌詞需精巧妍麗，律度諧美；其次反對宮體倡風，要求歌詞須「文質」並重，在「文學美」、「音律美」之外，還要有充實的「內容美」。趙崇祚按這樣的標準選輯文人詞，而以溫庭筠詞冠於篇首，顯示的不只是溫詞具備這些審美特質，更是這些特色的創造者。有導夫先路──溫庭筠，有群體接受──晚唐五代詞人，論者因此能據以開啟「體性」論，提出詞體的美學觀，進而選輯作品，體現詞學觀念。《花間集》的成書，對於溫庭筠詞接受的意義而言，不止是確立溫庭筠為《花間》鼻祖，尤在於推崇其詞體藝術的開山之功，肯定其「詞宗」的地位。

三　由俗入雅──文人集體的雅化

　　歐陽炯論《花間集》編選的過程云：

> 今衛尉少卿字弘基，以拾翠洲邊，自得羽毛之異；纖綃泉底，獨抒機杼之功；廣會眾賓，時延佳論。因集近來詩客曲子詞五百首，分為十卷。以炯粗預知音，辱請命題，仍為序引。昔郢人有歌〈陽春〉者，號為絕唱，乃命之為《花間集》。庶使西園英哲，用資羽蓋之歡；南國嬋娟，休唱蓮舟之引。

　　這段話說明了選輯者的態度、選源、目的，揭示了新的觀念，具

有極其重要的詞學意義：

其一，編選精審——歌詞傳播主導權的掌握

趙崇祚輯選《花間集》的態度極為審慎，所謂「拾翠洲邊，自得羽毛之異」，此就選詞而言，極言其精選佳作；「織綃泉底，獨抒機杼之功」，此就編輯而言，極言其籌劃周詳。即使如此，趙崇祚猶恐蔽於一己之見，故而「廣會眾賓，時延佳論」，廣邀各方賓客，聽取各方意見，選輯「詩客曲子詞五百首，分為十卷」。《花間集》的成書，標誌著文人開始掌握歌詞傳播的主導權。此前，歌詞的傳播或靠零星的傳鈔，或靠樂工、歌女的青睞；而今，由文人來精選作品，結集成為歌唱範本，流行樂壇的趨勢，因此可以由文人來主導。

其二，「詩客曲子詞」——文人詞群體的建立

《花間集》的選源集中在「詩客曲子詞」，成書的目的是「庶使西園英哲，用資羽蓋之歡；南國嬋娟，休唱蓮舟之引」。作者特別強調「西園英哲」，顯示了文人的集體意識；而棄絕「宮體倡風」、「蓮舟之引」，自矜於「詩客曲子詞」，則透顯了作者努力區別於民間曲子詞的用心。白居易的「舞看新翻曲，歌聽自作詞」，趙崇祚進一步從個人擴大到文人群體，以至於文人自作，文人自選，文人自聽。皇甫松嘗言「緩從文囿之中，深入醉鄉之路」，其「文囿之中」的文人意識，在趙崇祚的《花間集》中得到進一步的體現。

《花間集》成書之時，詞體方興，趙崇祚等人面對的，一方面是詩詞之辨，即文人填詞「非詩非詞，亦詩亦詞」[34]的問題；一方面是雅俗之辨，即「宮體倡風」、「言之不文，華而不實」等弊病。因此，歐陽炯作序，首先辨明詞的體性，其次標舉唐五代文人雅詞為典範，來矯正當代的風氣。《花間集》編選的範圍集中在唐五代文人，

34　鄭騫：《從詩到曲》（臺北市：順先出版公司，1982年10月），頁103-104。

標舉「詩客曲子詞」；作品題名加署官銜，突出作者的身分；揭示編選目的，宣稱「庶使西園英哲，用資羽蓋之歡；南國嬋娟，休唱蓮舟之引。」《花間集》的成書，標誌著詞體從民間而文人化，反映了文人崇雅抑俗的意識，也開啟了詞體由俗入雅的趨向。自此，詞由民間過渡到文人，雅、俗之辨成為詞論的重要議題。

第三節　詞學意義──情感的雅化與寓象化

　　《花間集》的成書，對於溫庭筠詞的傳播與接受，具有開創性的意義。以溫庭筠為「宗主」，顯示了《花間集》編選者、〈花間集序〉撰寫者的詞論接受；而《花間》詞人的創作，則具體呈現了對於溫庭筠詞的創作接受。在流行歌本，文人群體推波助瀾的效應下，更彰顯了溫庭筠詞的價值。後人以「花間詞派」稱呼由溫庭筠領導的文人群體，可見《花間集》原非宗派詞選，但因為顯豁的集體風格特色，而有了宗派詞選的意義。《花間》詞人對溫庭筠詞的接受，從設色、詞藻、意象到主題、內容、藝術技巧等，都是所謂「花間詞風」形成的內容，這部分歷來論者蓁繁，殆無疑義。就詞學發展而言，溫庭筠詞中所表現的情感的雅化與寓象化，體現的不只是詞「言情」的體性，更是詞體「言長」特徵的確立。而這樣的體性特徵，因為《花間》詞人群體的接受與承襲，而深化定型。因此，本節擬逆溯溫庭筠詞，就其最具詞學意義──情感的雅化與寓象化，按抒情主體、主題內容、詞體美學等項探析，以見《花間》詞人的接受與歌詞體性的形成。

一　閨音──抒情主體的凝定

　　一般而言，抒情詩的內容是主體的內心世界，是觀照和感受的心

靈，所以抒情詩採取自我表現作為他的唯一形式和終極目的，因而抒
情詩中的抒情主人公一般就是詩人自我。然而，孕育、脫胎於音樂的
「詞」，作為抒情詩的一個獨特類型，又有其特殊性。雖然詞中的情
感都是詞人自我的人生體驗和感受，但有時卻變換身分予以抒發，所
以詞作中人並不總是詞人自我。

溫庭筠詩雖以綺豔著稱，然其筆觸所涉，除愛情生活的渴望，亦
有懷才不遇的憂憤、建功立業的嚮往、弔古詠史的慨嘆等，多為詩人
自我的藝術寫照。但在詞中則絕大部分都是為紅粉佳人寫心、立言，
所謂「男子而作閨音」之作。詞中抒情主體，或用「美人」、「謝娘」
等直接點明；或用女性的衣著服飾，如「羅袖」、「玉釵」等；或以
外貌形體特點，如「黛眉」、「柳腰」等；或以居室環境，如「玉
樓」、「畫堂」來暗示、指代。即以相思怨別之詞為例，如表情真率
大膽的〈南歌子〉之三：

> 鬢墮低梳髻，連娟細掃眉。終日兩相思。為君憔悴盡，百花
> 時。（紹興本《花間集》，頁9）

〈南歌子〉之七：

> 懶拂鴛鴦枕，休縫翡翠裙。羅帳罷爐薰。近來心更切，為思
> 君。（紹興本《花間集》，頁9）

由鬢墮髻、連娟眉；翡翠羅裙之女，直抒思君之情。又如意境深
遠的〈夢江南〉詞：

> 梳洗罷，獨倚望江樓。過盡千帆皆不是，斜暉脈脈水悠悠。腸
> 斷白蘋洲。（紹興本《花間集》，頁3）

以「梳洗」的典型意象，見其女性特質。至如飛卿代表作〈菩薩

蠻〉十四闋，亦皆代女子立言，如：

> 玉樓明月長相憶。柳絲裊娜春無力。門外草淒淒。送君聞馬
> 嘶。畫羅金翡翠。香蠟銷成淚。花落子規啼。綠窗殘夢迷。
> （紹興本《花間集》，頁3）

寫「玉樓」、「綠窗」之內，佳人相憶悵惘，殘夢淒迷的情思。
抒情主體從「他」而「她」，是溫庭筠從「詩」到「詞」，從「詩藝」
到「詞藝」，建立詞體特性的關鍵之一。這樣的轉變，和「曲子詞」
立身的基礎有關。范攄《雲溪友議》說「迄今飲席多是其詞焉」，又
說「飲筵競唱其詞而打令」，夏承燾先生〈令詞出於酒令考〉舉此二
事為證，認為「此等倚聲曲子而兼可充飲筵打令，足知二者之關係。
尊前歌唱，為詞之所由起，得此殆益可瞭然矣。」[35]詞之所由起確是
「尊前歌唱」，而「歌唱」與「閨音」何以成為紐帶繫連？這可以從
以下兩方面來探討：

（一）無樂不成宴，無歌不成飲

關於文人詞產生的背景，歐陽炯〈花間集序〉曾有這樣的描寫：
「則有綺筵公子、繡幌佳人，遞葉葉之花箋，文抽麗錦；舉纖纖之玉
指，拍按香檀。不無清絕之辭，用助嬌嬈之態。」概括頗為精要，但
真正能具現唐五代文人飲筵情況的，當屬皇甫松所著《醉鄉日月》，
而《花間集》所錄皇甫松二十二闋詞則可作為輔證。唐人熱衷於宴
飲，而「雅飲」尤受文人推崇。韓愈曾說「長安眾富兒，盤饌羅
羶葷，不解文字飲，唯能醉紅裙。」[36]語含譏誚，頗以「文字飲」自

---

35 夏承燾：〈令詞出於酒令考〉，《詞學季刊》，第3卷第2號，1936年，頁12-13。
36〔唐〕韓愈：〈醉贈張祕書〉，〔清〕彭定求、楊中訥等編《全唐詩》，卷337，頁
　3774。

衿。至於劉禹錫所說的「歡生雅」，皇甫松《醉鄉日月》的「合樂設酒」，則是融合歌、舞、樂，文人與樂人共同創作，有章程組織的飲筵藝術活動。

在唐人的飲筵藝術中，樂人各有專司，如皇甫松認為專業飲妓須具備「飲材」，即「第一要『善令』：熟悉妙令，能夠巧宣；第二要『知音』：擅歌舞，能度曲；第三要『大戶』，有酒量，能豪飲」[37]。有歌、有舞、有樂，文人在這樣的背景中創作，緣於所見、所聽、所樂、所感，自然容易以「她們」為書寫對象；或書寫她們的容貌神態，或書寫她們的聲色技藝，或書寫她們的生活情感。當然，文人與樂人之間情感的繫連，或是出於演出的需求，也是重要的原因。在無樂不成宴，無歌不成飲的情況下，文人與樂人交往頻繁，若出於相知相惜，寫心中「所愛」，自是人情之常。如緣於彼此情誼，文人填詞相贈，或是樂人請求贈詞，以「她」為主角，更能達到「激揚聲價」的效果。此外，我們更不能忽略的是歐陽炯所言「不無清絕之詞，用助嬌嬈之態」，亦即「女樂」的藝術效果。「妓」是「詞」的演唱者，歌詞的美聽，取決於她們的聲口；歌詞能否動人，則取決於她們對於詞情的理解與詮釋；而歌詞能否廣為流播，她們的演唱效果也是重要因素之一。因此，以「女性」為主角，既適合「女性」的聲口，同為「女性」也更能適切的詮釋詞中人物的情感，達到更好的演唱效果。

（二）從觀賞，到代言

溫庭筠詞以「女性」為主角，其最具創造意義的特色，是從「觀賞」式的描寫，轉而為女性「代言」。

---

37 參王小盾：《唐代酒令藝術》，頁8-9。

「她」在詩歌中，多數是溫庭筠愛戀的對象，如〈偶遊〉寫兩情繾綣：

> 曲巷斜臨一水間，小門終日不開關。紅珠斗帳櫻桃熟，金尾屏風孔雀閒。雲髻幾迷芳草蝶，額黃無限夕陽山。與君便是鴛鴦侶，休向人間覓往還。[38]

又如〈懷真珠亭〉追懷往日的情緣：

> 珠箔金鈎對彩橋，昔年於此見嬌嬈。香燈悵望飛瓊鬢，涼月殷勤碧玉簫。屏倚故窗山六扇，柳垂寒砌露千條。壞牆經雨蒼苔遍，拾得當年舊翠翹。[39]

這兩首詩記錄了溫庭筠生命中的兩段情事，詩人主觀記敘自我情事，抒情主體是作者自身。又如〈蓮浦謠〉：

> 鳴橈軋軋溪溶溶，廢綠平煙吳苑東。水清蓮媚兩相向，鏡裡見愁愁更紅。白馬金鞭大堤上，西江日夕多風浪。荷心有露似驪珠，不是真圓亦搖蕩。[40]

除了〈蓮浦謠〉以外，溫庭筠樂府詩如〈蘭塘詞〉、〈吳苑行〉、〈晚歸曲〉、〈春州曲〉、〈照影曲〉、〈江南曲〉、〈惜春詞〉、〈春愁曲〉、〈錢塘曲〉等，都是歌詠江南水邊戀情的作品。詞中也有相類的主題，如〈河傳〉：

---

38 〔唐〕溫庭筠撰，〔明〕曾益原注，〔清〕顧予咸補注、顧嗣立重校，王國安校點：《溫飛卿詩集箋注》，卷4，頁95-96。

39 同前註，卷4，頁102-103。

40 同前註，卷1，頁5。

江畔。相喚。曉妝鮮。仙景個女採蓮。請君莫向那岸邊。少
年。好花新滿舡。　　紅袖搖曳逐風暖。垂玉腕。腸向柳絲
斷。浦南歸。浦北歸。莫知。晚來人已稀。（紹興本《花間
集》，卷2，頁4）

再如〈荷葉杯〉：

其二

鏡水夜來秋月。如雪。採蓮時。小娘紅粉對寒浪。惆悵。正思
惟[41]。（紹興本《花間集校》，卷2，頁5）

其三

楚女欲歸南浦。朝雨。濕愁紅。小船搖漾入花裡。波起。隔西
風。（紹興本《花間集校》，卷2，頁5）

同樣寫蓮塘江畔的戀情，但由詩到詞，抒情重心轉向女性。在
〈蓮浦謠〉中，雖然也有愛戀對象的描寫：「水清蓮媚兩相向，鏡裡
見愁愁更紅」，但詩心不在她的美，她的愁，而是在詩歌末結：「荷
心有露似驪珠，不是真圓亦搖蕩。」以荷心搖蕩的露珠，象徵心靈微
妙的動蕩；只是荷露終究不是驪珠——「真圓」，終不免於幻滅，只
能把握這瞬間的心靈交會，暫且享受這情靈的搖蕩。這樣的心靈描
寫，指向的是「白馬金鞭大堤上」的男主角，在無可奈何自我安慰的
情思中，表現了詩人心中深沉的失落虛無感。然而到了〈河傳〉詞
中，岸邊的「少年」只是逗起情事而已，作者著意表現的是女子的心
緒。詩人以一幅江南煙水採蓮圖為背景，描寫一位鮮麗明媚的採蓮
女，內心的情感波瀾。自清晨到夜晚，從追逐美麗愛情的歡快熱烈，

---

41 「思惟」原作「思想」，據李一氓：《花間集校》改。

到陡然落空的悵然獨立，到覺知愛情破滅的悲傷：「浦南歸？浦北歸？莫知，晚來人已稀。」黯然銷魂，恍惚迷離，這樣的情態描寫，指向的是「紅袖搖曳逐風暖」的女主角。至於兩闋〈荷葉盃〉，並以荷塘為背景，前者寫採蓮女因荷塘月色而觸發的情思與離愁，後者寫荷塘江畔楚女離別的情景，皆聚焦於女子。同樣寫恍惚迷離的水邊戀情，詩中表現的是男性的情態，詞則向女性心理深掘，轉而為女性「代言」。

溫庭筠詞「百分之八十以上作品往往是女性個人獨白」[42]，即使出現男性，也多存在於記憶懸想之內。與宮體詩一類，著重於女性形體的觀賞不同；與白居易詩歌中，觀賞樂舞的描述亦不相同，溫庭筠因為親切的體會，詞筆聚焦於女性的心緒描寫，為其代言。由於對女性的偏嗜和反覆描寫，遂強化詞作抒情主人翁形象的一致性與定型性，女主人翁因此成為花間詞人注意的中心。除溫庭筠之外，《花間集》中其餘十七家四百三十四闋詞，以女性書寫為主體者占三百五十闋，超過總數的百分之八十。詞的抒情主體，因此偏向於「閨音」，在後人的接受與追隨下，形成詞體的特色。

二　言情——主題內容的偏向

溫庭筠專意於寫美人，然而他關注的焦點不在旎繾綣的豔事，而是她們的感情與心理活動。

溫庭筠詞中的美人，無論是「夢長君不知」（〈更漏子・柳絲長〉），或「燕歸君不歸」（〈菩薩蠻・滿宮明月梨花白〉），皆繫於摯情，癡癡等待，直至「為君憔悴盡，百花時」（〈南歌子・髻墮低梳

42　張以仁：〈溫庭筠詞中的女性稱謂詞彙〉，《花間詞論續集》，頁260。

髻〉）。美人沉溺於感情世界，幽獨傷感，詞中幽怨靜美的意境，顯示溫庭筠對女子深沉幽渺，愛情悲劇意識的體會。而此悲劇意識瀰漫於字裡行間，凡所填情詞多悲苦之音，既未見「無端隔水拋蓮子，遙被人知半日羞」[43]如此天真活潑的女子，更無「玉樓冰簟鴛鴦錦，粉融香汗流山枕」、「須作一生拚，盡君今日歡」[44]如此直露歡情的描寫。溫庭筠詞中的佳人，是「憶君腸欲斷，恨春宵」（〈南歌子·轉盼如波眼〉）或「城上月，白如雪，蟬鬢美人愁絕」（〈更漏子·相見稀〉），孤獨而靜美。

又溫庭筠絕少著墨於男子，即使偶然出現，亦稍縱即逝，予佳人留下難言的精神苦痛：

〈菩薩蠻〉之三

蕊黃無限當山額。宿妝隱笑紗窗隔。相見牡丹時。暫來還別離。　　翠釵金作股。釵上蝶雙舞。心事竟誰知。月明花滿枝。（紹興本《花間集》，卷1，頁2-3）

〈更漏子〉之三

金雀釵，紅粉面。花裡暫時相見。知我意，感君憐。此情須問天。　　香作穗。成淚。還似兩人心意。山枕膩，錦衾寒。覺來更漏殘。（紹興本《花間集》，卷1，頁5）

情人「暫來還別離」，徒留佳人淒守空閨：「山枕膩，錦衾寒，覺來更漏殘」，承受寂寞啃囓：「心事竟誰知，月明花滿枝」。而曲曲心事，無時或已；青春的容顏，精美的妝飾，正反襯情愛的真篤，等

43　皇甫松：〈采蓮子〉，紹興本《花間集》，卷2，頁7。
44　牛嶠：〈應天長〉，同前註，卷4，頁1。

待的深摯：

> 香玉，翠鳳寶釵垂翹翹。鈿筐交勝金粟。越羅春水淥。
> 畫堂照簾殘燭。夢餘更漏促。謝娘無限心曲。曉屏山斷續。
> （〈歸國謠〉之一，紹興本《花間集》，卷1，頁5-6）

　　美人嚴妝等待，卻只有殘燭照簾；夜深夢醒，情何以堪。此詞上片四句宛如四個特寫鏡頭：由「香玉」，寫其氣味質地；而「翠鳳寶釵垂翹翹」，繪其形貌；而「鈿筐交勝金粟」，展現頭部整體妝飾；至於「越羅春水淥」，鏡頭延展到全身，圖染其衣裙。由小而大，由局部而整體，鏡頭的行進暗示了這是一個女子精心妝扮的過程。詩人不用言說，但以四個鏡頭相加，便完整而形象的表達了「女為悅己者容」的心理意涵。而在精美的物象中，寶釵上的翠鳳、頭上交錯的人勝，所具有的象徵性與暗示性，更進一步使意境深化。過片，鏡頭遞換到美人身處的畫堂中，「殘燭」、「夢餘」、「更漏促」、「曉屏」等意象，點出時間的流動：自夜闌以至清曉，也點出人物的活動：自等待，而入夢，而夢醒。唯一的情語：「謝娘無限心曲」，點醒全篇，鏡頭再回到室中景物：「曉屏山斷續」，眼前屏山的斷續曲折，無疑是佳人在畫堂中，自精心妝扮，到漫漫長夜的守候，到等待落空，其中「無限心曲」的外物化。溫庭筠善以「嚴妝」表現「心曲」；在豔麗情景中，顯露孤獨女子的心情，其筆鋒所及，不在男女歡會的場面，而是愛戀之後所造成的悲劇性後果。

　　溫庭筠詞中的人物囿限於幽寂的環境之中，對於愛情理想，命運的撥弄，除悠悠癡待，黯然銷魂之外，無能如何。而在漫長孤寂的等待中，不能在現實中解脫，只有在夢魂中尋覓，如：「遼陽音信稀，夢中歸」（〈訴衷情·鶯語〉），「相憶夢難成，背窗燈半明」（〈菩薩蠻·牡丹花謝鶯聲歇〉）不能與戀人在現實中相逢，唯一可以求助的

就是夢，可見「夢」之於幽獨女子，別具意義。然而求助於夢境，一旦從夢中醒來，陡然回到現實，因「夢」的價值喪失，產生更為強烈的惆悵、孤獨之感。如〈遐方怨〉之二：

> 花半坼[45]，雨初晴。未卷珠簾，夢殘惆悵聞曉鶯。宿妝眉淺粉山橫。約鬟鸞鏡裡，繡羅輕。（紹興本《花間集》，卷2，頁3）

自夢境而現實，由相逢的喜悅，跌落至醒覺的惆悵，心情的落差，瞬間形成強烈的對比。而「宿妝眉淺粉山橫」，描寫殘損的妝容，更是對美人愁顏，視覺性的直接表現。於此，經由「殘妝」與「殘夢」，讀者可以意識到美人盛妝等待，卻獨宿以終，其中的時間歷程。溫庭筠詞中，夢因覺醒而喪失價值，形成強烈的孤獨感，其表象屢屢體現於美人妝殘的情景。如〈菩薩蠻〉之五：

> 杏花含露團香雪。綠楊陌上多離別。燈在月朧明。覺來聞曉鶯。　玉鉤褰翠幕。妝淺舊眉薄。春夢正關情。鏡中蟬鬢輕。（紹興本《花間集》，卷1，頁2）

由「妝淺舊眉薄」，聯繫「覺來聞曉鶯」並觀，是知化妝的殘損，實乃女性盛妝等待的失落，憂愁的表象；亦知「夢」的覺醒而造成的價值喪失的意義，正是「春夢正關情」。

王國維《人間詞話》評溫庭筠詞云：「畫屏金鷓鴣，飛卿語也，其詞品似之。」[46]俞平伯則云：「《花間》美人如仕女圖，而《清真詞》中之美人卻彷彿活的。」[47]所謂「仕女圖」之說與「畫屏金鷓鴣」差近，以為溫庭筠詞有「精妙絕人」之長，但缺乏生命。然而溫庭筠寫

---

45 「坼」原作「拆」，據李一氓《花間集校》改。

46 王國維：《人間詞話》，唐圭璋編《詞話叢編》，冊5，頁4241。

47 俞平伯：《清真詞釋》（北京市：人民文學出版社，2000年12月），中卷，頁107。

情，本於悲劇意識，其「意」不在創造「生命」淋漓的美人，而是以「靜」為基調，藉由豔美華麗的外表，發露其空虛寂寞的心境。而「畫屏」、「金鷓鴣」於溫庭筠詞中，是兩種頗為典型的意象，合以觀之，正足以揭示美人的心靈奧秘。試觀其詞：

> 柳絲長，春雨細。花外漏聲迢遞。驚塞雁，起城烏。畫屏金鷓鴣。　香霧薄。透簾幕。惆悵謝家池閣。紅燭背，繡簾垂。夢長君不知。（〈更漏子〉其一，紹興本《花間集》，卷1，頁6）

溫庭筠詞中的「畫屏」，往往與畫堂、香閨、瑣窗、簾櫳等意象，緊密相聯。「畫堂」使美人情路阻絕，如籠中鳥、畫中人般寂無生氣。「畫堂照簾殘燭，夢餘更漏促。」（〈歸國遙·香玉〉）「翠鈿金壓臉，寂寞香閨掩。」（〈菩薩蠻·牡丹花謝鶯聲歇〉）瑣窗外春光正好，簾幕內則寂寞無依：「欹枕覆鴛衾。隔簾鶯百囀，感君心。」（〈南歌子·臉上金霞細〉）「海燕欲飛調羽，萱草綠，杏花紅，隔簾櫳。」（〈定西蕃〉）而室內障蔽之具：畫屏，是香閨、瑣窗之內更孤寂、幽曲之所在：「掩銀屏，垂翠箔，度春宵。」（〈酒泉子·花映柳條〉）「無言勻睡臉，枕上屏山掩。」（〈菩薩蠻·南園滿院堆輕絮〉）「謝娘無限心曲，曉屏山斷續。」（〈歸國遙·香玉〉）此詞場景，「閣」外柳長雨細，漏聲迢遞，春景迷離；而美人居於「池閣」之中，獨臥於畫屏、繡簾之內，香霧迷濛，惆悵、夢長，尤為沉寂、幽獨。

其次就「金鷓鴣」意象而言，溫庭筠詞中雙雙禽鳥，或為美人衣服、衾枕之飾：「新帖繡羅襦，雙雙金鷓鴣。」「水精簾裡頗黎枕，暖香惹夢鴛鴦錦。」（〈菩薩蠻〉）「鴛枕映屏山，月明三五夜，對芳顏。」（〈南歌子·撲蕊添黃子〉）或簪於頭上髮髻：「翠釵金作

股，釵上蝶雙舞。」（〈菩薩蠻‧蕊黃無限當山額〉）「寶函鈿雀金鸂
鶒，沉香閣上吳山碧。」「翠翹金縷雙鸂鶒，水紋細起春池碧」（〈菩
薩蠻〉）。雙雙禽鳥與佳人終日寂寞相伴，既顯示美人愛情意識的覺
醒，亦襯托美人獨處之悲與相思之苦。與此同時，自然界的禽鳥，
則自由雙飛：「萬枝香雪開已遍，細雨雙燕。」（〈蕃女怨〉）「草初
齊，花又落，燕雙雙。」（〈酒泉子‧日映沙窗〉）可見飛卿詞交錯運
用成雙禽鳥的意象，旨在象徵愛情的渴盼與苦悶。此詞「花外漏聲迢
遞」，塞雁、城烏驚感，而翩然翻飛；而困居畫屏之內的人，是否亦
驚時感情，卻如畫屏中的鷓鴣，不能動？不能鳴？溫庭筠詞中的美
人，處於封閉的場景中，哀捧「禁錮」的心靈；有愛情理想，而不得
振翅高翔，靜美而生氣慨慨。「畫屏金鷓鴣」之語，與其說「缺乏生
命」，不如說恰如其分的揭示美人之心靈奧秘，體現外在形象與深層
意蘊的完美統一。

　　古代文士的理想或終身志業，是出仕致用；婦人的理想或終身志
業，則是愛情圓滿。目標雖或不同，但兩者之間有一共通處，亦即
無論其擁有的「內美」、「外美」如何，猶需相遇「知音」，才能成就
自我的理想。基於這樣的體會與認知，文士往往以「夫婦」喻「君
臣」，以婦人自喻，抒發高才失意的潦落。白居易曾說「人生莫作婦
人身，百年苦樂由他人」[48]，詩人藉男權社會下的「婦人」命運，傳達
在君權體製下的「臣子」亦即詩人自我的命運。知音難覓，恩愛難
常，所謂「妾顏未改君心改」，是許多婦人的命運，也是許多臣子的
宿命。溫庭筠一生落拓獨行，嘗言「心許故人知此意，古來知者竟何
人」[49]，這是對理想的失落，發自深心的慨歎。從詩到詞，他傾注心力

---

48 〔唐〕白居易：〈太行路‧借夫婦以諷君臣之不終也〉，〔清〕彭定求、楊中訥等編
　　《全唐詩》（北京市：中華書局，1996 年），卷 426，頁 4694。
49 〔唐〕溫庭筠：〈山中與諸道友夜坐聞邊防不寧因示同志〉，〔明〕曾益原注，〔清〕

於寫美人，關注的焦點即是她們的愛情。與詩歌中「荷心有露似驪珠，不是真圓亦搖蕩」[50]這種主觀流露的失落虛無感相同，詞中的愛情內涵可以「謝娘無限心曲」概括，透顯的都是詩人心中深沉的愛情悲劇意識。

　　據吾師張以仁先生〈花間集中的非情詞〉分析統計，《花間集》五百闋詞中，有一百二十四闋為非男女情詞，換言之即有三百七十六闋為男女情詞，所占比例將近百分之八十。溫庭筠詞中，非男女情詞有六闋：〈更漏子〉「背江樓」、〈定西番〉「漢使昔年離別」、〈定西番〉「海燕欲飛調羽」、〈楊柳枝〉「南內牆東御路旁」、〈清平樂〉「洛陽愁絕」、〈荷葉盃〉「一點露珠凝冷」，其餘六十二闋皆為男女情詞，情詞所占比例超過百分之九十[51]。可見溫庭筠「言情」的主題偏向，為多數的《花間》詞人所接受與繼承。由於主題集中，抒情往「深、細」開掘與發展，所成就的藝術特色，終成為「詩言志，詞言情」的分體標誌。值得注意的是，溫庭筠言情之作絕少歡情，即使是寫歡情，也是為了襯托「暫來還別離」的悲情而醞釀。這樣的愛情悲劇意識，亦呈現在多數的《花間》詞中，所謂「以悲為美」，也是在溫庭筠與《花間集》的開創與承啟中，逐漸形成詞體的美感特徵。

三　言長——詞體美學的特徵

　　溫庭筠詞精於修飾，又擅於化景為情，巧妙運用意象經營，使「含不盡之意，見於言外」，臻於「詞之言長」的藝術效果。

　　顧予咸補注、顧嗣立重校，王國安校點：《溫飛卿詩集箋注》，卷4，頁105-106。

50　同前註，頁5。

51　張以仁：《花間詞論續集》，（臺北市：中央研究院中國文哲研究所，2006年8月），頁1-63。

　　葉嘉瑩先生論詞絕句，嘗云：「金縷翠翹嬌綺旎，藕絲秋色韻參差。人天絕色憑誰識，離合神光寫妙辭。」謂溫庭筠詞「不作明白之敘述而但以物象之錯綜排比與音聲之抑揚長短增加直覺之美感」，其意象之承接「在若斷若續」之間[52]。溫庭筠極擅於以象動情，假象見意，使「言有盡，而意無窮」。自宋梅堯臣揭示「狀難寫之景，如在目前；含不盡之意，見於言外」的標準，舉飛卿「雞聲茅店月，人跡板橋霜」詩句為例，以為「意新語工，得前人所未道」[53]。而後世盛譽此詩者代不乏人，如明李東陽《懷麓堂詩話》云：

> 人但知其能道羈愁野況於言、意之表，不知二句中不用一二閒字，止提掇出緊關物色字樣，而音韻鏗鏘，意象具足，始為難得。[54]

　　所謂物色，即詩中的物象與事象；所謂閒字，「當指詩中用以表述作者主觀意圖的抽象辭彙或用以建立判斷和推理的關聯詞語。」[55]溫庭筠選擇、提煉六個意象：「雞聲」是早行的時間意象，「茅店」、「板橋」是早行的空間意象，「人跡」、「霜」是早行的場景意象，「月」與本句「雞聲」相並，是寫時間意象；與對句「霜」組合，極寫凌晨之冷清，又是一個場景意象。所有意象，有機組合成一幅情景交融、繪聲繪色的商山早行圖。圖上景物環境氣氛淒清、冷寂、空微、淡遠，而道路辛苦及羈愁旅思，見於言外。

52　葉嘉瑩《靈谿詞說》（上海市：上海古籍出版社，1981年11月），頁41。

53　梅堯臣語，出自歐陽脩《六一詩話》引錄。何文煥輯《歷代詩話‧上》（北京市：中華書局，1981年4月），頁267。

54　見丁福保輯《歷代詩話續編‧下》（北京市：中華書局，1983年8月），頁1372。

55　陳植鍔《詩歌意象論——微觀詩史初探》（秦皇島市：中國社會科學出版社，1990年3月），頁70。

　　溫庭筠〈商山早行詩〉是晚唐興象理論臻於成熟，刻意追求「象外之象」的表徵之一。而在詞中，溫庭筠雖有述情表意，直快顯露之作，如譚獻評為「單調中重筆」[56]的〈南歌子〉：

> 手裡金鸚鵡，胸前繡鳳凰。偷眼暗形相。不如從稼與，作鴛鴦。（紹興本《花間集》，卷1，頁8）

　　雖坦然傾訴熾熱戀情，然亦鋪張「金鸚鵡」、「繡鳳凰」之類精美綺靡的物象，藉「鴛鴦」象徵的特定喻義指代「從嫁與」的真實內涵，展現飛卿層曲工麗的藝術習尚。而最能代表飛卿獨到的藝術成就，實為並列密集的意象，產生「象外之象」，言外見情之作。如〈菩薩蠻〉之一：

> 小山重疊金明滅。鬢雲欲度香腮雪。懶起畫蛾眉。弄妝梳洗遲。　　照花前後鏡，花面交相映。新帖繡羅襦。雙雙金鷓鴣。（紹興本《花間集》，卷1，頁2）

　　中唐以後的文藝，已是「走進更為細膩的官能感受和情感彩色的捕捉追求中」[57]，溫庭筠將官能感受與情感捕捉突出發展為寫印象。在〈商山早行〉詩的頷聯中，飛卿並列意象以見意，此則進而發展為全詞皆由意象組合而成，無一「閒字」。其意象之構設，雖按時空次序發展，然在密集的意象中，內在的情意脈絡，僅賴「懶」、「遲」情態，及「雙雙金鷓鴣」提起。顧視全詞，意象的可感性使審美距離縮小，如官能意象：「鬢雲」、「香腮雪」、「蛾眉」、「花」、「面」等；動態意象，如「度」、「懶」、「遲」、「照」等，使讀者經由感官，直

---

56 譚獻：《復堂詞話》，唐圭璋編《詞話叢編》，冊4，頁3989。

57 李澤厚：《美的歷程‧韻外之致》（臺北市：三民書局，1996年9月），頁171。

接領會活色生香之美。而意象的間接性則使審美距離擴大，不獨增添審美難度、擴張審美趣味，亦帶來含蓄美、朦朧美及多義歧解性。如張惠言以此詞為「感士不遇」，謂「照花四句，《離騷》初服之意」[58]。而俞平伯則認為「旨在寫豔」，「雙雙金鷓鴣，此乃暗點豔情」[59]。至李冰若，則以其「雕鏤太過」，「誂之則為盛年獨處，顧影自憐；抑之則侈陳服飾，搔首弄姿」[60]。初不論此詞是否有「感士不遇」之意，而在雲鬢垂拂、香腮如雪；弄妝遲懶、花面顧盼等情態的遞進描繪之後，著落於具有愛情象徵意義的「雙雙金鷓鴣」，其旨在寫「情」，殆無疑義。釋者對「懶」、「遲」的領會不同：或謂懶無意緒，烘托哀怨，而「雙雙金鷓鴣」在反襯孤獨；或謂兒女情態，慵悃嬌懶，而「雙雙金鷓鴣」為甜密愛情的象徵。其情雖有悲、喜之別，然此「多義歧解」性，正是飛卿詞寫印象重直覺，因審美空間擴大，所形成的特色之一。

此外，溫庭筠經由情語串聯物象，而藉物象牽引觸發之作，為數最夥。如〈訴衷情〉：

> 鶯語。花舞。春畫午。雨霏微。金帶枕。宮錦。鳳凰帷。柳弱燕交飛。依依。遼陽音信稀。夢中歸。（紹興本《花間集》，卷2，頁3）

此詞的空間意象，由室外春景、室內閨景，錯綜交遞而成。其間意象之承接，雖無明顯的情感脈絡，然而閨情怨思，正是在空間跳躍，意象轉折之間，層層遞進。首先，鏡頭落在自然界鳥啼花放、春

---

58 〔清〕張惠言：《詞選·序》，唐圭璋編《詞話叢編》，冊2，頁1617。

59 俞平伯：《讀詞偶得》（北京市：人民文學出版社，2000年12月），頁14。

60 李冰若：《栩莊漫記》，見李氏注《花間集評注》（臺北市：鼎文書局，1974年10月），卷1，頁14。

雨霏微的外景：「鶯語」，是春天的樂章；「花舞」，是春天的舞曲；「雨霏微」，是春天的情絲，由此典型的春天意象組成的迷離之景，誘發的春情又何止一端？其次，鏡頭轉向閨房之內：只集中焦點在「金帶枕」、「宮錦」、「鳳凰帷」等華麗物象的堆疊，正凸顯閨闈之「空」。而由「鳳凰」象徵的意義，聯想室外盎然的春景，「洞房空寂寞」之意，躍然而出。繼而鏡頭因「鳳凰」而聯類，轉向室外與弱柳纏綿交飛的「雙燕」，「依依」一語，道盡閨中人心事。至此，由景、物蘊蓄生發的感情張力，已飽漲滿盈，終將鏡頭推向閨中情事：「遼陽音信稀，夢中歸」。顯豁情思的結語，是前面景物觸動誘發的結果，用此逆溯，前面的景物又渾化為情思，實乃情景共發互生。又「遼陽音信稀」一語，雖落實情事，但在現實落空之後，返折轉入虛境：「夢中歸」。飛卿以實帶虛之筆法，使此詞雖「言有盡」，而情思縹渺，餘韻悠然。

　　溫庭筠將詞中人物細膩複雜的心境，通過景物意象等誘情因素的強化，客觀表達出來。其間跡象雖或晦昧不明，然正如周濟所云：「鍼縷之密，南宋人始露痕跡，花間極有渾厚氣象。如飛卿則神理超越，不復可以跡象求矣。然細繹之，正字字有脈絡。」[61] 亦即葉嘉瑩先生所稱「離合神光寫妙辭」[62]。

　　歐陽炯〈花間集序〉為詞的文學體性定調：「鏤玉雕瓊，擬化工而迴巧；裁花剪葉，奪春豔以爭鮮。」認為詞是帶著修飾的，一種很精巧的美。又認為「南朝之宮體，扇北里之倡風，何止言之不文，所謂秀而不實」，反對宮體、倡風的流行，強調詞當「文質」並重。王國維《人間詞話刪稿》論詞的體性，有言：「詞之為體，要眇宜

---

61 〔清〕周濟：《介存齋論詞雜著》，見唐圭璋編《詞話叢編》，冊2，頁1631。

62 葉嘉瑩：《靈谿詞說》，頁41。

修。能言詩之所不能言，而不能盡言詩之所能言。詩之境闊，詞之言長。」[63] 綜觀兩家論詞要旨，隱然有潛在的承襲脈絡，歐陽炯反對「宮體、倡風」應是對詞的言情特質有所體會，亦即是為詞「能言詩之所不能言，而不能盡言詩之所能言」而發的。只是，歐陽炯雖有體會，卻還不能道出詞體的美學特徵──「詞之言長」，如此精確的論斷。《花間》所輯多是情詞，言情之作，最忌淺薄鄙俗，這是歐陽炯反對「宮體、倡風」的主要原因。詞的體調多變，有豐富的曲調，及富於變化的句式、韻律，最適於表達蘊蓄無端的情感變化。溫庭筠音樂、文學天才兼具，由於「知音」，因此不僅善用舊調且能創製新調，巧用多樣詞調的樂律與格律，以諧合曲折變化的詞情。由於「識體」，因此能雅善修飾，化景為情，善用意象的離合變化，纏綿曲折、徐委婉地抒情。溫庭筠將情感雅化與寓象化，所展現的美學特徵，與「詞之言長」可謂同一徑路。《花間》詞人從抒情主體、抒情主題到抒情風格，大都承襲、接受了溫庭筠詞，雖然十八家詞人風格與表現技巧或有不同，但表現的美學特質──「言長」，卻是頗為一致的。從晚唐到五代，溫庭筠詞在《花間》詞人集體的接受與繼承中，其特色更形突顯，而在文人有意識地倡導中，成為辨體的依據，體性說的本源。

63　王國維：《人間詞話刪稿》，唐圭璋編《詞話叢編》，冊5，頁4258。

第四章
浮豔與側豔
——《唐書》的「側豔」說

　　溫庭筠接受史中，成書於五代後晉的《唐書》將溫庭筠納入〈文苑傳〉，是一個極其重要的轉折。能於史傳占一席之地，顯示了他的文學地位，然而史書的權威性，往往使得後代讀者無條件地接受史傳作者的褒貶。北宋成書的《新唐書》，改列溫庭筠為〈溫大雅傳〉的附傳，傳中文字雖然略加斟酌，然而大體言之，所呈現的生平事蹟以及作者觀點與《唐書》並無二致。為分析之便，茲迻錄兩《唐書》傳文於次：

　　劉昫《唐書》卷一九〇下〈文苑傳〉下：

> 溫庭筠者，太原人。本名岐，字飛卿。大中初應進士，苦心硯席，尤長詩賦。初至京師，人士翕然推重。然士行塵雜，不修邊幅。能逐絃吹之音，為側豔之詞。公卿家無賴子弟裴誠、令狐縞之徒，相與蒲飲，酣醉終日，由是累年不第。徐商鎮襄陽，往依之，署為巡官。咸通中，失意歸江東。路由廣陵，心怨令狐綯在位時不為成名；既至，與新進少年狂遊狹斜，久不刺謁。又乞索於揚子院，醉而犯夜，為虞候所擊，敗面折齒，方還揚州，訴之令狐綯。補虞候治之，極言庭筠狹邪醜跡，乃兩釋之。自是污行聞於京師。庭筠自至長安，致書公卿雪冤。屬徐商知政事，頗為言之。無何，商罷相出鎮。楊收怒之，貶

為方城尉。再遷隋縣尉,卒。子憲,以進士擢第。弟庭皓,咸
通中為徐州從事,節度使崔彥魯為龐勛所殺,庭皓亦被害。庭
筠著述頗多,而詩賦韻格清拔,文士稱之。[1]

宋祁《新唐書》卷九一〈溫大雅傳〉附:

彥博裔孫廷筠,少敏悟。工為辭章,與李商隱皆有名,號溫
李。然薄於行,無檢幅。又多作側辭豔曲。與貴冑裴誠、令狐
縞等蒲飲狹眤。數舉進士,不中第。思神速,多為人作文。大
中末試,有司廉視尤謹。庭筠不樂,上書千餘言,然私占授者
已八人,執政鄙其為,授方山尉。徐商鎮襄陽,署巡官。不得
志,去歸江東。令狐絢方鎮淮南,庭筠怨居中時不為助力,過
府不肯謁。丐錢揚子院,夜醉,為邏卒擊折其齒。訴於絢,絢
為劾吏,吏具道其污行,絢兩置之。事聞京師,庭筠遍見公
卿,言為吏誣染。俄而徐商執政,頗右之,欲白用。會商罷,
楊收疾之,遂廢卒。本名岐,字飛卿。弟廷皓,咸通中,署徐
州觀察使崔彥曾幕府。龐勛反,以刀刃脅廷皓,使為表求節度
使,廷皓紿曰:「表聞天子,當為公信宿思之。」勛喜。歸與
妻子決,明日復見,勛索表,倨答曰:「我豈以筆硯事汝邪?
其速殺我。」勛熟視笑曰:「儒生有膽耶,吾動眾百萬,無一
人操檄乎!」囚之,更使周重草表。彥曾遇害,廷皓亦死,詔
贈兵部郎中。[2]

---

1 〔後晉〕劉昫等撰:《唐書》(北京市:中華書局,1997 年 3 月),卷 190 下〈文苑下〉,頁 5078-5079。

2 〔宋〕歐陽修、宋祁等撰:《新唐書》(北京市:中華書局,1997 年 3 月),卷 91〈溫大雅〉附,頁 3787-3788。案:本文徵引溫庭筠傳記之處繁多,為免詞費,以下不另作註,但稱《舊傳》、《新傳》。

　　兩《唐書》傳文的內容可概括為「文品」與「人品」兩部分，記載的行誼多圍繞著「人品」構設，而「人品」則是論斷其「文品」的基礎。自《唐書》云溫庭筠「能逐絃吹之音，為側豔之詞」，詞品「側豔」說即開始形成；而所謂「士行塵雜，不修邊幅」的評語，則開啟了「薄行無檢」的人品說。就溫庭筠接受而言，從晚唐的「飲筵競唱其詞」的風行一世，到後蜀的《花間集》推為鼻祖，堪稱是接受史上的高峰。但在競唱接受中，晚唐歌女周德華以「浮豔」不唱溫庭筠的〈新添聲楊柳枝〉詞，至宋代《唐書》可謂連成一系「不接受」的接受史鍊。箇中緣由，與詞體的品格不高有關，詞家如皇甫松撰《醉鄉日月》、趙崇祚輯《花間集》、歐陽炯撰〈花間集序〉雖然反覆申說，試圖提高詞的體格，然而文人始終愛而薄之，在道德與娛樂之間猶疑，在載道與文藝之間徘徊，唐宋文人矛盾的價值觀始終存在，並影響著對溫庭筠詞的接受。就詞史而言，「側豔」說的文獻源於兩《唐書》，本章因此以史傳內容為研究主體，分就〈唐代的「豔曲」與「豔詞」〉、〈從「浮豔」到「側豔」〉、〈唐宋詞人的矛盾價值觀〉等三節探討。

第一節　唐代的「豔曲」與「豔詞」

　　何謂「豔」？《說文解字》云：「豔，好而長也。」《詩經・小雅・毛傳》謂：「美色曰『豔』。」揚雄《方言》云：「豔，美也。」[3]原來形容美好的、美色的「豔」，其內涵隨著時代的應用，而有著不同的指涉。

3　〔漢〕許慎著，〔清〕段玉裁注，魯實先正補：《說文解字注》（臺北市：黎民文化事業公司，1991 年 8 月），頁 210。

「豔」，用於文學評論，形容美好的、華麗的文采。如陳琳〈神女賦〉：「既歡爾以豔采，又悅我之長期。」[4]范寧《春秋穀梁傳‧序》：「左氏豔而富，其失也巫。」[5]又如陸機〈文賦〉云：「闕大羹之遺味，同朱絃之清汜。雖一唱而三歎，固既雅而不豔。」[6]陸機《文賦》提倡的審美標準，可以「雅、豔」二字概括，「雅」是對於思想內容的要求，「豔」則是對藝術形式的概括。劉勰《文心雕龍‧辨騷》云：「氣往轢古，辭來切今，驚采絕豔，難與並能矣。……金相玉式，豔溢錙毫。」[7]也以「豔」來肯定《楚辭》的文采特色。

「豔」，也用於音樂概念，以表述音樂名稱或術語。如左思《吳都賦》云：

> 登東歌，操南音。胤陽阿，詠韍任。荊豔楚舞，吳愉越吟。翕習容裔，靡靡愔愔。[8]

李善注曰：「豔，楚歌也。」梁元帝蕭繹《纂要》亦云：「楚歌曰豔。」此處的「豔」，是用來指稱楚地的樂歌。又如郭茂倩《樂府詩集》引《古金樂錄》云：

> 而大曲又有豔，有趨，有亂。……豔在曲之前，趨與亂在曲之後，亦猶吳聲西曲前有和，後有送也。[9]

4　費振綱、仇仲謙、劉南平校注：《全漢賦校注》（廣州市：廣東教育出版社，2005年9月），頁1086。

5　〔晉〕范甯：《春秋穀梁傳》（臺北市：臺灣商務印書館，1983年影印文淵閣《四庫全書》本），冊135，頁543。

6　〔梁〕蕭統編，李善注：《文選》（臺北市：文津出版社，1987年7月），頁770。

7　〔梁〕劉勰著，王更生注譯：《文心雕龍讀本》（臺北市：文史哲出版社，1991年9月），頁66-67。

8　〔梁〕蕭統編，李善注：《文選》，頁231。

9　〔宋〕郭茂倩：《樂府詩集》（臺北市：里仁書局，1981年3月），頁377。

　　此處的「艷」，是用於大曲的音樂術語。楊蔭瀏先生在《中國古代音樂史稿》說：「（大曲）有時又另外加進了華麗而婉轉的抒情部分，叫做『艷』。」[10] 按「艷」指置於曲前的引子，相當於樂曲的序曲；而為「艷」所填的辭，則稱為「艷辭」或「艷歌」。《樂府詩集》中的〈艷歌行〉、〈艷歌何嘗行〉都是指樂府的瑟調曲名。

　　《唐書》說溫庭筠「能逐絃吹之音，為側艷之詞」，《新唐書》說「多作側詞艷曲」，傳文中所說的「艷詞」與「艷曲」，歷來詞學研究往往以「側艷」概括，而定義為專寫「艷情」的詞。此中的「艷」，是指內容的「艷情」？亦或是樂曲名稱或術語呢？展觀唐人文獻，指涉「艷詞」、「艷曲」的語彙頗為頻繁，足以解開這個困惑。

　　由於「詞」需「倚聲」，「曲」是根本，因此先論「艷曲」。按《太平御覽》云：

> 隋煬帝不解音律，大製艷曲，令樂正白明達造新聲〈納刑樂〉、〈萬歲樂〉、〈藏鉤樂〉、〈七夕相逢樂〉、〈投壺樂〉、〈玉女行觴〉、〈神仙客〉、〈鬥百草〉、〈泛龍舟〉、〈還舊宮〉、〈長樂花〉等曲。皆掩抑摧藏，哀音斷絕。[11]（《太平御覽》卷五六八引隋蘇夔《樂志》）

　　這段記載標明了「艷曲」的名稱，如〈納刑樂〉、〈萬歲樂〉等十一曲，可見「艷曲」指稱的是這些隋煬帝所造的「新聲」。同樣的音樂概念，在唐高宗時禮部尚書許敬宗〈上恩光曲歌詞啟〉中，有更清楚的說明：

---

10 楊蔭瀏：《中國古代音樂史稿》（臺北市：大鴻圖書，1997 年），頁 1-114。

11〔宋〕李昉等編：《太平御覽》（臺北市：臺灣商務印書館，1983 年，影印文淵閣《四庫全書》本），卷 568，冊 898，頁 301。

竊尋樂府雅歌，多皆不用六字。近代有〈三臺〉、〈傾盃〉等
豔曲之例，始用六言。[12]

又《唐詩紀事》卷四「長孫無忌」亦云：

中宗詔群臣曰：「天下無事，欲與群臣共樂。」於是〈回波〉
豔辭，妖冶之舞，作於文字之臣，而綱紀蕩然矣。[13]

這兩段記載，說明了「樂府雅歌」多不用「六言」，但到了高宗
時期則有〈三臺令〉、〈傾盃樂〉用「六言」體；至於中宗朝，中宗
尤好以六言體的〈回波樂〉與群臣著辭歌舞，而這三支曲子都被稱作
「豔曲」。在唐人詩歌中，也記錄了不少「豔曲」的曲名。如白居易
〈長安道〉：「豔歌一曲酒一杯，美人勸我急行樂。」[14]詞中嵌豔曲〈急
樂世〉調名，而由「豔歌一曲酒一杯」，可知所歌的這曲〈急樂世〉
是飲筵酒令的送酒曲。又白居易另有〈郡樓夜宴留客〉：「豔聽竹枝
曲，香傳蓮子杯。」（《全唐詩》冊13，卷433，頁4951）詞中嵌豔曲
〈竹枝〉、〈荷葉盃〉兩調的曲名。按前述文獻，可見唐人所謂的「豔
曲」，泛指「近代」流行的，亦即隋唐燕樂中的曲調，而按這些「豔
曲」所填製的「詞」，即是所謂的「豔詞」。

依「豔曲」曲調填製的詞，唐人稱為「豔詞」；而唐人詩歌中，
也有不少自稱「著豔詞」的作品，因此探析「豔詞」的內涵，可分從

---

12 〔清〕董誥等輯，周紹良主編：《全唐文新編》（長春市：吉林文史出版社，1999年
12月），卷152，頁1737。

13 〔宋〕計有功撰，楊家駱主編：《唐詩記事》（臺北市：鼎文書局，1978年4月），
頁60。

14 〔清〕彭定求、楊中訥等編：《全唐詩》（北京市：中華書局，1996年），冊13，卷
435，頁4802。案：本文徵引《全唐詩》版本同此，以下不另作註，但註明冊數、
卷次、頁次。

這兩方面來考察。「豔曲」以〈迴波樂〉為例：

　　沈佺期

迴波爾時佺期。流向嶺外生歸。身名已蒙齒錄，袍笏為復牙緋。

　　楊廷玉

迴波爾時廷玉，打獠取錢未足。阿姑婆見天子，傍人不得棖觸。

　　李景伯

迴波爾時酒巵。微臣職在箴規。侍宴既過三爵，喧譁竊恐非儀。

　　中宗朝優人

迴波爾時栲栳。怕婦也是大好。外邊祇有裴談，內裡無過李老。[15]

　　據孟棨《本事詩‧嘲戲第七》：「沈佺期以罪謫，遇恩，復官秩，朱紱未復。嘗內宴，臣皆歌〈回波樂〉，撰詞起舞，因是多求遷擢。」[16]又劉肅《大唐新語》卷三：「景龍中，中宗嘗游興慶池，侍宴遞起舞，並唱〈回波詞〉，方便以求官爵。」[17]以上四首〈回波樂〉

---

15 曾昭岷、曹濟平、王兆鵬、劉尊明等編：《全唐五代詞》（北京市：中華書局，1999年12月），頁1-5。案：本文徵引《全唐五代詞》版本同此，以下不另作註，但註明書名、頁碼。

16〔唐〕孟棨：《本事詩》（臺北市：新文豐出版公司，1985年《叢書集成新編》影印〔明〕商濬校刊《稗海》本），冊78，頁312。

17〔唐〕劉肅：《大唐新語》（臺北市：新文豐出版公司，1985年《叢書集成新編》影印〔明〕商濬校刊《稗海》本），冊83，卷3，頁344。

詞，並有歌唱本事，皆是中宗內宴時，侍宴者遞起歌舞所唱的「著詞」。首句以「回波爾時」為定格，遞起撰詞歌舞，或為求官爵，或用以調笑，而內容各異。再以王建〈三臺令〉詞為例：

〈宮中三臺〉

魚藻池邊射鴨。芙蓉苑裡看花。日色赭袍相似，不著紅鸞扇遮。

又

池北池南草綠，殿前殿後花紅。天子千秋萬歲，未央明月清風。

〈江南三臺〉

揚州池邊少婦，長干市裡商人。三年不得消息，各自拜鬼求神。

又

青草臺邊草色，飛猿嶺上猿聲。萬里三湘客到，有風有雨人行。

又

樹頭花落花開。道上人去人來。朝愁暮愁即老，百年幾度三臺。

又

身強健且為。頭白齒落難追。準擬百年千歲，能得幾許多時。
（《全唐五代詞》，頁34-35。）

唐人酒筵催飲時，多歌〈三臺〉，如孫棨《北里志》記載：「鄙夫請次改令：「凡三鍾引滿，一遍〈三臺〉，酒須盡。」[18]李匡文《資

18〔唐〕孫棨：《孫內翰北里誌》（臺北市：新文豐出版公司，1985年，《叢書集成新

暇錄》卷下:「〈三臺〉,今之催酒三十促拍曲。」¹⁹又韋絢《劉賓客嘉話錄》云:

> 以〈三臺〉送酒,……蓋因北齊高洋毀銅雀臺,築三座高臺,宮人拍手呼上臺,因以送酒,名其曲為〈三臺〉。²⁰

按王建〈三臺令〉歌宮中事,即名〈宮中三臺〉;歌江南事,即名〈江南三臺〉,主要因酒令而變化。可見唐人按「艷曲」著「艷詞」,其題材內容往往與所定令格有關,與「艷情」不存在必然的關係。

至於唐人詩歌中所稱的「著艷詞」,元稹與白居易於馬上遞唱艷詞一事,堪稱典範。按元稹〈為樂天自勘詩集即事成篇〉詩,其題云:

> 為樂天自勘詩集,因思頃年城南醉歸,馬上遞唱艷曲,十餘里不絕。(《全唐詩》,冊12,卷417,頁4603。)

白居易〈與元九書〉云:

> 如今年春遊城南時,與足下馬上相戲,因各誦新艷小律,不雜他篇,自皇子陂歸昭國里,迭吟遞唱,不絕聲者二十里餘。²¹

兩人所言為同一事,即元和十年正月元稹從唐州(今河南泌陽)召還長安,白居易與之同遊城南醉歸,兩人「馬上遞唱艷曲」的風流

編》影印〔明〕陸楫輯刻《古今說海》本),冊83,頁179。

19 〔唐〕李匡乂:《資暇集》(臺北市:新文豐出版公司,1985年,《叢書集成新編》影印顧元慶輯《陽山顧氏文房》本),冊11,頁191。

20 〔唐〕韋絢:《劉賓客嘉話錄》(臺北市:新文豐出版公司,1985年,《叢書集成新編》影印顧元慶輯《陽山顧氏文房》本),冊86,頁98。

21 〔清〕董誥等輯,周紹良主編:《全唐文新編》,卷675,頁7624。

韻事。據岳珍〈豔詞考〉[22]，白居易現存詩歌中的〈重到城七絕句〉七首，可能即是此次遞唱的「新律小豔」：

〈見元九〉

容貌一日減一日，心情十分無九分。每逢陌路猶嗟歎，何況今朝是見君。

〈高相宅〉

青苔故里懷恩地，白髮新生抱病身。涕淚雖多無哭處，永寧門館屬他人。

〈張十八〉

諫垣幾見遷遺補，憲府頻聞轉殿監。獨有詠詩張太祝，十年不改舊官銜。

〈劉家花〉

劉家牆上花還發，李十門前草又春。處處傷心心始悟，多情不及少情人。

〈裴五〉

莫怪相逢無笑語，感今思舊戟門前。張家伯仲偏相似，每見清揚一惘然。

〈仇家酒〉

年年老去歡情少，處處春來感事深。時到仇家非愛酒，醉時心勝醒時心。

---

22 岳珍：〈豔詞考〉，《文學遺產》（2002年第5期），頁43-44。

〈重到城七絕恆寂師〉

舊遊分散人零落，如此傷心事幾條。會逐禪師坐禪去，一時滅盡定中消。（《全唐詩》，冊14，卷438，頁4863。）

白居易〈重到城七絕句〉以〈見元九〉冠首，由初見老友，引發心底深藏的人生慨歎領起；至〈恆寂師〉，期望藉由禪定，以消解人心諸苦作結。其中，〈高相宅〉、〈裴五〉感歎故友凋零，〈張十八〉、〈劉家花〉、〈仇家酒〉傷時感事，所詠即「舊遊分散人零落，如此傷心事幾條」的具體內容。元稹和詞，今存四首：

和樂天〈高相宅〉

莫愁已去無窮事，漫苦如今有限身。二百年來城裡宅，一家知換幾多人。（《全唐詩》，冊12，卷414，頁4581）

和樂天〈劉家花〉

閑坊靜曲同消日，淚草傷花不為春。遍問舊交零落盡，十人纔有兩三人。（《全唐詩》，冊12，卷403，頁4506）

和樂天〈仇家酒〉

病嗟酒戶年年減，老覺塵機漸漸深。飲罷醒餘更惆悵，不如閑事不經心。（《全唐詩》，冊12，卷414，頁4584）

和樂天〈贈雲寂僧〉

欲離煩惱三千界，不在禪門八萬條。心火自生還自滅，雲師無路與君銷。（《全唐詩》，冊12，卷414，頁4581-4585）

元稹和詞，一方面與白居易同情共感，歎舊交零落，如〈和樂天劉家花〉即是；一方面以人生哲理排解，寬慰好友的惆悵，如〈和樂天高相宅〉、〈和樂天仇家酒〉、〈和樂天贈雲寂僧〉等皆是。這次的

唱和，元稹說是「遞唱豔曲」，白居易說是「各頌新豔小律」；所謂
「豔」，即「豔曲」，而「新豔」則與許敬宗所說的「近代豔曲」意
同；所謂「小律」，指代的即是配合「豔曲」所唱的「小詞」。而這
兩組豔詞，慨歎無端，與豔情了不相涉。

此外，《全唐詩》中提及「豔詞」、〈豔歌〉的詩歌有：韓愈〈辭
唱歌〉、白居易〈采詩官〉、許渾〈聽歌鷓鴣詞〉、羅虯〈比紅兒詩〉
等。提及「豔曲」的有：喬知之〈銅雀妓〉、僧皎然〈相和歌辭〉、
許敬宗〈奉和儀鸞殿早秋應制〉、宋之問〈春日芙蓉園侍宴應制〉、
李嶠〈春日侍宴幸芙蓉園應制〉、韋應物〈擬古詩〉十二首之八、杜
甫〈數陪李梓州泛江，有女樂在諸舫，戲為豔曲二首贈李〉等。這些
詩歌論及的內容，稍涉「豔情」者如許渾〈聽歌鷓鴣詞〉：

> 南國多情多豔詞，鷓鴣清怨遠梁飛。甘棠城上客先醉，苦竹嶺
> 頭人未歸。響轉碧霄雲駐影，曲終清漏月沈暉。山行水宿不知
> 遠，猶夢玉釵金縷衣。（《全唐詩》冊 16，卷 534，頁 6098）

羅虯〈比紅兒詩〉六十一：

> 暖塘爭赴盪舟期，行唱菱歌著豔詞。為問東山謝丞相，可能諸
> 妓勝紅兒。（《全唐詩》冊 19，卷 666，頁 7629）

按許渾詩序云：「余過陝州，夜讌將罷，妓人善歌〈鷓鴣〉者，
詞調清怨，往往在耳，因題是詩」。可見〈鷓鴣〉曲調清怨，其調
題本詠思歸懷人，詩人正是行客未歸，因此興感觸情，其旨原在寫
「怨」，而不在豔情。羅虯所說的「豔詞」，調寄〈采菱〉，詞多詠本
題，或詠採菱，或詠採菱女，或兼詠採菱女的愛情。

關於唐代的「豔曲」與「豔詞」，按前考述，可得而說者有三：
其一，唐人所稱「豔曲」，本源於隋唐燕樂。如許敬宗〈上恩光

曲歌詞啟〉以傳統的「樂府雅歌」，與近代的〈三臺〉、〈傾盃〉等「豔曲」對舉，說明了這些「豔曲」是與雅樂系統不同的新興俗樂。王小盾《唐代酒令藝術》考析這些「豔曲」，有如下結論：

> 〈回波樂〉、〈傾盃樂〉、〈三臺令〉是具有同樣的文化性格的幾
> 支樂曲。它們都起於北朝俗樂，是第一批華夷融合的樂曲實
> 例；它們都在酒筵風俗的背景上產生，都是節奏急促、使用急
> 三拍結構的樂曲；它們都是舞曲，因此而由民間進入教坊，改
> 制為大曲（大曲是樂、歌、舞三者結合而成的音樂作品，無舞
> 曲便不成大曲）；它們都在唐代廣泛流傳，影響了所有的酒令
> 曲。[23]

　　隋唐燕樂是詞的載體，「豔曲」在其中具有獨特的調性。如喬知之云「豔曲不須長」（〈銅雀妓〉），白居易說「新豔小律」，《舊五代史》謂和凝「長於短歌豔曲」，都說明了「豔曲」的體製短小，而現存的「豔曲」多屬「短歌」，二者可相互印證。由於體製短小，便於撰詞遞起歌舞，如中宗好唱〈迴波樂〉詞；便於遞唱豔曲，如元、白的城南唱和；尤便於擬定令格，用為飲筵酒令曲。由於唐代文人的愛好與廣泛運用，「豔曲」成為流行音樂；而文人按「豔曲」著辭，遂成為唐詞的主要載體。

　　其二，唐人所稱「豔詞」，泛指配合「豔曲」的歌詞。由於「豔曲」的廣泛運用，「豔詞」的內容亦包羅萬象，並非專指「豔情」詞。如皇甫松《醉鄉日月》在開篇〈飲論〉中，曾提出「豔唱」一詞：

> 醉花宜晝，襲其光也；醉雪宜夜，樂其潔也；醉得意宜豔唱，

23　王小盾：《唐代酒令藝術》（臺北市：文津出版社，1993年3月），頁67。

宣其和也；醉將離宜鳴鼉，壯其神也；醉文人宜謹節奏、慎章
程，畏其侮也；醉俊人宜益觥盂，加旗幟，助其烈也；醉樓宜
暑，資其清也；醉水宜秋，泛其爽也。此皆以審其宜、收其
景，以與憂戰也。[24]

　　他以嚴謹的態度，詳細地描述各種飲筵的設計細節，提出「審其
宜、收其景」的主張，認為設宴必須審度時宜、善用優長，方才能夠
酣醉盡歡，達到「與憂戰」的目的。在為了得意之事設宴酣飲的時
候，宜用「豔唱」，如此才能疏通意氣，使之調和。可見「豔曲」會
因人、事、時、地的不同，各因所宜，而有不同的內容取向。如用於
打令，則取決於令主的格調，按令格製詞；如用於唱和，則取決於文
人即事興感的內容；如用於演唱，則取決於樂人、聽眾的歡好。當
然，早期豔唱多詠本題，即使歌詠愛情而不淪入淫豔，最終決定內容
審美高度的仍是作者。

　　其三，唐人稱「豔曲」與「豔詞」，往往相互指稱。由於「豔
詞」中的「豔」指的是「豔曲」，因此唐人或從文學角度稱這類歌詞
為「豔詞」，或從音樂角度稱之為「豔曲」。如杜甫〈數陪李梓州泛
江，有女樂在諸舫，戲為豔曲二首贈李〉稱所作詩為「豔曲」，元
稹〈為樂天自勘詩集即事成篇〉詩題云「馬上遞唱豔曲」等，皆是
其例。隋唐五代時期，「曲子」是指配詞的音樂，「曲子詞」是指配
樂的歌詞，文人往往以音樂概念的「曲子」代稱文學概念的「曲子
詞」，唐人以「豔曲」代稱「豔詞」，其概念用法相同。

24〔唐〕皇甫松：《醉鄉日月・飲論》收入〔明〕陶宗儀《說郛》（臺北市：國家圖書
　館善本書室藏藍格舊鈔本），卷58，頁2。

第二節 從「浮豔」到「側豔」

以「豔」說溫庭筠詞者，始於晚唐歌妓周德華，其事載范攄《雲溪友議》：

> 裴郎中誠，晉國公次子也。足情調，善談諧。與舉子溫岐為友，好作歌曲，迄今飲席，多是其詞焉。裴君既入台，而為三院所謔曰：「能為淫豔之歌，有異清潔之士也。」……二人又為〈新添聲楊柳枝〉詞，飲筵競唱其詞而打令也。……德華者，乃劉采春女也。雖〈羅嗊〉之歌，不及其母；而〈楊柳枝〉詞，采春難及。崔副車寵愛之異，將至京洛。後豪門女弟子從其學者眾矣。溫（岐）、裴（誠）所稱歌曲，請德華一陳音韻，以為浮豔之美，德華終不取焉。二君深有愧色。所唱者七八篇，乃近日名流之詠也。滕邁郎中一首……，楊巨源員外一首……，劉禹錫尚書一首……，韓琮舍人一首……。[25]

這段記載頗有可議之處，筆者於第二章第三節〈浮豔之美——周德華不歌〈新添聲楊柳枝〉〉曾提出以下辨析：其一，就〈新添聲楊柳枝〉而言，裴誠詞鄙俗確為「淫豔之歌」，溫庭筠詞則巧妙運用雙關，有著「多一層翻折，多一段情味」的蘊藉，兩人的藝術表現實不能相提並論。其二，就周德華而言，「浮豔之美」當非「不唱」的唯一原因。她以演唱〈楊柳枝〉為專長，所歌大概只作歌舞欣賞；而溫庭筠所作乃「新添聲」的〈楊柳枝〉詞，始用於飲筵打令，二者性

25〔唐〕范攄：《雲溪友議》（臺北市：新文豐出版公司，1985年，《叢書集成新編》影印〔明〕商濬校刊《稗海》本），卷10，頁57。

質、風格皆不相類。她揚名京洛，以演唱「名流之作」自高，而溫庭筠雖然以才學聞名，但還是一個到處尋求舉薦的貧窮士子，迥非「名流」。其三，「浮豔」是就音韻而言，指涉的對象是〈新添聲楊柳〉詞，而非所有作品。試觀其〈楊柳枝〉八闋：

其一

宜春苑外最長條。閑裊春風伴舞腰。正是玉人腸絕處、一渠春水赤欄橋。

其二

南內墻東御路傍。須知春色柳絲黃。杏花未肯無情思、何事行人最斷腸。

其三

蘇小門前柳萬條。毿毿金線拂平橋。黃鶯不語東風起、深閉朱門伴舞腰。

其四

金縷毿毿碧瓦溝。六宮眉黛惹香愁。晚來更帶龍池雨，半拂欄干半入樓。

其五

館娃宮外鄰城西。遠映征帆近拂堤。繫得王孫歸意切，不關芳草綠萋萋。

其六

兩兩黃鸝色似金。裊枝啼露動芳音。春來幸自長如線，可惜牽纏蕩子心。

　　其七

御柳如絲映九重。鳳皇窗映繡芙蓉。景陽樓畔千條路，一面新
妝待曉風。

　　其八

織錦機邊鶯語頻。停梭垂淚憶征人。塞門三月猶蕭索，縱有垂
楊未覺春。

　　八闋皆詠本題，但「風神旖旎，得題之神」[26]。詞人感物寫懷，興
感或在宮闈之內，或在行人、思婦之間，深情幽怨，意境深遠，「哀
感頑豔」堪為總評。湯顯祖評點《花間集》，曾以溫〈楊柳枝〉詞
「方駕劉白」：

　　　唐自劉禹錫、白樂天而下，凡數十首。然惟詠史、詠物，比諷
　　　隱含，方能各極其妙。如「飛入宮牆不見人」、「隨風好去入
　　　誰家」、「萬樹千條各自垂」等什，皆感物寫懷，言不盡意，
　　　真托詠之名匠也。此中三五卒章，真堪方駕劉、白。[27]

湯氏之說確有見地，惜後代讀者往往泛言其事，而以偏概全，將溫庭
筠其餘八闋〈楊柳枝〉亦概括其內。

　　周德華的「浮豔」說，原是對〈新添聲楊柳枝〉音韻的評價，但
到了兩《唐書》以「側豔」說溫詞之後，卻開展為對詞人詞品的評
價。史傳作者拗筆為文，對於唐代「側詞豔曲」指涉的內涵，應有清
楚的認知，但後代讀者何以演繹為「豔情」？筆者認為除了語意的誤

---

26 李冰若：《栩莊漫記》，見氏著《花間集評注》，收入《宋紹興本花間集附校注》
　　（臺北市：鼎文書局，1974年10月），頁30。
27〔明〕湯顯祖：《玉茗堂評點花間集》（臺北市：國家圖書館藏明萬曆庚申四十八年
　　（1620），烏程閔氏朱墨套印本），頁8。

解外，兩《唐書》對「填詞」的評價，顯然也是關鍵因素。

一 「側豔」詞義的轉變

　　唐代「豔曲」、「豔詞」指涉的內涵，前已辨明。而所謂「側」，也是音樂術語，指的是「側調」。按清商三調：清調、平調、瑟調，其中「瑟調」唐人或稱「側調」。《唐書・樂志》謂「側調者，生於楚調」，而楚歌曰「豔」，此所以「豔」亦稱作「側豔」。

　　「側豔」是音樂術語，原不作「豔情」解，此於唐代語意確然。由「側豔」的音樂概念，漸向「不雅」的文學概念傾斜，其中變化，可溯源至五代、北宋間孫光憲《北夢瑣言》：

> 晉相和凝少年時好為曲子詞，布於汴洛。洎入相，專托人收拾焚毀不暇。然相國厚重有德，終為豔詞玷之。契丹入夷門，號為「曲子相公」。所謂好事不出門，惡事行千里，士君子得不戒之乎。[28]

此中「豔詞」即指狹邪豔情，與譏諷裴諴「能為淫豔之歌，有異清潔之士」意同。至於南宋王灼《碧雞漫志》云：

> 李戡嘗痛元白詩纖豔不逞，非莊士雅人，多為其破壞，流於民間，子父女母，交口教授，淫言媟語，冬寒夏熱，入人肌骨，不可除去。二公集尚存可考也。元與白書，自謂近世婦人，暈淡眉目，縮約頭鬢，衣服脩廣之度，勻配色澤，尤劇怪豔，因為豔詩百餘首。今集中不載。元會真詩，白夢游春詩，所謂纖豔不逞，淫言媟語，止此耳。溫飛卿號多作側辭豔曲，其甚者

---

28 史雙元編：《唐五代詞紀事會評》（合肥市：黃山書社，1995年12月），頁547。

「合歡桃葉（當作核）終堪恨，裡許元來別有人」、「玲瓏骰子
安紅豆，入骨相思知不知」，亦止此耳。[29]

文中痛砭元白豔詩，且直接將「側詞豔曲」解讀為「淫言媟語」，並
舉〈新添聲楊柳枝〉詞句「合歡桃核終堪恨，裡許元來別有人」、
「玲瓏骰子安紅豆，入骨相思知不知」，以為其中最甚。由此可見，
原《北夢瑣言》所稱「浮豔」、《新傳》所稱「側辭豔曲」，至此已由
音樂、文體概念，轉為指稱「淫言媟語」，成為詞的題材內容和風格
的一種類型。詞的題材內容包羅萬端，本含「豔情」之作；且「豔」
之語義或隨時代變遷，宋人以「側豔」專稱「豔情詞」，固無不可。
然而《舊傳》所稱「側豔之詞」，《新傳》所稱「側詞豔曲」，原謂
溫庭筠能按「豔曲」填詞，是對其音樂、文學才能的描述，卻被誤
解為對其「側豔」（豔情）詞品的評定。王灼是宋代重要的詞論家，
其《碧雞漫志》是宋代重要的詞學論著；兩《唐書》是正史，其記載
尤具歷史的權威性。後人接受王灼對「側豔」的訓解，去接受、理解
《舊傳》所云「側豔之詞」的內涵，由詞學到史學連繫成一條令讀者
信服的接受鍊，從而形成溫庭筠詞品「側豔」說。

二　「填詞」與「薄行」的關係

按寓目文獻，「側豔」一語濫觴於《舊傳》，而以「淫言媟語」
說解「側豔」，則始於王灼《碧雞漫志》。所以如此，是以後起之義
解讀前代語義，亦即王灼接受了宋人以「豔」為狹邪豔情的訓解，
「側豔」因之被賦與豔情的內涵？或是因為溫庭筠詞多言情，詞藻華

29〔宋〕王灼：《碧雞漫志》，輯入唐圭璋編《詞話叢編》（臺北市：新文豐出版公
　　司，1988年），卷2，頁88。

美，因之而生的比附之義？或是王灼詞論立基於儒家傳統的詩樂論，主張志趣的雅正，強調文學的社會作用，因而鄙薄「言情」之作？筆者以為在諸多可能中，與史傳作者塑造溫庭筠「不修邊幅」的特殊語境，也有莫大的關係。試觀《舊傳》的說法：

> 大中初應進士，苦心硯席，尤長詩賦。初至京師，人士翕然推重。然士行塵雜，不修邊幅。能逐絃吹之音，為側豔之詞。公卿家無賴子弟裴諴、令狐縞之徒，相與蒲飲，酣醉終日，由是累年不第。

再看《新傳》：

> 彥博裔孫廷筠，少敏悟。工為辭章，與李商隱皆有名，號溫李。然薄於行，無檢幅。又多作側辭豔曲。與貴冑裴諴、令狐縞等蒲飲狹眤。數舉進士，不中第。

兩《唐書》內容相承，但語意則各有側重。關於「填詞」的表述，《舊傳》云：「能逐絃吹之音，為側豔之詞」，其論說要旨在「能」。在記敘溫庭筠能「為側豔之詞」外，並強調了寫作這類文體需具備的另一要能——「能逐絃吹之音」，亦即需具備音樂之才，方才能著「側豔之詞」。《新傳》則簡略為「多作側辭豔曲」，其重點在「多作」，與《舊傳》有微妙的區別。

其次看前文的語境。《舊傳》云：「苦心硯席，尤長詩賦。初至京師，人士翕然推重。然士行塵雜，不修邊幅。」撰者分從溫庭筠的苦心向學、長於詩賦、士人推重等，肯定溫庭筠的才學。「然士行塵雜，不修邊幅」，語意一轉，轉而論其無行，與令狐綯上奏宣宗謂「有才無行」，幾同一軌轍。《新傳》云：「少敏悟。工為辭章，與李商隱皆有名，號溫李。然薄於行，無檢幅。」略去後天的努力，強調

其天賦才情，仍然循「有才無行」軌轍，但判語卻肯定而嚴厲：「然薄於行，無檢幅」。因此，下文接「又多作側詞豔曲」，此句無疑在補足前句「薄於行，無檢幅」的具體內容，強調「多作」則貶義更顯躍然。比較言之，《舊傳》語氣較緩，下文所接「能逐絃吹之音，為側豔之詞」，仍是肯定其「填詞」的才能。

再看後文的語境。溫庭筠於大中年間於京城求舉，曾與裴誠、令狐縞交游宴飲，《舊傳》因此這樣說：「公卿家無賴子弟裴誠、令狐縞之徒，相與蒲飲，酗醉終日，由是累年不第。」將累年不第的原因，歸諸於與裴誠、令狐縞之徒宴飲酗醉。《新傳》說：「與貴冑裴誠、令狐縞等蒲飲狎昵。數舉進士，不中第。」同樣的事蹟，但省去其中的因果關係。不過，《舊傳》說「蒲飲酗醉」，在《新傳》更成了「蒲飲狎昵」，而上文所言「多作側詞豔曲」，豈非正是在「蒲飲狎昵」的場景中產生？可見「蒲飲狎昵」連繫著「多作側詞豔曲」，雖二實一，並為德行有虧之事。

在唐代，「豔詞」是指按「豔曲」填詞，兩《唐書》記載唐代史事，作者於此不能無知。但在「側詞豔曲」之前，抽象概括其「薄行無檢」，其後則舉具體行實「蒲飲酗醉」。即使所言「側詞豔曲」不含褻狎之義，但將「側詞豔曲」置於如此的語境中，作者對於「側詞豔曲」這種文體的輕薄意識，不言自明。「豔曲」作為音樂的類種，因其出身或曲調特性的關係，被視為與「雅」相對的樂種。因此，鄙薄的說法，早在唐代即不少見。如唐高宗時禮部尚書許敬宗〈上恩光曲歌詞啟〉云：

> 竊尋樂府雅歌，多皆不用六字。近代有〈三臺〉、〈傾盃〉等豔曲之例，始用六言。[30]

30〔清〕董誥等輯，周紹良主編：《全唐文新編》（長春市：吉林文史出版社，1999年

以「樂府雅歌」與「近代〈三臺〉、〈傾盃〉等豔曲」相對，以「雅」、「豔」區分兩種音樂類種。又陳暘《樂書》於「俗部」論「豔曲」，可見「側豔」是與雅樂相對立的俗樂。然而以「雅」為正，別「豔」而歸於「俗」，雖就音樂區別，卻也顯露出「豔」不是雅正的附屬地位。如計有功《唐詩紀事》云：

> 中宗詔群臣曰：「天下無事，欲與群臣共樂。」於是〈回波〉豔辭，妖冶之舞，作於文字之臣，而綱紀蕩然矣。[31]

唐中宗好〈回波樂〉，與羣臣撰辭遞起歌舞。此以「豔辭」稱其曲調、著辭，固然按其本源，但以「妖冶」描述此曲的舞容，以「綱紀蕩然」評價此事，可見其中鄙薄之義。趙崇祚〈花間集序〉將詞的音樂起源，上推至古詩、樂府，以提高詞的體格，顯然即是因應詞「體格不高」這種傳統意識下的產物。

兩《唐書》將溫庭筠「填詞」的才能，置於諸多砭斥其輕薄行為的敘述中，所言「側詞豔曲」飽醮著道德譴責，無怪乎後人輕易地聯想豔情，而演繹成「側豔」說。如再連繫全篇內容，可以發現史傳記錄的行實，無一不是圍繞著「狹邪」的醜行，而這些行為都或隱或顯地與溫庭筠「多作側詞豔曲」有關。其中隱含的作者意識，將於第三節〈唐宋詞人的矛盾價值觀〉中討論，至於史傳塑造的溫庭筠形象，對於後世溫庭筠的接受影響深遠，因此下文即就此延伸討論。

---

12 月），卷 152，頁 1737。

31 〔宋〕計有功撰，楊家駱主編：《唐詩記事》（臺北市：鼎文書局，1978 年 4 月），頁 60。

三 「有才無行」──史傳塑造的溫庭筠形象

就溫庭筠接受史而言，論者往往以人品定其詞品，而論其人品的主要根據則是史傳。溫庭筠約生於唐德宗貞元十七年（801），卒於懿宗咸通七年（866）冬，今存筆記小說及史傳所載事蹟幾乎都與「應進士」有關。《舊傳》所記溫庭筠生平行跡，即是從大中年間溫庭筠至京師應試開始的：

> 大中初應進士，苦心硯席，尤長詩賦。初至京師，人士翕然推重。然士行塵雜，不修邊幅。能逐絃吹之音，為側豔之詞。公卿家無賴子弟裴誠、令狐縞之徒，相與蒲飲，酣醉終日，由是累年不第。徐商鎮襄陽，往依之，署為巡官。咸通中，失意歸江東。路由廣陵，心怨令狐綯在位時不為成名；既至，與新進少年狂遊狹邪，久不刺謁。又乞索於揚子院，醉而犯夜，為虞候所擊，敗面折齒，方還揚州，訴之令狐綯。補虞候治之，極言庭筠狹邪醜跡，乃兩釋之。自是污行聞於京師。庭筠自至長安，致書公卿雪冤。屬徐商知政事，頗為言之。無何，商罷相出鎮。楊收怒之，貶為方城尉。再遷隋縣尉，卒。

《新傳》所記差同，但多了一場科場占授的公案：

> 彥博裔孫廷筠，少敏悟。工為辭章，與李商隱皆有名，號溫李。然薄於行，無檢幅。又多作側辭豔曲。與貴冑裴誠、令狐縞等蒲飲狹昵。數舉進士，不中第。思神速，多為人作文。大中末試，有司廉視尤謹。庭筠不樂，上書千餘言，然私占授者已八人，執政鄙其為，授方山尉。徐商鎮襄陽，署巡官。不得

志，去歸江東。令狐綯方鎮淮南，庭筠怨居中時不為助力，過府不肯謁。丐錢揚子院，夜醉，為邏卒擊折其齒。訴於綯，綯為劾吏，吏具道其污行，綯兩置之。事聞京師，庭筠遍見公卿，言為吏誣染。俄而徐商執政，頗右之，欲白用。會商罷，楊收疾之，遂廢卒。

　　兩段記載中，無論是正面的肯定，如：「苦心硯席，尤長詩賦。初至京師，人士翕然推重」、「少敏悟，工為辭章」等，或是負面行為的表述，如科場公案：「思神速，多為人作文。大中末試，有司廉視尤謹。庭筠不樂，上書千餘言，然私占授者已八人，執政鄙其為，授方山尉。」都凸顯了溫庭筠高才敏捷的形象。然而對於其品行，無論是抽象的概括，如：「士行塵雜，不修邊幅」、「薄於行，無檢幅」等，或是具體行實，如：於京城蒲飲狹眤、於科場為人作文、於揚州狂游狎邪不謁令狐綯、丐錢揚子院為虞候所擊等情事，無一不是為了凸顯其「無行」的形象。這些事件發生的時間在大中至咸通年間，發生的地點在京城與廣陵，而無論是在京城或廣陵，其中的關鍵人物都是令狐綯。從史傳作者採擇的史料看來，顯然他們採信了令狐綯的說法，試觀孫光憲《北夢瑣言》的記載：

> 宣宗時，相國令狐綯最受恩遇而怙權，尤忌勝己。……或云曾以故事訪於溫岐，對以其事出《南華》，且曰：「非僻書也。或冀相公燮理之暇，時宜覽古。」綯益怒之，乃奏岐有才無行，不宜與第。[32]

這段記載明白指出令狐綯因為溫庭筠語多諷刺，怒奏其「有才無行，

---

32 〔五代〕孫光憲：《北夢瑣言》（臺北市：藝文印書館，1966年，《百部叢書集成》影印《雅雨堂藏書》本），卷2〈宰相怙權・溫庭筠附〉，頁2。

不宜與第」，可見令狐綯的評價正是史傳作者用以塑造溫庭筠形象的
原始憑據。

令狐綯最受唐宣宗恩寵，主政十年（大中四年－十三年，850-
859），溫庭筠此時正在京城應舉。令狐綯父子權動寰中，勢傾天下，
凡「清列除官」、「貢闈登第」（《舊書・令狐滈傳》）盡在把持之
中。溫庭雖從游令狐之門，但秉性剛直，頻頻出語諷刺，兩人閒隙多
生。筆記小說所載，除前舉上奏「有才無行，不宜與第」一事以外，
另有三則故事可見兩人衝突。孫光憲《北夢瑣言》卷四〈溫李齊名〉
云：

> 宣宗愛唱〈菩薩蠻〉詞，令狐相國假其新撰密進之。戒令勿
> 洩，而遽言於人，由是疏之。[33]

又云：

> 溫亦有言云「中書堂內坐將軍」，譏相國無學也。[34]

錢易《南部新書》庚：

> 令狐相綯以姓氏少，族人有投者，不　其力。繇是遠近皆趨
> 之，至有姓胡冒令者。進士溫庭筠戲為詞曰：「自從元老登庸
> 後，天下諸胡悉帶令。」[35]

這些資料顯示的溫庭筠特質有三：一是高才敏捷，一是剛直敢
言，一是善於填詞。然而溫庭筠的詞名雖高，但詞的體格不高；雖敢

---

33 同前註，卷4〈溫李齊名〉，頁12。
34 同前註。
35 〔宋〕錢易：《南部新書》（臺北市：藝文印書館，1965年，影印〔清〕張海鵬輯
　　《學津討原》本），庚，頁6。

於諷刺權貴，但從游於聲名不佳的令狐綯，因此這些高才敏捷、剛質敢言、善於填詞等優長，在史家眼中不過是無行文人的狂傲表現。令狐綯恃其權勢掌控了當代的輿論權，他上奏溫庭筠「有才無行，不宜與第」，溫庭筠不能得第的真正原因在此。因為所謂的側詞豔曲如〈菩薩蠻〉，宣宗亦愛唱，令狐綯甚至假溫庭筠「新傳密進之」；與溫庭筠一樣「多作側詞豔曲」的裴諴，早在大中十一年（857）以前已出仕職方郎中；而與溫庭筠「蒲飲狎昵」的令狐滈，則在大中十四年（860）春天因其父令狐綯的助力進士及第。

值得注意的是，令狐綯是出於私怨，因此以「有才無行」詆斥溫庭筠。《舊傳》、《新傳》卻延用他的觀點，只剪裁與令狐綯相關的史事，以為史評的標準。今存唐代史料，其中不乏不同觀點者，卻為史傳作者忽略。如裴庭裕《東觀奏記》云：

> 敕：「鄉貢進士溫廷筠早隨計吏，夙著雄名。徒負不羈之才，罕有適時之用。放騷人於湘浦，移賈誼於長沙，尚有前席之期，未爽抽毫之思。可隨州隋縣尉。」舍人裴坦之詞也。……連舉進士，竟不中第。至是，謫為九品吏。……前一年，商隱以鹽鐵推官死。商隱字義山……自開成二年升進士第，至上十二年，竟不升於王廷，而廷筠亦恓恓不涉第。[36]

大中十三年（859），溫庭筠遭貶隋縣，中書舍人裴坦所撰制詞，不但肯定其文才雄名，甚至云「放騷人於湘浦，移賈誼於長沙」，以屈原、賈誼比擬溫庭筠的貶謫。又《東觀奏記》對於溫庭筠的遭遇，也發出「上明主也，而庭筠反以才廢」，這樣的慨歎。咸

---

36 〔唐〕裴庭裕：《東觀奏記》（臺北市：藝文印書館，1955年，《百部叢書集成》影印〔明〕商濬校刊《稗海》本），卷下，頁9-10。

通七年（866）十月，溫庭筠再貶方城，紀唐夫贈詩云：「鳳凰詔下雖霑命，鸚鵡才高卻累身」[37]，以禰衡比於溫庭筠，稱美的不僅是其才學，更是其剛直不屈的性格。而這樣的性格，甚至由父而罪及其子溫憲：

> 憲員外，庭筠子也溫。僖、昭之間，就試於有司，值鄭相延昌掌邦貢也，以其父文多刺時，復傲毀朝士，抑而不錄。[38]

在溫庭筠去世多年後，所謂「文多刺時，復傲毀朝士」，仍然成為權貴不錄溫憲的理由，可見這個理由才是溫庭筠謗議滿身、終生坎壈的根源。其後李巨川亦為飛卿抱屈云：

> 蛾眉先妒，明妃為去國之人；猿臂自傷，李廣乃不侯之將。[39]

他以明妃、李廣比擬溫庭筠，肯定其才美，同情其遭遇。再如黃滔〈司直陳公墓誌銘〉云：

> 咸通乾符之際，龍門有萬仞之險，鶯谷無孤飛之羽。才名則溫岐、韓洙、羅隱，皆退黜不已。[40]

又於〈蒲山靈巖寺碑銘〉一文中，直言權貴把持科場的情況：

> 咸通乾符之際……，豪貴塞龍門之路，平人藝士，十攻九敗。

---

37 〔唐〕范攄：《雲溪友議》，卷7，頁41。
38 〔宋〕計有功撰，王仲鏞校箋：《唐詩紀事校箋》（成都市：巴蜀書社，1989年8月），卷70〈溫憲〉，頁1869。
39 〔五代〕王定保撰，姜漢椿校注：《唐摭言校注》（上海市：上海社會科學院出版社，2003年），卷10〈海敘不遇〉，頁196。
40 〔清〕董誥等輯：《全唐文》，周紹良主編《全唐文新編》（長春市：吉林文史出版社，1999年12月），卷826，頁10392。

故潁川之以家冤也與，二三子率不西邁而遇。奮然凡二十四年，於舉場幸忝甲第，東歸之尋舊址，……。」[41]

黃滔出身寒門，竟累舉至二十四年，方才得第。他以「龍門有萬仞之險，鷟谷無孤飛之羽」，來比擬溫庭筠等人的科場處境，是備嘗艱辛，感同身受的真切語。在朝廷貴要、宦官、藩鎮等多方勢力把持的科場中，溫庭筠雖心許功名，卻孤高自負，不與黨比，甚至憤怒反抗，只能落得黜退的命運。唐代文人如裴坦、紀唐夫、李巨川、黃滔等人皆曾深致慨歎，他們以屈原、賈誼、禰衡、明妃、李廣等人比擬溫庭筠，可見他們肯定其才學，理解其含冤，同情其境遇。可惜的是這些史料所反映的唐人觀點，史傳作者並不曾採納。

史傳的偏頗、缺漏、訛誤，筆者於《溫庭筠辨疑》一書中，曾詳加考析、辨疑及增補，此不贅述。就科舉之路而言，早在唐敬宗寶曆二年（826），溫庭筠即應鄉里舉，歷經科場失意後，於唐文宗大和四年（830），出塞從軍。大和六年（832），返回京師，大和九年（835）得李翱薦引，從遊莊恪太子。開成三年九月（838），文宗以太子稍事燕豫，開延英殿議廢太子；雖賴群臣連章論救，得詔還少陽院，卻於十月暴薨。莊恪太子非良死，本緣於楊賢妃欲立安王為嗣，誣譖太子；但真正的原因，還是權宦仇士良等借後宮爭寵、牛李兩黨的矛盾，操縱政局的結果。莊恪之死是甘露之變的延續，唐文宗與權宦角力失敗，於開成五年（840）正月抑鬱而終，仇士良趁機再次掀起政治屠戮。此時的溫庭筠卻迎來最接近得第的機會，他在開成四年（839）應京兆府試，列為等第，且高居第二名。按唐代常例，凡得到京兆府等第者，躍居龍門應在可期之中。然而溫庭筠竟放棄了大好機會，於開成四年、五年「二年抱疾，不赴鄉薦試有司」，罷舉

---

41 〔清〕董誥等輯：《全唐文》，周紹良主編《全唐文新編》，卷825，頁10388。

南遁。從政權更迭的屠戮，以及〈開成五年秋，以抱疾郊野，不得與
鄉計偕至王府。將議遐適，隆冬自傷，因書懷奉寄殿院徐侍御，察院
陳、李二侍御，回中蘇端公，鄠縣韋少府，兼呈袁郊、苗紳、李逸三
友人一百韻〉、〈春日將欲東歸寄新及第苗紳先輩〉、〈感舊陳情五十
韻獻淮南李僕射〉、〈洞戶二十二韻〉等詩歌流露的恐悚心境觀之，
罷舉南遁的真正原因是畏懼東宮從遊所招來的政治後果。直至大中元
年（847），溫庭筠才再次赴京城應試，《舊傳》、《新傳》的記載即始
於此。

　　史傳未載的大中以前求仕歷程，不影響史傳讀者的接受，但可鉤
稽其生命圖像，故略如前述。史傳所載的大中以後行實，既影響其人
品、詞品的接受，故有必要再作辨析。因此再按史傳所載，分項簡述
如次：

（一）無官受黜，貶尉隋縣

　　溫庭筠連舉不第，卻「無官受黜」，貶尉隋縣。其事見《唐摭
言》卷十一〈無官受黜〉：

> 無何，執政間復有惡奏庭筠攪擾場屋，黜隋縣尉。時中書舍
> 人裴坦當制，忸怩含毫久之，時有老吏在側，因訊之升黜。
> 對曰：「舍人合為責辭。何者？入策進士，與望州長、馬一齊
> 資。」坦釋然，故有澤畔、長沙之比。[42]

　　溫庭筠貶尉隋縣，由中書舍人裴坦制詞，裴庭裕《東觀奏記》記
載，可為佐證：

> 敕：「鄉貢進士溫廷筠早隨計吏，夙著雄名。徒負不羈之才，

---

42 〔五代〕王定保撰，姜漢椿校注：《唐摭言校注》，卷11〈無官受黜〉，頁224。

罕有適時之用。放騷人於湘浦，移賈誼於長沙，尚有前席之期，未爽抽毫之思。可隨州隋縣尉。」舍人裴坦之詞也。……連舉進士，竟不中第。至是，謫為九品吏。……前一年，商隱以鹽鐵推官死。商隱字義山……自開成二年昇進士第，至上十二年，竟不升於王廷，而廷筠亦悢悢不涉第。[43]

據此，知李商隱卒於大中十二年（858），溫庭筠貶隋縣而轉依徐商於襄陽，則在大中十三年（859），與徐商仕歷吻合。受黜的原因是「攪擾場屋」，而溫庭筠涉入的科場事件，可信的記載見《東觀奏記》：

初，裴諗兼上銓，主試宏技兩科。其年爭名者眾，應宏詞選，落進士苗台符、楊嚴、薛訢、李詢古、敬翃已下一十五人就試。諗寬裕仁厚，有賦題不密之說。前進士柳翰，京兆尹柳熹之子也。故事，宏詞科止三人。翰在選中。不中者言翰於諗處，先得賦（題），託詞人溫廷筠為之。翰既中選，其聲聒不止，事徹宸聽……趙秬，丞相令狐綯故人子也。同列將以此事嫁患於令狐丞相，丞相逐之，盡覆去。[44]

大中九年（855）三月吏部試宏詞，京兆尹柳熹之子柳翰得到裴諗洩露的試題，託溫庭筠作賦而中選。在這個事件中，罪責在試官及作弊的試子，溫庭筠實屬無辜。然而涉入其中的趙秬，是令狐綯故人之子，令狐相公深恐怕受到牽連，不得不裁定「盡覆去」。事件餘波蕩漾，可能因此渲染成小說家筆下的科場假手事，如《北夢瑣言》云：

---

43 〔唐〕裴庭裕：《東觀奏記》，卷下，頁9-10。
44 同前註，頁1-2。

庭雲又每歲舉場，多為舉人假手。沈詢侍郎知舉，別施鋪席授
庭雲，不與諸公鄰比。翌日，簾前謂庭雲曰：「向來策名，皆
是文賦託於學士，某今歲場中，並無假託，學士勉旃。」因遣
之，由是不得意也。[45]

《新傳》也採用了小說家言：

思神速，多為人作文。大中末試，有司廉視尤謹。庭筠不樂，
上書千餘言，然私占授者已八人，執政鄙其為，授方山尉。徐
商鎮襄陽，署巡官。

溫庭筠應考的是最受重視的進士科，吏部試幣案既嚴厲處置，
如果溫庭筠真有「每歲舉場，多為舉人假手」情事，且上書言「私
占受者已八人」，則證據確鑿，何以未見懲處？沈詢知舉在大中九年
（855），與吏部宏詞試弊案同年，小說家的假手科場故事，很可能即
是以此為張本。

唐代詩人除溫庭筠之外，賈島也在「無官受黜」之列。何光遠
《鑑誡錄》云：

賈又吟〈病蟬〉之句，以刺公卿，公卿惡之，與禮闈議之，奏
島與平曾風狂，撓擾貢院，是時逐出關外，號為十惡。詩曰：
病蟬飛不得，向我掌中行。折翼猶能薄，酸吟尚極清。露華凝
在腹，塵點惕侵睛。黃雀並鳶鳥，俱懷害爾情。[46]

---

45 〔五代〕孫光憲：《北夢瑣言》，卷4〈溫李齊名〉，頁13。案：《北夢瑣言》原云：
　「多借舉人為其假手」，下注：「一作『多為舉人假手』」，當以所注為是，故據以正
　之。

46 〔五代〕何光遠：《鑑誡錄》（臺北市：藝文印書館1965年《百部叢書集成》影印
　〔清〕張海鵬輯《學津討原》本），卷8，頁6。

又《新唐書‧賈島傳》亦云：

> 累舉，不中第。文宗時，坐飛謗，貶長江主簿。會昌初，以普
> 州司參軍遷司戶，未受命卒，年六十五。[47]

賈島「撓擾貢院」的罪名，是「禮闈議之」的結果，其實真正的
是作〈病蟬〉詩諷刺公卿，因此被逐出關外。這是唐代科場險峻的一
個縮影，於此可見攪擾科場，是公卿黜退所惡常用的技倆。溫庭筠得
罪公卿較賈島為甚，他譏刺令狐相公、獻〈菩薩蠻〉詞等諸多衝突載
諸史料，又有「文多刺時，復傲毀朝士」的批評。他步上了賈島的後
塵，也是累舉不第、譏刺當局、為公卿所惡，最終「攪擾科場」而
授官遠放。只是賈島較溫庭筠幸運，《新唐書》說他「坐飛謗」，因
此當詩人自言：「豈有斯言玷，應無白璧瑕。不妨圓魄裡，人亦指蝦
蟆。」[48]表明無辜，能得到後人的理解與信從。溫庭筠雖自歎「幽蘭九
畹，傷謠諑之情多」，中書舍人裴坦制詞，甚至有「移賈誼於長沙，
放騷人於湘浦」之喻，其冤顯而易見，卻仍為史傳作者忽視。

此外，《新傳》謂溫庭筠因科場事「貶方山尉」，其說誤，當貶
隋縣尉。《舊傳》未記科場事，而將貶隋縣事繫於咸通年間，其說亦
誤，貶隋縣尉當在大中十三年（859）。

（二）受辱虞候，再貶方城

大中十三年（859），溫庭筠以「攪擾科場」的罪名，貶為隋
縣尉，轉依徐商於襄陽，署為巡官。大中十四年（860），徐商詔
徵赴闕，溫庭筠轉赴荊州，荊南節度始蕭鄴辟為從事。咸通三年

---

47 〔宋〕歐陽修、宋祁等撰：《新唐書》，卷176，列傳101〈賈島〉，頁5268。
48 賈島：〈寄令狐綯相公〉，〔清〕彭定求、楊中訥等編《全唐詩》卷573，頁6659。

（862），令狐綯任淮南節度使；次年，溫庭筠亦東歸過廣陵，兩人的恩怨從京城搬到揚州，再次引爆衝突。《舊傳》的說法是：

> 咸通中，失意歸江東。路由廣陵，心怨令狐綯在位時不為成名；既至，與新進少年狂遊狹邪，久不刺謁。又乞索於揚子院，醉而犯夜，為虞候所擊，敗面折齒，方還揚州，訴之令狐綯。補虞候治之，極言庭筠狹邪醜跡，乃兩釋之。自是污行聞於京師。庭筠自至長安，致書公卿雪冤。屬徐商知政事，頗為言之。無何，商罷相出鎮。楊收怒之，貶為方城尉。再遷隋縣尉，卒。

《新傳》則說：

> 不得志，去歸江東。令狐綯方鎮淮南，庭筠怨居中時不為助力，過府不肯謁。丐錢揚子院，夜醉，為邏卒擊折其齒。訴於綯，綯為劾吏，吏具道其污行，綯兩置之。事聞京師，庭筠遍見公卿，言為吏誣染。俄而徐商執政，頗右之，欲白用。會商罷，楊收疾之，遂廢卒。

　　兩《唐書》記載的故事似乎首尾俱全，有衝突緣由：「心怨令狐綯在位時不為成名」；有無行事實：「狂遊狹邪，久不刺謁」；有具體罪狀：「醉而犯夜，為虞候所擊」；有自訴冤屈：溫庭筠「遍見公卿，言為吏誣染」；有事後懲處：「楊收疾之，遂廢卒」。然而按覈史料，則知其故事湊泊成篇，偏頗、脫漏、訛誤尤甚。茲按傳文情節略作辨析：

　　其一，溫庭筠因令狐綯掌淮南節度使，為求汲引而東歸，史傳謂「過府不肯謁」與事實不符。

　　大中十四年（860），徐商詔徵赴闕後，溫庭筠轉赴荊州。據

其「洛水寒疝，荊州夜嗽」（〈答段柯古贈葫蘆管筆狀〉）及「旅途勞止，末路蕭條」（〈上宰相啟〉其二）等自述[49]，知其當時處境應是貧病交侵，慘愁殊甚。咸通二年（861），令狐綯改汴州刺史、宣武軍節度使；溫庭筠〈上令狐相公啟〉，即咸通三年（862），辭荊州任後，流寓塗窮之際，向出任宣武軍節度使的令狐綯請託汲引之作。咸通三年冬（862），令狐綯自「汴州刺史、宣武軍節度使，遷揚州大都督府長史、淮南節度副大使、知節度事」。溫庭筠〈上宰相啟〉（其二）有「負笈趨塵，贏糧載路。願奏書於台席，思撰履於侯門」之語[50]，自述聞知令狐綯新掌淮南，因此遠來投奔，時間約在咸通四年初（863）。然而令狐綯一如其「居中時不為助力」，出任淮南節度使仍然「不為助力」。傳文說「過府不肯謁」，實則早經哀哀求懇，但未獲汲引；傳文說「心怨令狐綯在位時不為成名」，同樣的「怨」搬到揚州繼續演繹，恐怕是舊怨未消，再生新怨。而所謂的與「新進少年狂遊狹邪，久不刺謁」，恐亦如在京城時怒奏「有才無行，不宜與第」一般，是權貴運用話語權，黜退所惡的結果。

其二，徐商於咸通二年至四年（861-863）領鹽鐵使，溫庭筠去「揚子院」是訪舊友、求賓薦而去的，「丐錢」、「犯夜」等說，應如溫庭筠所言是「誣染」。

「揚子」即揚州揚子縣，位居南北軍道之衝要，為東西江運、南北渠運之樞紐。唐代中葉，鹽鐵漕運為長安軍政命脈所繫，故置揚子鹽鐵巡院於此。鹽鐵轉運使以揚州為中心，而分布所屬之巡院於各地，在正規職官外又另成一系統。據溫庭筠〈上吏部韓郎中啟〉：

49〔唐〕溫庭筠撰，〔明〕曾益原注，〔清〕顧予咸補註、顧嗣立重校，王國安校點：《溫飛卿詩集箋註》（上海市：上海古籍出版社，1980年），附錄二，頁232、242。

50 同前註。

「倘蒙一話姓名，試令區處。分鐵官之瑣吏，廁鹽醬之常僚。」[51]知其有意於揚子院謀得職位。徐商是溫庭筠一生的知交，在患難之際，每每伸手援引。咸通二年至四年（861-863）末，徐商領鹽鐵使，當咸溫庭筠因求仕而來揚州時，正值徐商在鹽鐵使任。溫庭筠既有意於「分鐵官之瑣吏，側鹽醬之常僚」（〈上吏部韓郎中啟〉），他去鹽鐵揚子院牽舊情、求賓薦，是合於情理之中的推測。而故人多情資助若干，卻轉為「丐錢揚子院」，成為虞候毆擊的罪名。事發後溫庭筠「訴於絢」當時虞候「極言其狹邪醜跡」（《舊傳》），溫庭筠當亦「言為吏誣染」（《新傳》），令狐絢作出「兩置之」的判定，看似不左右坦，但無疑坐實溫庭筠的污行。這次的事件，沸沸揚揚，遠傳京師，遂使溫庭筠不得不自至京師「雪冤」。從徐商在事發後，「頗為言之」（《舊傳》）、「欲白用」（《新傳》）等種種努力，亦可證明溫庭筠「為吏誣染」。廣陵事件中，涉及揚州兩個最重要的權力中心：淮南節度使──令狐絢，及鹽鐵轉運使──徐商。推測事件的本源，除了溫庭筠與令狐絢難解的恩怨糾葛，兩大集團的政治角力，很可能也是衝突的原因。

　　其三，溫庭筠因牓國子監，再貶方城而卒。廣陵事件後，溫庭筠並未如史傳所言，因丐錢揚子院事被貶。據唐尉遲樞《南楚新聞》：「太常卿段成式，相國文昌之子也，與舉子溫庭筠親善，咸通四年六月卒。庭筠居閒輦下。」[52]知咸通四年（863）六月飛卿「居閒輦下」，不曾因廣陵事件遭貶。據溫庭筠〈謝紇干相公啟〉，知溫庭筠於咸通五年（864）因紇干皋相公薦拔，得以除國子助教。據據宋陳思《寶刻叢編》載「咸通七年」溫庭皓所撰〈唐國子助教溫庭筠墓誌〉，

51　同前註，頁248。

52　〔宋〕李昉：《太平廣記》（臺北市：臺灣商務印書館，1983年影印文淵閣《四庫全書》本），卷351〈段成式〉引《南楚新聞》，冊1045，頁516。

知飛卿卒於咸通七年（866），仕終國子助。據溫庭筠〈牓國子監〉
文，知溫庭筠於咸通七年（866）任國子監試官，於十月六日牓邵謁
等詩文於禮部都堂。按牓文有「聲詞激切，曲備風謠。標題命篇，時
所難著」之語，如邵謁〈論政〉詩云：

> 賢哉三握髮，為有天下憂。孫弘不開閣，丙吉寧問牛。內政由
> 股肱，外政由諸侯。股肱政若行，諸侯政自修。一物不得所，
> 蟻穴滿山丘。莫言萬木死，不因一葉秋。朱雲若不直，漢帝終
> 自由。子嬰一失國，渭水東悠悠。[53]

又〈歲豐〉詩云：

> 皇天降豐年，本憂貧士食。貧士無良疇，安能得稼穡。工傭輸
> 富家，日落長嘆息。為供豪者糧，役盡匹夫力。天地莫施恩，
> 施恩強者得。[54]

前者憂國，直指朝廷股肱——宰臣的不當；後者憂民，痛陳當局
重賦巨斂，為天下生民哀哀呼告。國子監試子激昂痛陳，切中時弊；
溫庭筠以國子監試官身分牓文，無疑要為之背書，承擔政治風險。是
時楊收執政，《舊傳》云「楊收怒之」、《新傳》云「楊收疾之」，知
所怒、所疾非是廣陵事，而是牓國子監文直接批判宰臣事。據紀唐夫
〈送溫庭筠尉方城〉詩，知溫庭筠曾再貶方城；詩云「鳳凰詔下雖霑
命，鸚鵡才高卻累身」，知溫庭筠因諷刺時政得罪。溫庭筠〈牓國子
監〉，是他生前最後一次的政治活動，可見他在咸通七年十月六日牓
文後，再貶方城，流落而終。

---

53 〔清〕彭定求、楊中訥等編：《全唐詩》，冊18，卷605，頁6994。
54 同前註，頁6995。

　　就溫庭筠行實言，前敘諸事，史料斑斑，但從《舊傳》到《新傳》，始終闕漏訛誤不已。就公議言，自當代中書舍人裴坦制詞「放騷人於澧浦，移賈誼於長沙」、紀唐夫贈詩「鳳凰詔下雖霑命，鸚鵡才高卻累身」，到死後的公議如李巨川為溫庭筠抱屈云「蛾眉先妒，明妃為去國之人；猿臂自傷，李廣乃不侯之將」，尤其鄭延昌不讓溫憲及第的理由：「文多刺時，復傲毀朝士」，最能見得溫庭筠一生顛躓的真相，但這些仗義之言，始終被忽略。史家採納了令狐綯「有才無行」的說法，截斷大中年間以後事蹟，圍繞與令狐綯相關的衝突，忽視其「刺時」的內容，而強調其「狂傲」，塑造其「無行」的形象。同為「無官受黜」，同以譏刺公卿得罪，但詩人賈島能獲得史家為其平反，與溫庭筠的待遇可謂有雲泥之別。細繹史傳可以發現，「多作側詞艷曲」被置於「無行」的語境中；史家忽略真相，而以「狂遊狹邪」作為廣陵衝突的原因，將溫庭筠的善於「填詞」與「無行」劃上等號，其觀點的偏頗，與溫庭筠在詞壇的開創先行有莫大的關係。史家雖不曾就其詞品評價，然而在鄙薄的語境中，「側艷」由音樂文學轉化為題材內容，成為後代讀者接受的「艷情」內涵。「側艷」說非始於《舊傳》、《新傳》，卻因其偏頗的記載而衍生，成為其「無行」的印記，詞品的定評。

第三節　接受與不接受──唐宋文人的矛盾價值觀

　　《舊傳》、《新傳》對於溫庭筠的接受，所顯現的才與德矛盾，除了史觀的偏頗、史實的闕漏外，唐宋以來文人對於詞體的價值觀也是矛盾的本源。史傳的影響，始終存在；矛盾價值觀，則與詞史相依倚。因此，本文首先探討唐宋文人的矛盾價值觀，其次溯源溫庭筠接受障礙的歷史成因。

一　道德譴責——寄情小詞與詩人之旨的矛盾

　　唐代教坊正式制建於武則天時代，《唐書・職官志》云：「武德已來，置於禁中，以按習雅樂，以中宮人充使。則天改為雲韶府，神龍復為教坊。」[55]開元二年，設內外教坊，與太常寺並行，專門教習音樂歌舞，供奉宮廷宴饗。教坊樂師除了蒐集整理域外邊州的胡夷之曲、民間里巷的俚俗歌曲，還自創新聲，裁製新調，因此教坊曲代表了盛唐樂曲的最高成就。教坊曲主要載於崔令欽《教坊記》、南卓《羯鼓錄》、段安節《樂府雜錄》等書，其中尤以《教坊記》輯錄最為完備，有：曲名二七八，大曲名四六，又其記敘中別見曲名六，大曲名十三，共計三四三調。崔令欽竭力蒐集、記載這些曲調，當然是衷心肯定其藝術價值，但他卻在《教坊記・後記》說：

> 嗜慾近情，忘性命之大節，施之於國則國敗，行之於家則家壞。[56]

　　崔令欽將教坊曲纂輯成書，以備傳世之餘，仍不忘譴責這些樂曲「慾」、「情」的本質，要人不可「嗜慾近情，忘性命之大節」。一方面傳播，一方面要人節制；一方面肯定，一方面批判，從崔令欽的態度，最能反映詞樂於源始之際，即是在道德譴責中傳播、發展。

　　「樂」是古聖人怡情的工具，然而「俗樂亂雅」。詞的載體——燕樂，多採「胡夷里巷」之曲，用於飲筵，施於女樂，就樂種言，即已註定了詞體的卑格。而其「言情」的優長，在「言志」的詩教傳統

---

55 〔後晉〕劉昫等撰：《唐書・職官志》，卷43，頁1584。

56 〔唐〕崔令欽著，任二北箋訂：《教坊記箋訂》（臺北市：宏業書局，1973年1月），頁190。

中，更成為詞體卑下的重要因素。樂書作者，如崔令欽既撰作《教坊記》，又戒之以「嗜慾近情」；曲詞作者，則一方面愛而作之，一方面焚毀不暇。如五代、北宋間孫光憲《北夢瑣言》云：

> 晉相和凝少年時好為曲子詞，布於汴洛。洎入相，專托人收拾焚毀不暇。然相國厚重有德，終為艷詞玷之。契丹入夷門，號為「曲子相公」。所謂好事不出門，惡事行千里，士君子得不戒之乎。[57]

　　從「曲子相公」的輕蔑稱號，與孫光憲的評語「好事不出門，惡事傳千里」，以「惡事」形容「好為曲子詞」，可見「曲子詞」的道德評價。和凝少時好為曲子詞，一旦成名因懼怕以此玷污自己的德行，忙不迭收拾焚毀滅跡，窘迫的行為、矛盾的心態，顯示了詞人填詞之初已有的道德自覺，而這樣的自覺顯然受迫於社會的壓力。在這樣的矛盾中，捨不得「收拾焚毀」而結集出版者，詞敘作者往往推崇詞人功業，以消減道德的譴責。如陳世修為其「外舍祖」馮延巳《陽春集》撰序，云：

> 江南有國，以其勛賢，遂登臺輔。……竭慮於國，庸功日著。……公以金陵盛時，內外無事，朋僚親舊，或當燕集，多運藻思，為樂府新詞，俾歌者倚絲竹而歌之，所以餘賓遣興也。……公以遠圖長策翊李氏，卒令有江介地，而居鼎輔之任，磊磊乎才業何其壯也。及乎國已寧，家已成，又能不矜不伐，以清商自娛，為之歌詩以吟詠情性，飄飄乎才思何其清也。[58]

57　史雙元編：《唐五代詞紀事會評》，頁547。

58　金啟華等編：《唐宋詞集序跋匯編》（臺北市：臺灣商務印書館，1993年2月），頁8。

　　詞體「餘賓遣興」的本質，使作者、讀者、論者深懷罪惡感。本質之惡既無法推諉，陳世修因此反覆言馮延巳的功業是「竭慮於國」，以「遠圖長策」助李唐，「庸功」顯著；反覆言歌詞的背景是「內外無事」，「國已寧，家已成」；反覆言歌詞含蘊的是「磊磊乎才業何其壯也」，「飄飄乎才思何其清也」。就個人言，是安邦定國的功臣；就國家言，如今四海昇平；就著詞言，才思清華，如此則「娛賓遣興」何罪之有？詞的功用在於「娛賓遣興」，既無法於此肯定其價值，只得從詞人個人的功業成就，去托襯詞的藝術價值，減輕道德譴責的壓力。

　　創作主體與作品價值的矛盾，到了詞體大盛的宋代仍然存留，如胡寅〈酒邊詞序〉即說：

> 詞曲者，古樂府之末造也。……然文章豪放之士，鮮不寄意於此者，隨亦自掃其跡，曰浪謔遊戲而已。[59]

　　「詞」至於宋，臻於成熟，這是眾多文人競作的結果。然而參與這項文學發展的功臣詞人們，卻否定自我的創作價值，而「自掃其跡」。所謂「文章豪放之士」，肯定了創作主體的才情；所謂「鮮不寄意於此」，肯定了創作客體「寄意」的內容，創作者需具備才情，而這種體裁又足以「寄意」，雖抑實揚。託詞「浪謔遊戲」，可見詞人愛而難捨；至於「自掃其跡」，則是詞人的自我救贖，甚至可以說是自保的行為。向子諲不捨「自掃其跡」，而是結集出版《酒邊詞》，胡寅序言因此為之辯護：

> 薌林居士，步趨蘇堂而嚌其胾者也。……以結水之心，幻出葩華，酌元酒之尊，而棄其醇味，非染而不色，安能及此？……

公宏才偉績，精忠大節，在人耳目，固史載之矣。後人之昧其平生，而聽其餘韻，亦猶讀〈梅花賦〉而未知宋廣平歟！[60]

胡寅從兩方面來提昇《酒邊詞》的價值。首先辨明詞風流派，他褒舉蘇軾「一洗綺羅香澤之態，擺脫綢繆宛轉之度，使人登高望遠，舉首高歌，而逸懷豪氣，超然乎塵垢之外」[61]，在《花間》、柳永之外別闢一徑，而向子諲正是得其神髓者。其次，彰顯人品，言其「宏才偉績，精忠大節」，企圖以其政績人品論其詞品，終以宋璟〈梅花賦〉比擬向子諲《酒邊詞》。雖然譴責詞體的本質，但藉由作詞者的自我提昇「染而不色」，以推尊詞人作品；再以作者的道德人品，來保證作品的品格，以此脫解道德教化的不安。宋代詞人中，愛好與悔恨交加，矛盾最甚的當屬陸游，他在〈長短句序〉說：

雅正之樂微，乃有鄭魏之音。……千餘年後，乃有倚聲製辭，起於唐之季世。則其變愈薄，可勝嘆哉！予少時汩於世俗，頗有所為，晚而悔之。然漁歌菱唱，猶不能止。今絕筆已數年，念舊作終不可掩，因書其首以志吾過。[62]

與向子諲的自我超越不同，陸游是藉「自悔」式的「自譴」，來開解不安。少時多作，晚而悔之，但悔悟之餘，猶未能停筆。雖然停筆，但「念舊作終不可掩」，因而編輯傳世。既輯以傳世，又恐毀損德譽，而作書自責己過。難以停筆，因為詞體足以寄情；不願湮沒無傳，因為這些作品高度顯露了作者的才情與藝術成就。於是欲停而不止，欲止而不掩，在矛盾的心態與作為中，在曲折的言詞中，流露了

60　同前註。

61　同前註。

62　同前註，頁154。

作者潛在的自得、自高之情。自負於填詞之才，肯定其藝術價質；卻
自限於詩人之旨，自卑其體格。

多數詞人都能體認詞的藝述價值，卻無法超脫道德價值的框限，
兩種潛在價值體系反復交纏，因此出現了前述種種矛盾無比的說法。

二　道德救贖──小道可觀與尊體尚雅的論述

愛好填詞、讀詞、評詞，卻又「小」之，這是宋代文人常見的矛
盾意識。如歐陽修《歸田錄》引錢惟演語云：

> 坐則讀經史，臥則讀小說，上廁欲閱小詞。[63]

讀經史是為了「經國之大業，不朽之勝事」，需正襟危坐；讀小
詞不是正經事，只利用「上廁」時間，如此則無損於讀者的修業窮
道。蘇軾〈醉翁琴趣外編序〉論歐陽修詞說：

> 散落尊酒間，盛為人所愛尚，猶小技，其上有取焉者。[64]

所謂詞「猶小技，其上有取焉者」，其意同於「小道可觀」。蘇
軾是宋詞指出「向上一路」的開山祖師，然而詞不如詩的文體意識，
在其論議中多有流露。如〈答陳季常書〉說：

> 又惠新詞，句句警拔，詩人之雄，非小詞也。[65]

---

63 〔宋〕歐陽修：《歸田錄》（臺北市：藝文印書館，1965 年影印〔清〕張海鵬輯《學
　　津討原》本），卷下，冊 1036，頁 547。

64 〔元〕吳師道撰：《吳禮部詩話》（臺北市：藝文印書館，1966 年《百部叢書集成》
　　影印《知不足齋》本），頁 33。

65 曾棗莊、劉琳主編：《全宋文》（上海市：上海辭書出版社；合肥：安徽教育出版
　　社，2006 年），冊 88，頁 55。

〈與蔡景繁書〉云：

> 頒示新詞，此古人長短句詩也。得之驚喜，試勉繼之。[66]

用「小詞」稱詞，於詩、詞對比中，詩是詞努力的高標，故以「詩人之雄」、「古人長短句詩」來稱美佳詞。在評論張子野詞時，這樣的詞體意識更形流露，如〈題張子野詩集後〉云：

> 子野詩筆老妙，歌詞乃其餘技耳。……而世俗但稱其歌詞，……皆所謂未見好德如好色者歟。[67]

〈祭張子野文〉云：

> 清詩絕俗，甚典而麗。搜研物情，刮發幽翳。微詞宛轉，蓋詩之裔。[68]

所謂「未見好德如好色者」，「德」喻指的是張先的「詩筆」，「色」喻指的則是「歌詞」，而歌詞是「其餘技耳」。他認為張先詞能運用含蓄委婉的手法，來表現世情物態，闡發其間深隱幽微的意涵，而以「詩之裔」美之。在「好德」與「好色」的矛盾中，蘇軾的對策是「以詩為詞」，並具體實踐於創作中，以此提昇詞體的價值。不過，以詩文賈禍的蘇軾，深深理解「詞為小道」的傳統價值觀，曾言「比雖不作詩，小詞不礙。軾作一首，今錄呈，為一笑」[69]。在歷經烏臺詩案、紹聖黨禍，蘇軾藉由世人以「詞為小道」的心理，巧用「小詞」抒情寫志。

---

66 同前註，冊88，頁183。
67 同前註，冊80，頁313。
68 同前註，冊92，頁100。
69 〔宋〕蘇軾：〈與陳大夫八首〉之三，同前註，第88冊，頁233。

按朱弁《風月堂詩話》云：

> 晁無咎晚年，因評小晏并黃魯直、秦少游詞曲，嘗曰：吾欲託
> 興于此，時作一首以自遣，政使流行，亦復何害，譬如雞子中
> 元無骨頭也。[70]

晁補之用「雞子中元無骨頭」比喻詞體，說明填詞所以「政使流
行，亦復何害」，正是建立在詞為「小道」的背景上。詞是小技、餘
技、小詞，卻是世人愛尚的，在價值的矛盾中，蘇軾「以詩為詞」提
高詞格、詞境，使臻於「小道可觀」。

蘇軾「詩化」、「以詩為詞」的創作實踐，以及用「詩」的標準
評價詞作，企圖讓「小道可觀」，究其本源可歸諸於詞人「推尊詞
體」的意識。這樣的意識貫穿宋代，宋人進一步從文體本源上提高詞
的地位，「尊體復雅」可說是論詞者的普遍認知。其實，自文人假手
詞作以來，尊體復雅的嘗試，從未消停。如《花間集》推尊詞體源於
古樂、古詩，標舉詞需是「鏤玉雕瓊，擬化工而迥巧；裁花剪葉，奪
春豔以爭鮮」，反對「南朝之宮體，北里之倡風」，期以精選的文人
雅詞來取代坊間鄙俗的歌曲。然而宋人的矛盾掙扎，始終源於小詞的
卑格，如黃庭堅〈小山詞序〉云：

> 至其樂府，可謂狎邪之大雅，豪士之鼓吹。其合者，高唐、洛
> 神之流；其下者，豈減桃葉團扇哉！余少時間作樂府，以使酒
> 玩世。道人法秀獨罪余以筆墨勸淫，於我法中當下犁舌之獄，
> 特未見叔原之作耶。[71]

---

70 〔宋〕朱弁：《風月堂詩話》（北京市：北京商務印書館《影印文津閣四庫全書》
　　本，2006年），第1483冊，卷上，頁1483-239。
71 金啟華等編：《唐宋詞集序跋匯編》，頁26。

文中相關語詞如狎邪、使酒玩世、筆墨勸淫、犁舌之獄等，都是對填詞的負面表述。在輕賤的語詞中，黃庭堅將自己與晏幾道並舉，且有「狎邪之大雅，豪士之鼓吹」之譽，言外所流露的無悔情緒，映現了詞人心中的自得。值得注意的是「狎邪之大雅」，如「狎邪」是本質，而「大雅」則是超越了這種本質，填詞者在矛盾的統一中提高自我作品的價值，論詞者則直接循此徑路提高詞體的地位與價值。因此，尋源溯流，如王灼《碧雞漫志》認為「古歌變為古樂府，古樂府變為今曲子，其本一也」，將「今曲子」即詞體上接古樂府、古歌。他又說：

> 或問歌曲所起，曰：天地始分，而人生焉，人莫不有心，此歌曲所以起也。……故有心則有詩，有詩則有歌，有歌則有聲律，有聲律則有樂歌。[72]

王灼追溯歌曲起源，謂歌曲起於人之心聲，上古詩歌、漢魏晉代樂府與唐宋歌詞一脈相承，其本一也。如是，則將詞提高與詩歌等齊的地位，都源起於人心的感發。詞既上接詩、樂，則與詩、樂的風雅精神繫聯，因此是否能具體實踐「雅」，是詞體能否由卑而尊的關鍵。摒棄俗、淫、粗、鄙之狎邪，復歸於詩歌「雅」的正統，是許多宋代詞人的共識，如潘閬〈逍遙詞附記〉提出「變風雅之道」；黃裳〈演山居士新詞序〉以「六義」說詞，並提出「清淡而正」的論詞標準；鼎陽居士《復雅歌詞》、曾慥《樂府雅詞》，以雅選詞，以雅名集；張炎《詞源》，提出「雅正」的論詞綱領等。從理論的提出，到創作的實踐，「復雅」成為宋代文人提高詞體地位，推尊詞體的重要徑路。

72〔宋〕王灼：《碧雞漫志》，輯入唐圭璋編《詞話叢編》，冊1，卷2，頁73。

三　才德矛盾──溫庭筠接受障礙的歷史成因

　　「有才無行」，是史傳塑造的溫庭筠形象。才與德的矛盾，與唐宋以來文人對於詞體的矛盾價值觀，可謂相互呼應。歐陽修〈玉樓春〉云「人生自是有情癡，此恨不關風與月」[73]，很能道出文人所以衷情於詞的真正原因。如果說詩、文是理性的展現，詞則是感性的最佳載體；前者關乎「大我」的志節，後者則是「小我」情性的發抒。所謂「聖人忘情，最下不及情。情之所鍾，正在我輩。」[74]除了「志」之外，「情」也是人類的自然本性。然而在詩教長遠的浸潤下，詞於發軔之初，即背負著沉重的道德譴責。文人一方面愛尚此道，於此展現自我的才情；一方面鄙薄此道，批判其無關教化。這樣的矛盾，伴隨著詞體的發展，始終未曾稍歇。

　　前述唐宋文人的矛盾，頗能反映一般社會普遍的價值觀，因為詞的作者、讀者、論者尚且如此，遑論他人？後晉劉昫《唐書》撰成於亂世，史料散落可能是〈溫庭筠傳〉訛誤、失實的原因，然而觀其敘述的語境，溫庭筠「長於填詞」應是造成偏頗的重要原因。溫庭筠是花間鼻祖，詞體肇建他居功厥偉，當世人鄙薄小詞時，自然首當其衝。歐陽修、宋祁等人是宋代著名詞人，然而當他們秉如椽之筆撰作《新唐書》時，詞人身分隱退，「尚德」史觀朗現，所謂「多作側詞豔曲」，一個「多」字，顯現了潛藏的價值觀。即使為詞體指出向上一路的蘇軾，也曾說「張子野詩筆老妙，歌詞乃其餘技耳」，認為「世人但稱其歌詞」，「皆所謂未見好德如好色者歟」，可見詩、詞

73　唐圭璋編：《全宋詞》（臺北市：洪氏出版社，1981年4月），冊1，頁132。

74　〔南朝宋〕劉義慶撰，徐震堮校箋：《世說新語校箋》（臺北市：文史哲出版社，1989年9月），頁349。

在世人心目中的比重。詩是「德」，詞是「色」，因此如果兼善詩、
詞，卻以詞見稱，則是愛其色，未識其德，朋友是要為其抱屈的。再
如張耒《東山詞序》云：

> 文章之於人，有滿心而發，肆口而成，不待思慮而工，不待雕
> 琢而麗者，皆天理之自然，而性情之至道也。……或者譏方
> 回好學能文，而惟是為工，何哉？余應之曰：「是所謂滿心而
> 發，肆口而成，雖欲已焉而不得者。若其粉澤之工，則其才之
> 所至，亦不自知也。」[75]

賀鑄好學能文，卻因為工於詞，而遭致非議，張耒不得不為其辯
解。所言「滿心而發，肆口而成，不待思慮而工，不待雕琢而麗者，
皆天理之自然，而性情之至道」，識見通達。在這樣的辯解中，可見
能寫歌詞，固然是音樂、文學才能的表徵，然而世人對於一個作家的
評價，顯然並非取決於他的藝術才能。詞雖已成有宋一代文學，名家
如柳永、晏幾道、賀鑄等人，卻都因為工於小詞，而招致世人諸多
非議。宋人好作詞，而在道德譴責的掙扎中，嘗試以「小道可觀」、
「以詩為詞」、「尊體復雅」等方式，提高詞的品格作為道德補贖。作
詞，已經悖德；多作，更是悖德之甚，在這樣的背景下，對於專業
詞人的道德譴責自然格外嚴厲。從這個角度觀察，《舊傳》說溫庭筠
「能逐絃吹之音，為側豔之詞」，說的似乎偏向才能；《新傳》進一步
說溫庭筠「多作側詞豔曲」，強調的是「多作」，誠可謂一字褒貶。

愛其才，黜其德，是溫庭筠生前的遭遇，也是宋代社會對於專業
詞人的態度。能作詞，而詩文聲名並濟者，或可以大醇小疵稍加遮
掩；若是詞名高於詩文，則不免備受道德譴責。溫庭筠雖然多才，尤

75　金啟華等編：《唐宋詞集序跋匯編》，頁59。

以詞名最高，史傳強調其「狎邪」之行，可謂良有以也。然而將其不遇，但歸於「不修邊幅」、「薄於行」亦未免淺視，綜觀唐末世局及溫庭筠行實，其招致謗議實有深刻的政治原因。其一，甘露事變：唐末宦官勢盛，唐文宗與李訓、鄭注密謀剪除權宦。太和九年（835）十一月二十一日，李訓等詐稱金吾左仗院石榴樹夜降甘露，誘殺宦官仇士良、魚弘志等。惜事敗，李訓、鄭注被殺，大臣王涯、王璠、賈餗、舒元輿等也被族滅。是時朝野恐悚，溫庭筠有〈題豐安里王相林亭〉二首，用東晉王、謝凋零故事，隱喻對王涯的哀悼；藉由王涯的悲劇，映照王道沉淪、宦官勢橫的現實。此外，溫庭筠曾隨圭峰宗密學禪，而圭峰曾參預甘露之變密謀。[76]其二，從游莊恪：大和九年（835），溫庭筠得李翱薦引，從遊莊恪太子李永，但莊恪於開成三年（838）十月，在政爭中受譖暴死。等第罷舉前後（開成四年至會昌元年（839-841）之間），正值文宗死武宗立，宦官發動政變之際，溫庭筠負讒畏譏罷舉遁逃。[77]其三，牛李黨爭：唐宣宗以穆、敬、文、武諸帝為逆，斥李黨為奸邪。溫庭筠於文宗時，曾入莊恪門下，有從逆之嫌；會昌時與李黨魁首過往密切，在附邪之列。大中年間，又轉求牛黨首領令狐綯汲引。不但依違兩黨之間，且恃才傲物，好譏訶權貴，諷刺時政。[78]其四，牓國子監：溫庭筠任國子助教時獎掖寒素，牓邵謁等人詩文於禮部，稱其「識略精微，堪裨教化；聲詞激切，曲

---

76 關於甘露事變及溫庭筠〈題豐安里王相林亭〉二首所表露的政治態度，詳見筆者所撰《溫庭筠辨疑》（臺北市：國家出版社，2012年2月），頁160-161，頁192-194。

77 溫庭筠從遊莊恪與等第罷舉事，詳見筆者所撰《溫庭筠辨疑》第三章第一節〈從遊莊恪〉、第二節〈等第罷舉〉，頁158-198。

78 溫庭筠從遊令狐綯與相關事件，詳見筆者所撰《溫庭筠辨疑》第三章第三節〈大中十年〉、第四節〈貶尉隋縣〉，第四章第一節〈論飛卿東歸與受辱〉，頁228-245；頁253-268；頁303-323。

備風謠」（〈牓國子監〉）[79]，可證飛卿反對權貴壟斷科舉，取人重才不畏權勢的態度。從甘露事變的表露政治態度，歷經從游莊恪、罷舉遁逃、浮沉於牛李黨爭、得罪令狐綯，到牓國子監得罪，再貶方城流落而終。在黑暗的時代，因為剛直敢言，得罪多方，受到慘酷的政治迫害。裴坦所書貶隋縣制詞云：「放騷人於湘浦，移賈誼於長沙」；進士紀唐夫為之鳴冤作詩：「鳳凰詔下雖霑命，鸚鵡才高卻累身」[80]；死後二十餘年，猶有人為他叫屈，請雪冤「以厭公議」[81]，可見溫庭筠為當權者迫害時，公議是寄同情於他的。

　　溫庭筠詞雖以美人、愛情為主要題材，然其詞旨不在物色，而在曲折的「心曲」，所謂「謝娘無限心曲」是也。他為美人代言，代訴心曲，卻不涉艷事，亦不作粗鄙淫褻之語，說他寫「情詞」則可，

79　溫庭筠〈牓國子監〉以致廢卒事，詳見筆者所撰《溫庭筠辨疑》第四章第四節〈論飛卿再貶方城〉，頁381-412。

80　〔唐〕裴庭裕：《東觀奏記》，卷下，頁9。

81　事見辛文房《唐才子傳》：「憲，庭筠之子也。龍紀元年，李瀚榜進士及第。去為山南節度府從事，大著詩名。詞人李巨川草薦表，盛述憲先人之屈，辭略曰：『娥眉先妒，明妃為去國之人；猿臂自傷，李廣乃不侯之將。』上讀表惻然稱美。時宰相亦有知者，曰：『父以竄死，今孽子宜稍振之，以厭公議，庶幾少雪忌之恨。』上領之。」（卷九〈溫憲〉）又計有功《唐詩紀事》謂憲「僖、昭之間，就試於有司，值鄭相延昌掌邦貢，以其父文多刺時，復傲毀朝士，抑而不錄。既不第，遂題一絕於崇慶寺壁。後榮陽公登大用，因國忌行香，見之，憫然動容。暮歸宅，已除趙崇知舉，即召之，謂曰：『某頃主文衡，以溫憲庭筠之子，深怒嫉之。今日見一絕，令人惻然，幸勿遺也。』於是成名。詩曰：『十口溝隍待一身，半年千里絕音塵。鬢毛如雪心先死，猶作長安下第人。』見〔宋〕計有功撰，王仲鏞校箋：《唐詩紀事校箋》（成都市：巴蜀書社，1989年8月），卷70，頁1869。據周祖譔、吳在慶考證，鄭延昌掌邦貢，因憲「父文多刺時，復傲毀朝士，抑而不錄」，時在光啟二年（886）。李巨川草薦表盛稱憲父之屈，在憲下第，巨川入興元幕時，即光啟三年（887）六月後，亦即憲從事山南之時。僖宗薨於光啟四年（888）三月，葬於十二月，延昌「因國忌行香」，見憲題詩，或即在此時。時值趙崇知舉，故有延昌囑其放憲及第，憲遂於翌年即龍紀元年（889）及第。詳見傅璇琮主編：《唐才子傳校箋》（北京市：中華書局，1990年），卷9〈溫憲〉，頁206-210。

說他寫「淫詞」、「豔情詞」則顯然偏頗。史傳所謂「側豔」，原意不在「淫豔」，卻從南宋開始成為豔情的專稱，為世人所認知接受。《唐書》、《新唐書》為溫庭筠立傳，顯示了對其才學的接受；但其敘述的語境，剪輯的史料，則又透露出對其詞才的輕賤，對其人品的鄙薄。究其所以矛盾，一是緣於詞托體不尊，一是文人矛盾的價值觀，一是對於溫庭筠遭受政治迫害的忽略。史傳失載的事實，後人可以補足，如民國以來夏承燾、陳尚君等人多有建樹，足以還原歷史真相，為溫庭筠的人品翻案。然而史書的權威性，讓許多讀者無條件信從，所造成的接受障礙，實不易廓清。此外，詞的本源、本體不能改易，詞托體不尊的問題始終存在；詩樂教化沁入人心，融入文學的歷史長河，詞學價值觀的矛盾，不只是唐宋文人特有的意識，而是詞史上恆久存在的問題。詞體發展，既無法擺脫這些接受障礙；溫庭筠身為導夫先路，尤須承擔個人的、歷史的接受障礙。然而可喜的是，詞學矛盾、接受障礙始終存在，詞體發展依舊前行，溫庭筠詞的接受，亦是如此。

第五章
常州詞派
──溫庭筠詞的新接受

　　明末清初，是詞體由剝而復的關鍵期。明詞佳者不數家，世稱中衰，但明人用心於詞話、詞籍、詞譜、詞韻之整理與建構，為清詞之復振蘊蓄生機。

　　詞論如：陳霆《渚山堂詞話》、王世貞《藝苑巵言》附錄詞話、楊慎《詞品》、俞彥《爰園詞話》、沈謙《填詞雜說》等。詞籍如：吳訥《百家詞》，陳耀文《花草粹編》，毛晉《詞苑英華》、《宋六十名家詞》等。詞譜如：張綖《詩餘圖譜》、程明善《嘯餘譜》等。詞韻如：沈謙《沈氏詞韻》。

　　至於清代，詞家進一步完善，詞律如：萬樹《詞律》、王奕清等奉敕撰《御製詞譜》、許寶善《自怡軒詞譜》、舒夢蘭《白香詞譜》、葉申薌《天籟軒詞譜》、謝元淮《碎金詞譜》等。詞韻如：仲恆《詞韻》，樸隱子《詩詞通韻》，李漁《笠翁詞韻》，許昂霄《詞韻考略》，吳應和《榕園詞韻》，謝元淮《碎金詞韻》，王訥輯、陳祖耀校正《晚翠軒詞韻》，戈載《詞林正韻》等。清人總結前人創作經驗，並在明人草創的基礎上完成詞體格律，使「詞」由音樂文學蛻變為純文學的古典格律詩體。

　　在清詞復興的風潮中，尤其值得注意的是地域詞派的興起。是時以地域為別，如陳子龍「雲間詞派」、陳維崧「陽羨詞派」、朱彝尊「浙西詞派」、張惠言「常州詞派」等揚芬競爽，引領當代的理論

與創作，是清詞興隆旺盛的鮮明標幟。其中，張惠言提出了比興寄託說，成為常州詞派的理論依據。他標舉溫庭筠詞，以「感士不遇」說溫詞，後繼者如周濟、譚獻、陳廷焯等人，也都提出新的詮解。就溫庭筠接受而言，展現了完全不同於前代的新視野，本章因此按其理論發展，分就〈張惠言對溫庭筠詞的詮解〉、〈周濟、譚獻的讀者接受理論〉、〈陳廷焯洞識溫庭筠詞的本質〉三節探討。

第一節　張惠言對溫庭筠詞的詮解

清乾嘉時期，常州人物多俊傑，龔自珍云：「天下名士各有部落，東南無與常匹儔」（〈常州高材篇〉），指的正是常州學術的盛況。張惠言（1761-1802），字皋文，號茗柯，常州武進人。他於經學，是「常州學派」的中堅；於散文，是「陽湖文派」的主將；於詞學，則是「常州詞派」的領袖，稱得上是「第一流」的人物。

嘉慶二年（1797），張惠言為金家子弟講授詞學，編纂《詞選》一書，取唐宋詞人四十四家一百一十六首，作為典範之作。張惠言的詞學觀，反映在《詞選》與親撰的《詞選·序》中，代表了張氏論詞的成就，也標誌著常州詞派的確立。為分析之辨，茲迻錄《詞選·序》於次：

> 敘曰：詞者，蓋出於唐之詩人，採樂府之音以制新律，因繫其詞，故曰詞。傳曰：意內而言外謂之詞。其緣情造端，興於微言，以相感動。極命風謠里巷男女哀樂，以道賢人君子幽約怨悱不能自言之情。低徊要眇以喻其致。蓋詩之比興，變風之義，騷人之歌，則近之矣。然以其文小，其聲哀，放者為之，或跌蕩靡麗，雜以昌狂俳優。然要其至者，莫不惻隱盱愉，感

物而發，觸類條鬯，各有所歸，非苟為雕琢曼辭而已。自唐之
詞人李白為首，其後韋應物、王建、韓翃、白居易、劉禹錫、
皇甫松、司空圖、韓偓並有述造，而溫庭筠最高，其言深美閎
約。五代之際，孟氏、李氏君臣為謔，競作新調，詞之雜流，
由此起矣。至其工者，往往絕倫。亦如齊梁五言，依托魏晉，
近古然也。宋之詞家，號為極盛，然張先、蘇軾、秦觀、周邦
彥、辛棄疾、姜夔、王沂孫、張炎淵淵乎文有其質焉。其盪而
不反，傲而不理，枝而不物。柳永、黃庭堅、劉過、吳文英之
倫，亦各引一端，以取重於當世。而前數子者，又不免有一時
放浪通脫之言出于其間。後進彌以馳逐，不務原其指意，破析
乖剌，壞亂而不可紀。故自宋之亡而正聲絕，元之末而規矩
隳。以至于今，四百餘年，作者十數，諒其所是，互有繁變，
皆可謂安蔽乖方，迷不知門戶者也。今第錄此篇，都為二卷。
義有幽隱，並為指發。幾以塞其下流，導其淵源，無使風雅之
士懲于鄙俗之音，不敢與詩賦之流同類而風誦之也。[1]

　　按張惠言以「意內言外」說詞，實植基於易學；以「感士不遇」
說溫庭筠詞，係以〈菩薩蠻〉、〈更漏子〉等十八闋為範圍；論其讀
者感悟，則與溫庭筠詞的文本召喚有莫大的關係。本節因此專意於前
述要點，分項探討。

一　意內言外——植基於經學的詞學視野

　　「意內而言外謂之詞」，這是張惠言在《詞選·序》中為「詞」

1　〔清〕張惠言：《詞選·序》，見唐圭璋編《詞話叢編》（臺北市：新文豐出版公
　　司，1988年2月），冊2，頁1617-1618。

所下的定義。所云「意內言外」，陸繼輅〈治秋館詞序〉認為出自許慎《說文解字》。然而據張德瀛《詞徵》考證，可推源於孟喜《周易章句・繫辭上》，他說：

> 詞與辭通，亦作詞。周易孟氏章句曰：「意內而言外也」，釋文沿之。小徐說文繫傳曰：「音內而言外也」，韻會沿之。[2]

孟氏所云「詞」，指《易》繫辭之「辭」。而溯源孟喜的思想，實從《易・繫辭上》而來：

> 子曰：書不盡言，言不盡意。然則，聖人之意，其不見可乎？
> 子曰：聖人立象以盡意，設卦以盡情偽，繫辭焉以盡其言，變而通之以盡利，鼓之舞之以盡神。[3]

這段話闡述的是「言、象、意」三者間的關係，包含兩個層次。其一，聖人之意，如何可見？《易傳》作者認為「書不盡言，言不盡意」，但立象可以盡意，繫辭可以盡言，因此藉由立象、設卦、繫辭以盡意。反之，釋者則可藉觀象、解卦、析辭以明其意，以斷吉凶。其二，變幻莫測的「神」，如何明之？《易傳》作者認為只在「鼓之舞之」中體驗，依賴的完全是體驗者的感悟能力，亦即「神而明之，存乎其人」。可見孟喜以「意內言外」釋辭，承襲了《易傳》「立象以盡意」、「繫辭以斷吉凶」的思想，但顯然未曾意識到超越於「聖人之意」的「神」，因此也就忽略了「神而明之，存乎其人」這種具有解釋學意味的《易傳》思想。

張惠言是古文學家，他治《易》專究漢末東吳時期虞翻的《周

2　〔清〕張德瀛：《詞徵》，見唐圭璋編《詞話叢編》，冊5，卷1，頁4075。
3　〔魏〕王弼、〔晉〕韓康伯注，〔唐〕孔穎達正義：《周易正義》，見《十三經注疏》（臺北市：藝文印書館，1955年4月），頁157-158。

易注》，而虞氏《易》又是上接夫子承傳田何的孟喜而來。漢代經學解釋《周易》，往往著重於文句的訓釋而忽視義理的闡發，這種治《易》的方式到了魏晉時期有了改變。以老莊釋《易》是這個階段的特徵，治《易》者多偏向於主觀體驗，「神而明之，存乎其人」的思想逐漸受到重視。最具代表性的是王弼《周易略例‧明象》所云：

> 夫象者，出意者也。言者，所以明象者也。盡意莫若象，盡象莫若言。言生於象，故可尋言以觀象；象生於意，故可尋象以觀意。意以象盡，象以言著。故言者所以明象，得象而忘言；象者，所以存意，得意而忘象。猶蹄者所以在兔，得兔而忘蹄；筌者所以在魚，得魚而忘筌也。[4]

　　王弼既確認象能盡意的思想，又汲取莊子「得意忘言」的理論，提出「得象而忘言，得意而忘象」的新觀念。這樣的治《易》方式，是以保留《易》的原旨為基礎，並會通讀者對《易》的闡釋，藉此改正漢儒執著於言象而產生的隨文飾說之弊。但張惠言對此，提出了批判：

> 自王弼注興而《易》晦，自孔穎達《正義》作而《易》亡。宋之季年，學者爭說性命，莫不以王、孔為本，雜以華山道士之言。[5]

　　他認為王弼注《易》的方法，開啟了宋儒以性命說《易》的先河，導致虛空不實之談大盛。而他主張的是虞翻治《易》的方法：

---

4 〔魏〕王弼：《周易略例》，見嚴一萍《百部叢書集成》（臺北市：藝文印書館，1965 年），頁 10-11。

5 〔清〕張惠言：〈丁小疋鄭氏易注後定序〉，《茗柯文編》（上海市：上海古籍出版社，1984 年 7 月），二編，卷上，頁 59。

翻之言《易》，以陰陽消息六爻，發揮旁通，升降上下，歸於
乾元用九，而天下治。依物取類，貫穿比附，始若瑣碎，及其
沈深解剝，離根散葉，茂條理，遂於大道，後儒罕能通之。[6]

張氏認為虞翻說《易》，採「依物取類，貫穿比附」的方法，雖
不免於瑣碎，但經此「沉深解剖，離根散葉」的依類比附，終能「暢
茂條理，遂於大道」，達到奧蘊析呈的目的。可見在「立象盡意」與
「得意忘象」兩種解釋學傳統中，張惠言承襲虞翻之說，而選擇了前
者。他身為經學家，兼治詞學；承襲虞翻治《易》的解釋學傳統，而
用其「意內言外」說明「詞體」的本質。足徵張惠言的詞學視野，實
植基於其經學思想。

聲律與意象，是構成一首詩歌的主要因素。劉勰《文心雕龍‧神
思》篇說：

是以陶鈞文思……然後使玄解之宰，尋聲律而定墨；獨照之
匠，闚意象而運斤；此蓋馭文之首術，謀篇之大端。[7]

作者「闚意象而運斤」，讀者則須沿波討源，觀象以窺其意。張
惠言治《易》強調象的重要性，同樣的解釋學觀點反映在詞學批評
中，重視藝術形象，以此作為追尋作者原意的重要依據。他承襲了漢
儒的解釋學傳統，自然也承襲了在這個傳統上形成的比興寄託的美學
思想，他治「詞」與治《易》聲息相通。按其《詞選‧序》云：

傳曰：意內而言外謂之詞。其緣情造端，興於微言，以相感

---

6 〔清〕張惠言：〈周易虞氏義序〉，《茗柯文編》，二編，卷上，頁38。
7 〔梁〕劉勰著，王更生注譯：《文心雕龍讀本》（臺北市：文史哲出版社，1991年9
　月），頁3-4。

動。極命風謠里巷男女哀樂，以道賢人君子幽約怨悱不能自言之情。低徊要眇以喻其致。蓋詩之比興，變風之義，騷人之歌，則近之矣。然以其文小，其聲哀，放者為之，或跌蕩靡麗，雜以昌狂俳優。然要其至者，莫不惻隱盱愉，感物而發，觸類條鬯，各有所歸，非苟為雕琢曼辭而已。[8]

他以「意內言外」說詞，認為「《詩》之比興，變《風》之義，騷人之歌，則近之矣。」常州後勁況周頤《詞學講義》說：「意內者何？言中有寄託也」，陳廷焯《白雨齋詞話》云「神餘言外」，並能推闡「意內言外」的要旨。在上媲詩騷，「比興寄託」的綱領下，張惠言認為詞「緣情」而發，表達的是「賢人君子幽約怨悱」之情，它有豐富的思想內容，不只是弄詞炫藻「雕琢曼辭」而已。而這樣的感情內容，不宜直言，而是「興於微言」，亦即用比興的表現手法，借「風謠里巷男女哀樂」之情，來寄託「賢人君子幽約怨悱不能自言之情」。其《七十家賦鈔敘目》也有相同的看法：

夫民有感於心，有慨於事，有達於性，有鬱於情，故有不得已者，而假於言。言，象也，象必有所寓。[9]

提倡用「象喻」亦即比興的手法，來表現感慨性情。他認為詞體「文小，聲哀」，其下者或墮放蕩靡麗之弊，或雜「昌狂俳優」之鄙，然而其至者則「惻隱盱愉，感物而發，觸類條鬯，各有所歸」。所謂「惻隱盱愉」指作者的哀樂之情，是感於物而發的。所云「觸類條暢」，本於《易‧繫辭上》：「引而申之，觸類而長之。」類即物類

---

8 〔清〕張惠言：《詞選‧序》，見唐圭璋編《詞話叢編》，冊2，頁1617。

9 〔清〕張惠言：《七十家賦鈔敘目》，見楊家駱主編《中國學術名著》（臺北市：世界書局，1984年10月），第六輯，冊29，頁4。

（事類），與詩之比興相通。「各有所歸」，是指抒發的感情與各種物類（事類）間有對應指向的關係，通解其間的關係便能暢達其意旨。這樣的說法，與他釋《易》所主張的「依物取類，貫穿比附……沉深解剝，離根散葉，暢茂條理，遂於大道」，可說是同一機杼。

二　感士不遇——〈菩薩蠻〉、〈更漏子〉的解讀

　　張惠言論詞壇之弊，認為「自宋之亡而正聲絕，元之末而規矩隳」，歷經明代之中衰以迄於清，要皆「安蔽乖方，迷不知門戶」[10]。為了「掃靡曼之浮音，接風雅之真脈」[11]，因此嚴選唐宋詞四十四家一百一十六闋詞，編成《詞選》二卷，懸為「正聲」的典範。按其《詞選・序》揭示的詞學思想，主要有四：其一，就思想內容言，主張「意內言外」，強調詞應有「意」，而非空洞的「雕琢曼辭」，認為「賢人君子幽約怨悱之情」才是詞作應有的內容。其二，就表現手法言，主張「興於微言」，崇比興、尚寄託，標舉《風》《騷》為創作典範。其三，就詞體美學言，提出「低徊要眇以喻其致」的審美要求，旨在追求纏綿回環、細致深婉的審美風格。其四，就鑑賞原則言，提出「義有幽隱，並為指發」的主張，所舉「義有幽隱」亦即「賢人君子幽約怨悱之情」的內涵，可概分為：感士不遇、忠忱之旨、君國之憂等三種。張氏提出的這些觀念，應即其《詞選》的選詞標準。

　　《詞選》所錄唐宋詞人中，選詞數量最多的前三家是溫庭筠十八首，秦觀十首，李煜七首。觀張惠言在《詞選・序》中縷述歷代詞人

---

10 〔清〕張惠言：《詞選・序》，唐圭璋編《詞話叢編》，冊2，頁1617。
11 〔清〕陳廷焯：《白雨齋詞話》，同前註，冊4，卷4，頁3864。

多有褒貶，唯稱「溫庭筠最高，其言深美閎約」，褒美備至；又《詞選》揀擇極嚴，所選溫詞高達十八闋：〈菩薩蠻〉十四闋、〈更漏子〉三闋、〈夢江南〉一闋，是集中之冠；而「義有幽隱」之作共十二家三十九闋，飛卿有十七闋，亦居其冠，並可見標舉典範之意。就接受史言，自《花間集》之後，再次推尊為冠冕，是溫庭筠接受的一大轉折。此時詞體已由音樂文學蛻變為純文學，張惠言用全新的鑑賞角度：「義有幽隱，並為指發」，不同於以往的詮解：「感士不遇」，開啟了溫庭筠詞的新接受。張氏批注，見於〈菩薩蠻〉一、二、三、五、六、八、十、十一、十二、十三、十四等十一詞，及〈更漏子〉一、二等二詞下。由於批註頗為為簡略，因此下文探討張氏對溫庭筠詞的解讀，擬按其批注略作疏解，以呈現其聯章篇法與說詞要旨。

「感士不遇」，是張惠言批注溫庭筠十四闋〈菩薩蠻〉詞的要義。按溫庭筠〈菩薩蠻〉其一云：

> 小山重疊金明滅。鬢雲欲度香腮雪。懶起畫蛾眉。弄粧梳洗遲。　照花前後鏡。花面交相映。新帖繡羅襦。雙雙金鷓鴣。

張惠言注云：

> 此感士不遇也，篇法彷彿〈長門賦〉，而用節節逆敘。此章從夢曉後領起，「懶起」二字，含後文情事。「照花」四句，〈離騷〉「初服」之意。[12]

「感士不遇」，即士不遇而興感之意，這是十四詞的主旨。而主旨的提出，是在十四詞聯章的基礎上建立的。所謂「篇法彷彿〈長門賦〉，而用節節逆敘」，亦即十四詞聯為一體，綜為一篇；其章法的

---

12 〔清〕張惠言：《詞選》（臺北市：廣文書局，1979年6月），卷1，頁9。

安排，有如司馬相如的〈長門賦〉，是用逆敘的方式結構的。因此，解讀〈菩薩蠻〉須聯章而觀，識其逆敘的手法，才能得其要旨。第一章「從夢曉後領起」，「領起」猶言開始，亦即此詞的內容、感情，是從清曉夢醒後領起的。「懶起」二字，含後文情事，按下文云「懶起畫蛾眉。弄妝梳洗遲。照花前後鏡。花面交相映。新帖繡羅襦。雙雙金鷓鴣。」張氏認為「照花」四句，是「〈離騷〉初服之意」。所云「初服」，語見〈離騷〉：「進不入以離尤兮，退將復脩吾初服。製芰荷以為衣兮，集芙蓉以為裳。」意謂竭盡忠誠卻不得進身，反遭禍殃；不如退下來修飾我的初服，裁製芰荷為衣，綴集芙蓉為裳。此以衣裳喻修身，以香草喻美德；「初服」即清潔之服，謂素志。溫詞「照花」四句，寫美人之梳妝，照鏡之顧盼；寫美人之新服，衣裳之新飾，其「象」與《離騷》「初服」四句若合符轍。而「懶起」二句，寫美人寥落的情緒，合以末句「雙雙金鷓鴣」反襯幽獨，則其失落的內情可知；美人失愛，文人失遇，其意與「進不入以離尤兮」相通，由此可解美人「懶起」、「梳洗遲」的原由，此張氏所以云此二句「含後文情事」。

溫庭筠〈菩薩蠻〉其一，開篇云「小山重疊金明滅，鬢雲欲度香腮雪」，其下接晨起梳妝等情事。張氏謂「此章從夢曉後領起」，然而第一章可見清曉，不曾見「夢」，所稱「夢曉」須是聯章而觀的。溫庭筠〈菩薩蠻〉其二：

> 水精簾裡頗黎枕。暖香惹夢鴛鴦錦。江上柳如煙。雁飛殘月天。　藕絲秋色淺。人勝參差剪。雙鬢隔香紅。玉釵頭上風。

張惠言批注：

> 「夢」字提；「江上」以下，略敘夢境。「人勝」參差，「玉釵」

香隔，言夢亦不得到也。「江上柳如煙」是關絡。（《詞選》，
卷1，頁10）

　　張氏認為〈菩薩蠻〉用的是「逆敘」法，此云「夢字提」，意謂
「夢」是提綱，「『江上』以下，略敘夢境」則是夢境的內容。「夢」
是聯繫兩章情事的鎖鑰，前章寫夢醒後失落的情懷，此章則逆敘夢境
的內容，兩章相關相鎖，相互補充。溫庭筠首先勾畫無限美好繾綣
的畫面：「水精簾裡頗黎枕，暖香惹夢鴛鴦錦」，旋即以「煙柳、雁
飛、殘月」等象徵離別的意象，渲染離別的畫面：「江上柳如煙，雁
飛殘月天」。張氏云「江上柳如煙」是關絡，「柳」表別離，也是離
別時的實景。關絡即關鍵，於此特為標出，意在提醒讀者體會詞情
的關鍵，亦即所有的情事皆因「離」而起。所謂「夢亦不得到也」，
是在「離」的基礎上進一步深化，「人勝參差」，暗示人事參差，「玉
釵香隔」，暗示情事乖隔。人事參差，情事乖隔，是人間實事，結以
「夢亦不得到也」的慨歎，慨歎即使夢境也無法彌補此一缺憾。

　　第二章「以夢字提」，略敘寫夢境。沿此意脈，張氏批注第三章
云：「提起。以下三章，本入夢之情。」於第五章注：「結。」意謂第
三章、四章、五章等三章，寫的都是入夢之情。此三章的內容是：

其三

藥黃無限當山額。宿粧隱笑紗窗隔。相見牡丹時。暫來還別
離。　　翠釵金作股。釵上雙蝶舞。心事竟誰知。月明花滿枝。

其四

翠翹金縷雙鸂鶒。水紋細起春池碧。池上海棠梨。雨晴紅滿
枝。　　繡衫遮笑靨。煙草粘飛蝶。青瑣對芳菲。玉關音信稀。

其五

杏花含露團香雪。綠楊陌上多離別。燈在月朧明。覺來聞曉
鶯。　　玉鉤褰翠幕。粧淺舊眉薄。春夢正關情。鏡中蟬鬢
輕。(《詞選》，卷1，頁10)

第二章有「暖香惹夢鴛鴦錦」語，第五章有「覺來聞曉鶯」語，
可見張氏因此認為第二章領起，第五章作結，其間各章都是入夢之
情。

按前述張氏注，可見第五章以上為一個段落。至於第六章，則另
起一個段落。溫詞云：

玉樓明月長相憶。柳絲裊娜春無力。門外草萋萋。送君聞馬
嘶。　　畫羅金翡翠。香燭銷成淚。花落子規啼。綠窗殘夢迷。

張註云：

「玉樓明月長相憶」，又提。「柳絲裊娜」，送君之時，故「江
上柳如煙」，夢中情境亦爾。七章「闌外垂絲柳」、八章「綠
楊滿院」、九章「楊柳色依依」、十章「楊柳又如絲」，皆本此
「柳絲裊娜」言之，明相憶之久也。(《詞選》，卷1，頁10-11)

張氏於第二章曾說「江上柳如煙」是關絡，於此有明確的釋說。
此章寫離別：「柳絲裊娜春無力。門外草萋萋。送君聞馬嘶。」張氏
以「柳絲裊娜」為「送君之時」，亦即此章為實境，第二章「江上柳
如煙」為夢境，實境如是，夢中情境亦如是。而今次離別惹起的「長
相憶」，是由「柳」意象連綴其時序，因此「七章「闌外垂絲柳」、
八章「綠楊滿院」、九章「楊柳色依依」、十章「楊柳又如絲」，皆本
此「柳絲裊娜」言之，明相憶之久也。」以下是各章內容：

其七

鳳凰相對盤金縷。牡丹一夜經微雨。明鏡照新粧。鬢輕雙臉長。　畫樓相望久。闌外垂絲柳。音信不歸來。社前雙燕回。

其八

牡丹花謝鶯聲歇。綠楊滿院中庭月。相憶夢難成。背窗燈半明。　翠鈿金壓臉。寂寞香閨掩。人遠淚欄干。燕飛春又殘。

其九

滿宮明月梨花白。故人萬里關山隔。金雁一雙飛。淚痕沾繡衣。　小園芳草綠。家住越溪曲。楊柳色依依。燕歸君不歸。

其十

寶函鈿雀金鸂鶒。沉香閣上吳山碧。楊柳又如絲。驛橋春雨時。　畫樓音信斷。芳草江南岸。鸞鏡與花枝。此情誰得知。(《詞選》，卷1，頁11)

　　張氏於第八章註云：「『相憶夢難成』，正是『殘夢迷』情事。」按第六章有「玉樓明月長相憶……，綠窗殘夢迷」之語，此章有「相憶夢難成」之句，可見「殘夢迷」或「夢難成」，皆因「相憶」而起，此故云情事相同。第十章註云：「『鸞鏡』二句，結。與『心事竟誰知』相應。」張氏於第六章注云「又提」，此章注「結」，是以第六章至第十章為一段落。「心事竟誰知」在第三章，此章末結有「鸞鏡與花枝，此情誰得知」兩句，故云二者情意相應。

　　第十一章的內容是：

其十一

南園滿地堆輕絮。愁聞一霎清明雨。雨後卻斜陽。杏花零落

香。　　無言勻睡臉。枕上屏山掩。時節欲黃昏。無憀獨倚門。(《詞選》，卷 1，頁 11-12)

張註：「此下乃敘夢。此章言黃昏。」意即這章書寫的是黃昏情事，第十二章開始寫夢，此下的內容是：

其十二
夜來皓月纔當午。重簾悄悄無人語。深處麝煙長。臥時留薄粧。　　當年還自惜。往事那堪憶。花落月明殘。錦衾知曉寒。

其十三
雨晴夜合玲瓏日。萬枝香裊紅絲拂。閑夢憶金堂。滿庭萱草長。　　繡簾垂箓簌。眉黛遠山綠。春水渡溪橋。憑欄魂欲銷。

其十四
竹風輕動庭除冷。珠簾月上玲瓏影。山枕隱穠妝。綠檀金鳳凰。　　兩蛾愁黛淺。故國吳宮遠。春恨正關情。畫樓殘點聲。(《詞選》，卷 1，頁 12-13)

第十二章首句「夜來」、次句「無人語」，靜夜的氛圍已見，而自「臥時留薄粧」以迄「錦衾知曉寒」，則漫漫長夜的等待可知。故不必言說，其中但著以「往事那堪憶」，情意即躍然可感。張氏於此深有體會，因云：「此自臥時至曉，所謂『相憶夢難成』也。」用第八章「相憶夢難成」，作為此章「自臥時至曉」的情事內涵。張註第十三章云：

此章正寫夢。垂簾、憑闌，皆夢中情事，正應「人勝參差」三句。(《詞選》，卷 1，頁 12)

「人勝參差」三句在第二章，喻示人事參差、情事有隙。張氏以為此章寫夢，詞中美人「垂簾」、「凭欄」等情態，其中消息與「人勝參差」三句相應。第十四章是全篇末結，張氏注云：

> 此言夢醒。「春恨正關情」與五章「春夢正關情」相對雙鎖。「青瑣」、「金堂」、「故國」、「吳宮」，略露寓意。（《詞選》，卷1，頁12）

可見張氏以第十一、十二、十三、十四章為一段落，自黃昏無奈之等待企盼，歷經夜靜難眠而憶昔懷往的心境起伏，至於第十三章正寫夢境「閒夢憶金堂」，終至第十四章夢醒：「春恨正關情，畫樓殘點聲。」畫樓張氏謂「春恨」句與第五章「春夢」句相對相鎖，「相對雙鎖」所指為何？吾師張以仁先生有極為精到的疏解：

> 所謂「相對」，謂化「夢」為「恨」。所謂「雙鎖」，謂彼此之緊密關係也。往事如春夢，然春夢無痕，此則傷痛俱在，無法淡忘，亦無法排遣，其化而為恨，正是相思之切、期盼之深、失望之重所蓄積堆壓而成者，是以首章懶於再起畫蛾眉以事人也，返其初服，洗落塵埃，有大夢後之澂誤，置於十四詞之首，故象文謂之逆敍也。[13]

張惠言以聯章釋十四闋〈菩薩蠻〉詞，按其批注，第一章至第六章為一節，第七章至第十章為一節，第十一章至第十四章為一節。末章言春恨，言夢醒；首章言返其初服，則是夢醒後的澂悟，以此見逆敍的意脈。其中各章，但見美人日日夜夜無盡的等待、企盼，在入

---

13 張以仁：〈溫飛卿菩薩蠻詞張惠言說試疏〉，收入《花間詞論集》（臺北市：中央研究院中國文哲研究所，2004年12月），頁117。

夢、夢醒間輾轉反側，憶相聚，傷離別，恆久的相思、相憶，在反
覆失落後，終究蓄積成「恨」。捻出「恨」字，言外別傳的是甚麼？
張氏云「青瑣、金堂、故國、吳宮，略露寓意。」按古代門、窗有亮
隔，其上刻鏤連瑣文飾，塗以青漆者，稱作「青瑣」。代稱宮門，或
指華貴之家，如溫庭筠〈洞戶二十二韻〉詩云：「綠囊逢趙后，青瑣
見王沈。」[14]青瑣即謂宮門。「金堂」，金飾的堂屋，喻華麗的居所，
如李庾〈兩都賦·賦東都〉：「金堂玉戶，絲哇管語。」[15]由此可知，以
「青瑣」、「金堂」與「故國」、「吳宮」並舉，其寓意在「故國吳宮
遠」的「遠」字上發顯，此即篇旨「感士不遇」之意，張氏故云「略
露寓意」。

　　除〈菩薩蠻〉十四闋外，張惠言另輯選〈更漏子〉三首：

　　　　其一
　　柳絲長，春雨細。花外漏聲迢遞。驚塞雁，起城烏。畫屏金鷓
　　鴣。　　香霧薄。透簾幕。惆悵謝家池閣。紅燭背，繡簾垂。
　　夢長君不知。

　　　　其二
　　星斗稀，鐘鼓歇。簾外曉鶯殘月。蘭露重，柳風斜。滿庭堆落
　　花。　　虛閣上。倚欄望。還是去年惆悵。春欲暮，思無窮。
　　舊歡如夢中。

　　　　其三

---

14 溫庭筠撰，〔明〕曾益原注，〔清〕顧予咸補注、顧嗣立重校，王國安校點：《溫飛
　卿詩集箋注》（上海市：上海古籍出版社，1980年7月），卷6，頁146。
15〔清〕董誥等編：〈全唐文〉（太原市：山西教育出版社，2002年，12月），卷
　740，頁4508。

　　玉爐香，紅蠟淚。偏照畫堂秋思。眉翠薄，鬢雲殘。夜長衾枕寒。　　梧桐樹。三更雨。不道離情正苦。一葉葉，一聲聲。空階滴到明。(《詞選》，卷1，頁13)

〈夢江南〉一首：

　　梳洗罷，獨倚望江樓。過盡千帆皆不是，斜暉脈脈水悠悠，腸斷白蘋洲。(《詞選》，卷1，頁13)

　　張氏注〈更漏子〉其一云：「此三首亦〈菩薩蠻〉之意，「驚塞雁」三句，言惟歡戚不同，與下「夢長君不知」也。」又第二首註云：「『蘭露重』三句，與『塞雁』、『城烏』義同。」可見他認為這三首〈更漏子〉與〈菩薩蠻〉相同，抒發的都是「感士不遇」之意。至於〈夢江南〉詞一闋，雖未批註，按其感情內容與〈菩薩蠻〉、〈更漏子〉相類，張氏所以選入，當亦本於「感士不遇」的體會。

三　張惠言詞論與溫庭筠詞的內在繫聯

　　張惠言的詞學視野，植基於經學；然而建立詞學理論，仍需要文本的歷史實證，溫庭筠詞即是張氏推舉的典範。因此，下文乃專意於溫庭筠詞與張惠言詞論兩者間的呼應關係，索解歷史典範與理論生發之間的內在繫聯。

(一) 興於微言與幽約怨悱

　　溫庭筠詞雖多為美人代言，但亦有從「我」抒發情志的作品，如〈更漏子〉其五：

　　背江樓，臨海月。城上角聲嗚咽。堤柳動，島煙昏。兩行征雁

分。　　京口路。歸帆渡。正是芳菲欲度。銀燭盡，玉繩低。
一聲村落雞。[16]

　　據筆者考證，這闋詞應是溫庭筠經歷莊恪暴卒、等第罷舉後，在
會昌元年（841）暮春南歸途中所作。是時溫庭筠列名京兆等第，得
第是意料中事，不料捲入政治漩渦中，恐有殺身之禍，不得已而遁
逃。本有機會振翅高翔，如今卻垂翼低飛，在嗚咽的角聲、破曉的雞
鳴、海月征雁、堤柳昏煙、京口歸帆、芳菲欲度等錯落有致的意象
中，行客孤獨的心境，悱惻之情懷，幾可探觸。又如〈楊柳枝〉其
二：

　　南內牆東御路傍。須知春色柳絲黃。杏花未肯無情思，何事行
　　人最斷腸。（紹興本《花間集》，卷1，頁7）

　　詞詠本題，「傷別」是其題旨，然而聯繫「南內、御路」的宮廷
意象，「杏花、無情」的杏園意象，喻示的顯然別有消息。按詩人
有〈春日將欲東歸寄新及第苗紳先輩〉云：「知有杏園無計入，馬前
惆悵滿枝紅。」又貶方城時紀唐夫贈詩云：「何事明時泣玉顏？長安
不見杏園春。」杏園，象喻的是科場及第；南內、御路，喻指的是長
安。詞人離開長安，因杏花興感，可見其「斷腸」因傷別而起，傷別
則因不遇而生。再如〈荷葉杯〉其一云：

　　一點露珠凝冷。波影。滿池塘。綠莖紅艷兩相亂。腸斷。水風
　　涼。（紹興本《花間集》，卷2，頁5）

16〔五代〕趙崇祚輯：《花間集》（臺北市：鼎文書局，1974年10月，影印南宋紹興
　本《花間集》），卷1，頁5。案：以下徵引，版本同此，不另作註，但註明書名、
　頁碼。

　　這是溫庭筠詞中，以「象」寫心，最為典型的作品。詞寫荷葉上露珠凝冷，因風搖落，泛起滿塘波影；波面上菡萏、翠葉，因風搖蕩，撩亂滿塘光影，而「冷」、「腸斷」、「亂」、「涼」等語，宛如靈光一點，賦予了畫面感情。這是抒情主體眼中的池塘，重重象喻，益以感情的點染，荷池風景象徵的豈非正是詞人的心境？張惠言主張「象必有所寓」，強調詞的「幽約怨悱」之情，就這三闋詞而言，都體現了「幽約怨悱」之情，前兩闋在怨悱中暗示了「不遇」之情，後一闋則是「象喻」的典型，卻都不在《詞選》之列。何以不選？聯繫張氏論詞內涵，顯然與其「興於微言」的詞學觀，有莫大的關係。

　　張惠言認為詞「緣情造端，興於微言，以相感動。」而解釋「微言」的內涵，則界定為「極命風謠里巷男女哀樂」之情。溫庭筠詞今存六十八闋，其中不涉男女情事者僅六闋，除前舉〈更漏子〉「背江樓」、〈楊柳枝〉「南內牆東御路旁」、〈荷葉盃〉「一點露珠凝冷」三闋，另有〈定西番〉「漢使昔年離別」、〈定西番〉「海燕欲飛調羽」、〈清平樂〉「洛陽愁絕」等三闋。六十二闋男女情詞中，〈女冠子〉二闋詠女冠，試觀其詞：

　　　　其一
　　含煙含笑。宿翠殘紅窈窕。鬢如蟬。寒玉簪秋水，輕紗捲碧煙。雪胸鸞鏡裡，琪樹鳳樓前。寄語青娥伴，早求仙。

　　　　其二
　　霞帔雲髮。鈿鏡仙容似雪。畫愁眉。遮語回輕扇，含羞下繡帷。玉樓相望久，花洞恨來遲。早晚乘鸞去，莫相遺。（紹興本《花間集》，卷1，頁16）

再如〈新添聲楊柳枝〉二闋：

其一

一尺深紅蒙麴塵。舊物天生如此新。合歡桃核終堪恨，裡許元
來別有人。

其二

井底點燈深燭伊。共郎長行莫圍棋。玲瓏骰子安紅豆，入骨相
思知不知。[17]

　　這四闋詞雖與男女情事有關，然而〈女冠子〉描寫女冠，偏於
寫豔；〈新添聲楊柳枝〉是酒席打令曲，偏於調笑，四詞雖是「微
言」，但詞盡意盡，既非比興之作，更無所謂「以相感動」。張惠言
標舉「男女哀樂」，又說詞體「其文小，其聲哀」，其情感偏於「幽
約怨悱」、「聲哀」的趨向十分明顯，而「以相感動」則是哀聲之詞
追求的藝術效果。溫庭筠寫「男女哀樂」的六十二闋詞中，具備「聲
哀」、「以相感動」特質者有五十八闋，所占比例超過百分之九十
三，而占溫詞總數亦達百分之九十，可見這是溫詞的主要特色，也是
張惠言標舉溫庭筠詞的主要因素。

　　張惠言論詞，突出「《詩》之比興」與「興於微言」，藉寄託以
推尊詞體，顯然與其主張「其文小，其聲哀」的詞體情感內質密切相
關。《詞選》的選錄標準頗為苛刻，而在入選的一百一十六闋詞中，
張氏評語揭示的「義有幽隱」，側重的往往是其潛在的哀痛。如評溫
庭筠〈菩薩蠻〉十四闋、〈更漏子〉三闋為「感士不遇」，評王沂孫
諸詞「並有君國之憂」等，皆可見其評詞的內在理路。「哀感」既是
詞體的情感內涵，而這種悲哀的情感又是較為內斂深沉的，因此在語

17〔唐〕范攄：《雲溪友議》（臺北市：新文豐出版公司，1985 年《叢書集成新編》影
　　印〔明〕商濬校刊《稗海》本），卷 10，頁 57。

言形式上藉由「里巷男女」哀樂之情喻示，言與意在離即之間，「低徊要眇」遂成為詞體的神韻特徵，而「興於微言」則成為詞體創作的範示。溫庭筠以美人與愛情為詞的主題內涵，因此形成詞體「言情」的體性。言情多用比興，善用「化景為情」的手法，「蒙太奇」的藝術結構，形成詞體「言長」的特徵。詞的感情內涵，著重於「心曲」，偏於哀感，形成「以悲為美」的詞體特質。這些是溫庭筠詞的特徵，詞體由詩獨立成體，也是建立在前述基礎上。張惠言主張「興於微言」、「幽約怨悱」，固然緣於詩學傳統，但溫詞的文本特色，應是最直接相關的本源。

（二）失意文人的情感會通

從《易》學到詞學，張惠言將「依類比附」的解釋學觀念，應用到詞的解讀中。主張「象必有所寓」，鑑賞時強調文本的「義有幽隱」，讀者需為「指發」，其弊正如張氏評虞翻注《易》所言「不免瑣碎」。其甚者，尤枝枝節節，過度比附指實。如歐陽修〈蝶戀花〉詞云：

> 庭院深深深幾許。楊柳堆煙，簾幕無重數。玉勒雕鞍遊冶處。樓高不見章臺路。　　雨橫風狂三月暮。門掩黃昏，無計留春住。淚眼問花花不語。亂紅飛過鞦韆去。

張氏注云：

> 「庭院深深」，閨中既以邃遠也。「樓高不見」，哲王又不寤也。「章臺游冶」，小人之徑。「雨橫風狂」，政令暴急也。「亂紅飛去」，斥逐非一人而已。（《詞選》，卷1，頁24）

張惠言將詞中意象一一指實，比附於政治現實，招致「深文羅

織」之譏。同樣的「瑣碎」、「指實」之病,在溫庭筠的詮解中雖不免有之,然張氏說詞根據文本的「象」,拋棄了「知人論世」的傳統觀點,為讀者提供新的解讀視野,開啟了溫庭筠接受的新紀元,可以說卓有貢獻。值得注意的是,張氏主張溫庭筠詞有寄託,明確界定為「感士不遇」;而有寄託的詞作,亦明確界定在所選錄的〈菩薩蠻〉、〈更漏子〉、〈夢江南〉等十八闋詞而已,歷來論者往往混淆忠忱之旨、君國之憂而言之,或是概括其全部詞作而言寄託,這是探析張惠言對溫庭筠詞的接受首先應該辨明的。

溫庭筠一生坎壈,求知、求遇不得,卻不改經世的執著,得罪公卿數遭貶謫,終至流落而終。文士失遇,美人失愛,都是人生理想的失落,情感本質的會通,生發了以夫婦喻君臣的傳統。張惠言是否會通溫庭筠詩、文、詞並觀,是否明辨史傳、筆記小說的記載,因此能知其人感其言,不得而知。但是溫庭筠與美人的情感會通,張惠言與溫庭筠的情感會通,所得「感士不遇」之旨,應是探驪得珠的。專意於「知人論世」,或專意於「依類比附」,並皆偏於一執。前者或障於以人品論文品,視野或為史料所蔽;後者障於事類與情感的一定對應,或以讀者之意為作者本意。筆者在《溫庭筠辨疑》一書中,曾就溫庭筠生平、人品一一辨疑,至於溫庭筠詞「象喻」的特質、寄託的相關問題亦曾略述。本書第二章〈競唱與不唱——唐人對溫庭筠詞的接受〉、第三章〈花間鼻祖——溫庭筠詞史地位的確立〉、第四章〈浮豔與側豔——《新舊唐書》的側豔說〉分析各代接受中,並有其人、其詞的解析,於此姑不贅述。下文乃就張惠言的詮解,分就其篇法、篇旨之要略作論析。

就篇法言,張氏認為〈菩薩蠻〉「篇法彷彿長門賦,而用節節逆敘」,亦即這十四闋詞是聯章、逆敘的結構。是否聯章?是否逆敘?歷來論者說法不一。如吳宏一先生認為不是聯章詞,吾師張以仁先

生認為是聯章詞,但不是逆敘而是順敘。管見以為是聯章詞,佐證如次:其一,〈菩薩蠻〉十四闋,是大中年間令狐綯假飛卿新撰的獻詞。宣宗愛唱〈菩薩蠻〉詞,令狐綯獻詞故事,源於孫光憲《北夢瑣言》卷四〈溫李齊名〉條記載。據章淵《稿簡贅筆》記載,宣宗曾引無名氏〈菩薩蠻〉「碎挼花打人」詞句,與宰相令狐綯戲語,可為愛唱〈菩薩蠻〉之輔證。又《春秋後語·背記》有飛卿〈菩薩蠻〉詞,復「有咸通皇帝判官王文瑀語」,可為獻〈菩薩蠻〉詞之輔證。宣宗愛唱歌詞,除獻〈菩薩蠻〉故事外,另有聽唱白居易〈楊柳枝〉詞,而詔取永豐柳故事。大中年間,宰相令狐綯最受恩遇,自有獻詞的動機;溫庭筠以歌詞聞名,是時遊於令狐之門冀求薦拔,亦有撰詞的理由。為獻詞而新撰〈菩薩蠻〉詞,用同一詞調,同樣寫美人失愛的主題,連續撰作十四闋,就創作背景、詞作主題與結構形式而言,都趨向於聯章。其二,唐代令詞多聯章而歌,如前舉唐中宗好〈回波樂〉,與群臣撰辭遞起歌舞,又如白居易與元稹遞唱豔詞等皆是。就〈菩薩蠻〉詞調而言,晚唐韋莊〈菩薩蠻〉五闋為聯章詞,而這樣的詞調運用,可能就是階步溫庭筠詞。其三,據《唐語林》記載,宣宗妙善音律,每賜宴則自製樂曲,這些樂曲都合舞有詞,表演時往往連奏數十曲。從這樣的演出背景看來,溫庭筠撰〈菩薩蠻〉達十四闋之夥,是為了演出需要;而十四詞聯章,則可向帝王顯示自我的才情;聯章而書寫幽獨的美人,向「帝王讀者」展示美人堅貞自持的形象,對於屢試不第的作者而言,自有「寄託」的內涵。

就篇旨言,十四詞的意象與情感內涵,趨向一致。其一,美人好修。〈菩薩蠻〉十四闋,是從美人晨起梳妝領起的,值得注意的是,張惠言《詞選》所錄溫詞最後一闋是〈夢江南〉,也是從晨妝領起的:

> 梳洗罷，獨倚望江樓。過盡千帆皆不是，斜暉脈脈水悠悠，腸
> 斷白蘋洲。（《詞選》，卷1，頁13）

梳洗罷，孤獨的凝眸盼望，天際帆影升起，希望生起；帆過，希望落空。希望、失望，起起落落，回環往復，直到斜陽灑落在悠悠流水，眼眸猶依依於洲渚上的白蘋。梳洗與等待，是她一天生活的全部內容，其中參雜著期待的喜悅、期待落空的失落，而以「腸斷」收束一天的情緒。作者濃縮剪影一日情態，響外別傳的是一日一日堆疊積累，一日復一日的情感內容。這樣的意脈結構，與〈菩薩蠻〉十四闋趨向一致，可以說〈夢江南〉是縮小版的，而〈菩薩蠻〉因聯章而有更從容的書寫空間，情感內容更為複雜、豐富，更為反復纏綿。

　　〈菩薩蠻〉其一展示了晨妝的具體內容：「懶起畫蛾眉。弄妝梳洗遲。照花前後鏡。花面交相映。新帖繡羅襦。雙雙金鷓鴣。」美人對鏡，花面相映，從梳妝到服飾，在細緻、動態的畫面中，展現的不只是美人資質的美好，更體現了珍重愛惜修容自飾的「好脩」精神。「蛾眉」、「花」、「鏡」三種意象的結合，在〈菩薩蠻〉詞中反復出現，如「心事竟誰知？月明花滿枝」（其二），「春夢正關情，鏡中蟬鬢輕」（其五），「明鏡照新妝，鬢輕雙臉長」（其七），「鸞鏡與花枝，此情誰得知」（其十）。此中的鏡與花，象徵了女子的青春美麗，只是鏡花水月啊！同樣的意象也象徵了女子那脆弱易逝的青春。反復臨鏡，反復新妝，在無限要好的深心中，在孤單寂寞的等待中，流露出對華年空度的惆悵與焦慮。在詩人〈題磁嶺海棠花〉中，也蘊涵了同樣的意識：

> 幽態竟誰賞？歲華空與期。鳥回香盡處，泉照艷濃時。蜀彩澹

搖曳，吳妝低怨思。王孫又誰恨？惆悵下山時。[18]

以花擬人，「泉照豔濃時」與「照花前後鏡，花面交相映」豈非同一機杼？「幽態竟誰賞？歲華空與期。」與「鸞鏡與花枝，此情誰得知？」豈非同一情懷？不同的是，詩云「王孫又誰恨？惆悵下山時。」詠歎海棠花的際遇後，作者朗然現身，將自己的身影與海棠疊合。花即人，人即花，在不即不離之間，寄託了「感士不遇」的心聲，落實了前述比興意象的指涉。詞則凸顯美人如花，作者雖未現身，然而神魂同列，粉墨登場，宛如舞台上的梅蘭芳。借美人芳潔，幽獨失愛，啼囀自我的心聲，全用比興，旨意更為婉轉幽微。

其二，堅貞自持。「溟渚藏鸂鶒，幽屏臥鷓鴣」（〈百韻〉），這是溫庭筠罷舉南遁後所鉤勒的自我形象，他以「鸂鶒」、「鷓鴣」自喻[19]，一方面肯定自我的才華，一方面自苦所處的境遇。從詩到詞，他再用「畫屏金鷓鴣」形象地道出了女子的生命困境，試觀其〈更漏子〉其一：

> 柳絲長，春雨細。花外漏聲迢遞。驚塞雁，起城烏。畫屏金鷓鴣。香霧薄。透簾幕。惆悵謝家池閣。紅燭背，繡簾垂。夢長君不知。

「畫屏金鷓鴣」，是由「春雨」、「漏聲」喚起的的一系列鳥類意象「驚塞雁，起城烏」，由外而內，聯類意象的棲止點，也是佳人一心騷然的動態展現。由此引入下片，池閣內，繡簾低垂，其中佳人輾

---

18 溫庭筠撰，〔明〕曾益原注，〔清〕顧予咸補注、顧嗣立重校，王國安校點：《溫飛卿詩集箋注》，卷9，頁202。

19 「鸂鶒」，水鳥，毛有五彩色，食短狐，其在溪中無毒氣。「鷓鴣」，越雉，飛必南翥，俗謂其鳴曰：「行不得也，哥哥」。

轉反側,「夢長君不知」道出了今夜情事,內中「惆悵」,在香霧、紅燭間回環纏綿。「金鷓鴣」,是雙宿雙棲的象徵愛情之鳥,然而感知春意時序的塞雁、城烏能振翅高飛,此時困在「畫屏」裡的「金鷓鴣」無能如何,映現的正是畫簾內女子生命情態的具象畫面。從「幽屏臥鷓鴣」到「畫屏金鷓鴣」,從自喻到喻人,投射的都是同樣的生命困境,「畫屏金鷓鴣」何嘗不是溫庭筠自我的生命寫真?美而失遇,遺落的只是無盡的企盼與等待,試觀〈菩薩蠻〉第十二章:

> 夜來皓月纔當午。重簾悄悄無人語。深處麝煙長。臥時留薄粧。當年還自惜。往事那堪憶。花落月明殘。錦衾知曉寒。

「臥時留薄妝」顯示了一如既往的「自惜」,其中婉曲流露「女為悅己者容」之意,更彰顯了佳人堅貞等待的深情。「當年」、「往事」,涉及美好情愛的僅有「新帖繡羅襦,雙雙金鷓鴣。」(其一)、「水精簾裡頗黎枕,暖香惹夢鴛鴦錦。」(其二)而此二者其實也隱喻了離別。其餘的「當年」、「往事」意象,全是離別,如:「江上柳如煙,雁飛殘月天。」(其二)、「相見牡丹時,暫來還別離。」(其三)、「杏花含露團香雪,綠楊陌上多離別。」(其五)、「門外草萋萋,送君聞馬嘶。」(其六)等。或是盼歸,如:「青瑣對芳菲,玉關音信稀。」(其四)、「音信不歸來,社前雙燕迴。」(其七)、「人遠淚欄干,燕飛春又殘。」(其八)、「楊柳色依依,燕歸君不歸。」(其九)、「畫樓音信斷,芳草江南岸。」(其十)、「時節欲黃昏,無聊獨倚門。」(其十一)等。可見「當年還自惜,往事那堪憶」,是情緒滿盈後的噴薄語。雖然如此,佳人不改初衷,仍然憑欄:「春水渡溪橋,憑欄魂欲銷。」依然長相憶:「春恨正關情,畫樓殘點聲。」在無盡的等待、相思中,「夢」是唯一的憑藉,如:「春夢正關情,鏡中蟬鬢輕。」(其五)、「花落子規啼,綠窗殘夢迷。」(其六)、「閒

夢憶金堂，滿庭萱草長。」（其十三）然而夢境是虛幻的，入夢雖然可以稍慰相思，夢醒卻又是一次新離別，要再嘗一次離別、再嘗一次從夢境跌落現實的苦楚。即使如此，依然要夢：「相憶夢難成，背窗燈半明。」（其八）再如「花落月明殘，錦衾知曉寒。」（其十二）、「春恨正關情，畫樓殘點聲。」（其十四）等喻示的也是終宵不寐，「夢難成」的景象。從「暖香惹夢鴛鴦錦」，到「春夢正關情」，到「春恨正關情」，傷感愈沉愈深，情感所以積累而沉鬱，正是因為恆久的等待、盼望，其中體現的正是佳人「堅貞自持」的品質。

　　唐宣宗愛唱〈菩薩蠻〉詞，令狐綯假飛卿新撰進獻帝王，是溫庭筠〈菩薩蠻〉十四闋的撰作背景。十四闋詞聯章，宛如十四幕，以香閨為舞台，以各種意象為舞台佈景，喻示著時序、日夜的流轉變化。其中，始終不變的是佳人，她獨自在舞台上展現各種情態，搬演著她的愛情悲劇。富象徵意義的禽鳥意象，無處不在，如「新帖繡羅襦，雙雙金鷓鴣」、「金雁一雙飛，淚痕沾繡衣」、「鳳凰相對盤金縷」，是衣服上的；「水精簾裡頗黎枕，暖香惹夢鴛鴦錦」、「山枕隱穠妝，綠檀金鳳凰」，是衾枕上的；「翠釵金作股，釵上雙蝶舞」、「翠翹金縷雙鸂鶒」，是髮髻上的；「畫羅金翡翠」，是羅幃上的，包圍女主角的這些繡物、飾物都是沒有生命的，是虛的。有生命的禽鳥在那兒？在簾外。如「繡衫遮笑靨，煙草粘飛蝶」、「燈在月朧明，覺來聞曉鶯」、「楊柳色依依，燕歸君不歸」、「人遠淚欄干，燕飛春又殘」、「花落子規啼，綠窗殘夢迷」，這些具體存在的、有生命的禽鳥，作為愛情的信使，往報簾內人的──卻是春光的流逝，等待的徒然，夢醒的淒哀，落空的愛情。[20]「春」，是愛戀的季節，也是離別的

────────────────

20　有關禽鳥意象的象徵意義，參酌第二章第二節〈傳統中的創新──論溫庭筠〈菩薩蠻詞〉〉。

時刻：「江上柳如煙，雁飛殘月天」、「相見牡丹時，暫來還別離」，
柳與花的意象，在十四詞中反覆出現。「柳」，象徵別離，如「楊柳
又如絲，驛橋春雨時」、「玉樓明月長相憶，柳絲裊娜春無力」，喻示
著流年偷換，離別的久長。「牡丹」，是相見時的愛情印記，春天最
豔麗的花朵；然而「牡丹一夜經微雨」，「牡丹花謝鶯聲謝」，無限美
好卻容易凋落。美人如花，但春去春來，花開花謝；月明月殘，入夢
夢醒；曉妝晚妝，新妝殘妝；等待、失望，失望、等待，其中多少自
惜、自憐、自傷？多少哀怨、寂寞、迷惘？孤獨的身影演繹的是無
盡的等待，雖然「他」始終不曾出場，但「她」依然堅持。在一幕幕
等待的畫面中，在反覆纏綿的情緒變化中，婉轉流露的是心中根植的
「愛」。溫庭筠塑造的美人，優美而幽怨，幽怨而堅貞，[21] 向愛唱〈菩
薩蠻〉的帝王展現如此堅貞幽怨的美人形象，對於幽獨不遇的作者而
言，豈非借美人代言？

　　綜上所述，就篇旨言，無論是從溫庭筠的生命歷程、創作風格、
寫作背景，或〈菩薩蠻〉的撰作背景、寫作動機以及十四詞的意象與
感情的內在繫聯觀之，讀者以「感士不遇」解之，誠可謂信而有徵。
至於篇法，十四詞猶如十四幕，串演了一齣美人幽獨不遇的故事，其
間情感的跌宕起伏，實有賴於一幕一幕回環往復的靈動變化，亦無需
如張惠言一一指實，以夢境串講。張氏之說，雖或有指實、拘泥之
弊，卻成為以「寄託」說溫詞的第一讀者，他的觀點為常州後進接受
並補充，為溫庭筠詞的接受再掀一波高潮。

---

21 有關〈菩薩蠻〉十四闋塑造的美人形象，第二章第二節〈傳統中的創新——論溫庭
　　筠〈菩薩蠻詞〉〉。

第二節　周濟、譚獻的讀者接受理論

　　周濟（1781-1839），字保緒，一字介存，晚年號止庵，江蘇常州宜興縣南荊溪人。詞學著作有《詞辨》十卷、《介存齋論詞雜著》、《宋四家詞選》等。周濟論詞出於張惠言常州詞派一脈，但其「寄託」說能在承襲中遞進、新變、超越，不僅理論系統更為完善，也為後繼者開啟新的門徑。

　　譚獻（1832-1901），初名廷獻，字仲修，號復堂，浙江仁和人。於詞學用力甚深，所著詞選有《篋中詞》、《復堂詞錄》，詞論有《譚評詞辨》、《復堂詞話》。自稱「衍張茗柯、周介存之學」，是同治、光緒年間常州詞派重新崛起的關鍵人物。

　　周濟、譚獻論詞，雖未標舉溫庭筠，但兩家論述並有新創。周濟從讀者接受角度，主張「仁者見仁，智者見智」[22]，譚獻繼而提出「作者之心未必然，讀者之心何必不然」[23]，化解了張惠言解釋理論的困境。就溫庭筠詞接受而言，周濟提出了新的賞鑑角度，譚獻之說則為後世讀者開啟了新的視野。

一　從「象必有喻」到「仁者見仁，智者見智」

　　關於詞體寄託的內容，周濟提出了新的主張──「詞史說」。他反對「無謂之詞」，認為「北宋有無謂之詞以應歌，南宋有無謂之詞以應社」[24]，這類純粹應歌或應社之作，既無真情實感，亦無益於社會

22〔清〕周濟：《介存齋論詞雜著》，見唐圭璋編《詞話叢編》，冊2，頁1630。
23〔清〕譚獻：《復堂詞錄・序》，見同前註，冊4，頁3987。
24〔清〕周濟：《介存齋論詞雜著》，見同前註，冊2，頁1629。

人生，周氏因此以「無謂之詞」名之。周氏提出「詞史說」，試圖拓展詞體的內蘊，其《介存齋論詞雜著》云：

> 感慨所寄，不過盛衰，或綢繆未雨，或太息厝薪，或己溺己飢，或獨清濁醒，隨其人之性情學問境地，莫不有由衷之言。見事多，識理透，可為後人論世之資。詩有史，詞亦有史，庶乎自樹一幟矣。若乃離別懷思，感士不遇，陳陳相因，唾瀋互拾，便思高揖溫韋，不亦恥乎！[25]

周氏強調詞應有寄託，寄託的內涵應是與「盛衰」相關的「感慨」。感慨的具體內涵是：「綢繆未雨」、「太息厝薪」、「己溺己飢」、「獨清獨醒」，此四者莫不鑴刻著時代的印記。他認為感慨的內容，隨著抒情主體的性情、學問、襟抱而不同，但必須是「由衷之言」。這樣的由衷之言，是出於作者對於所處時代衷心的關懷，深刻的審視，深沉醞釀的結果，方才能展現「見事多，識理透」的品質。作者不同，感慨不同，詞作能展現出多樣的面向，足以反映當代，具有深刻的歷史意義，才能作為後人的論世之資，才能在「詩史」之外，自樹一幟，別成「詞史」。值得注意的是，張惠言主張寄託「賢人君子幽約怨悱之情」，側重於詞人自身對於外在境遇的承擔，趨向的是儒家「溫柔敦厚」、「怨而不怒」的傳統。周氏論詞的視野，則由內而外，由個人而現實社會，標舉「綢繆未雨」、「太息厝薪」、「己溺己飢」、「獨清獨醒」的時代盛衰，反對局限於「離懷別思，感士不遇」的身世之感。他提出的「詞史」說，超越了張惠言對詞之內蘊所作的限定，進一步拓展了詞寄託的內涵與社會意義。

周濟的「寄託」說，承襲張惠言一脈，但理論更臻完備、成熟。

25〔清〕周濟：《介存齋論詞雜著》，見唐圭璋編《詞話叢編》，冊2，頁1630。

按其《介存齋論詞雜著》云：

> 初學詞求有寄託，有寄託則表裡相宣，斐然成章。既成格調，
> 求無寄託，無寄託，則指事類情，仁者見仁，智者見智。[26]

他認為學詞的進程，分為「有寄託」、「無寄託」兩個層次。「有寄託」要如何為之呢？「表裡相宣」，是周氏給出的答案。「表」指文字表達的字面之意，「裡」是詞人要寄託的本意，「相宣」即相通。「有寄託」是指作者有目的、有意識地運用藝術技巧，創造「表裡」兩層的詞意，使能由「表意」通達「本意」，此即所謂「表裡相宣」。「有寄託」豐富了詞的內蘊及詞的美感特質，而後要擺脫技巧的痕跡，追求更高的「無寄託」。這個階段的託意，已超越「表理相宣」，而提昇到「指事類情，仁者見仁，智者見智」的境界。這段話其實包蘊了作者創作與讀者鑑賞兩方面，其《宋四家詞選目錄序論》有更清楚的說明：

> 夫詞非寄託不入，專寄託不出。一物一事，引而伸之，觸類多通。驅心若游絲之罥飛英，含毫如郢斤之斲蠅翼，以無厚入有間。既習已，意感偶生，假類畢達，閱載千百，謦欬弗違，斯入矣。賦情獨深，逐境必窮，醞釀日久，冥發妄中。雖鋪敘平淡，摹繢淺近，而萬感橫集，五中無主。讀其篇者，臨淵窺魚，意為魴鯉，中宵驚電，罔識東西。赤子隨母笑啼，鄉人緣劇喜怒，抑可謂能出矣。問途碧山，歷夢窗、稼軒，以還清真之渾化。[27]

26　〔清〕周濟：《介存齋論詞雜著》，見同前註，頁1630。

27　〔清〕周濟：《宋四家詞選目錄序論》，見同前註，頁1643。

　　所謂「入」，同於「有寄託」階段；所謂「出」，同於既成格調後「無寄託」階段。周氏言寄託，捨「有」、「無」，用「入」、「出」以突出兩階段遞進、提升的過程。他認為「入」的階段，首先是對外物要善於聯想，詞人需對「一物一事」有敏銳的觀察、體驗，觸發類比聯想的能力，而達到「引而申之，觸類多通」。周氏用形象的比喻，說明詞人經過長期的藝術修養後，其構思能像「游絲之罥飛英」般精微周密，運筆能如「郢斤」般敏捷，擷取「蠅翼」一般精細幽微的意象，以達到「以無厚入有間」般游刃有餘。既熟習以後，便能將觸發的情感，藉由各類意象，妥貼地表達出來。「入」的階段，追求的是「假類必達」，至於「出」的階段，追求的則是渾然天成的「渾化」。此時作者情感飽蘊，觸物多感，學養與藝術造詣更臻精鍊，在經過長時間的醞釀構思後，能於不經意之中表現出來，雖然看似平淺，卻蘊蓄無端。周濟從作者角度揭示創作論後，再從讀者感受立論：「臨淵窺魚，意為魴鯉，中宵驚電，罔識東西。赤子隨母笑啼，鄉人緣劇喜怒。」藉由形象描寫，有層次地闡發了讀者接受理論。首先用窺魚為喻，雖然確知水中有魚，但難辨其為魴耶？鯉耶？用以說明讀者從作品能感知作者「託意」，卻無法作確定的指說。雖然不能確指，但能作品中蘊含的強烈感發力量，使讀者恍如「中宵驚電，罔識東西」，而隨著作品情感抑揚悲喜，宛如「赤子隨母笑啼，鄉人緣劇喜怒」。這樣的藝術效果，與前述「仁者見仁，智者見智」相互呼應，給予接受者之再創造作用的發揮提供廣闊的空間。

　　《詞辨》，是周濟首部詞選，選輯溫庭筠詞十闋；但再編《宋四家詞選》，以為「寄託」出入的典範，溫庭筠詞則不在其列。最能顯示周濟對溫庭筠接受所採取的視角，主要體現在《介存齋論詞雜著》的評論。周濟重視接受主體的鑑賞思想，提出「仁者見仁，智者見智」，從探求作者寄託之旨為唯一旨歸，轉而強調讀者的閱讀感受，

容許讀者有解釋的空間，修正了張惠言「象必有喻」依類指實之弊。因此，周濟鑑賞不再斤斤於字意，多從接受者的審美感受出發，著意於詞作的情景、作法、結構、字面、音節等分析詞的藝術特色。如果說周濟的「詞史說」，意在強調寄託內容的深厚；其「出入說」，意在強調寄託境界的渾化，而將兩者兼融的「渾厚說」，則是其寄託說的核心，最高的藝術追求。追求這樣的審美旨趣，周濟對於溫庭筠詞有很高的評價：

> 皋文曰：「飛卿之詞，深美閎約。」信然。飛卿醞釀最深，故
> 其言不怒不懾，備剛柔之氣。鍼縷之密，南宋人始露痕跡，花
> 間極有渾厚氣象。如飛卿則神理超越，不復可以跡象求矣，然
> 細繹之，正字字有脈絡。[28]

　　不是對於詞作託意的一一指陳，而是對於藝術風格表現的品評，周濟徵引張惠言所說的「深美閎約」，作為溫庭筠詞的總評。飛卿如何臻於此境？周濟首先強調「醞釀」的工夫，他稱美「飛卿醞釀最深，故其言不怒不懾，備剛柔之氣」，正切合前述「賦情獨深，逐境必寤，醞釀日久，冥發妄中。雖鋪敘平淡，摹繢淺近，而萬感橫集，五中無主」這段話的要旨，展現的是寄託論中「出」的境界。不止於此，周濟更提出最高的審美要求「渾厚」，他說「花間極有渾厚氣象」，其中又以溫庭筠為最高，故云「飛卿則神理超越，不復可以跡象求矣。然細繹之，正字字有脈絡。」所謂「渾厚」，指的是作品富含深層意蘊，不露痕跡的表情藝術，亦即能達到深層意義與表層意義的完美融合。他認為「清真渾厚，正於勾勒處見」，「勾勒」是周邦彥詞的特色，也是他認為周詞能臻於「渾厚」的關鍵。對於溫庭筠，

28〔清〕周濟：《介存齋論詞雜著》，見唐圭璋編《詞話叢編》，冊2，頁1631。

周濟標出「針縷之密」，並推崇溫詞已臻於「神理超越」之境，不但洞察溫詞藝術的精髓，也為後世讀者開啟鑑賞門徑。如俞平伯《讀詞偶得》云：

> 飛卿之詞，每截取可以調和的諸印象而雜置一處，聽其自然融合，在讀者眼中，仁者見仁，智者見智，不必問其脈絡神理如何，而脈絡神理按之則儼然自在。譬之雙美，異地相逢，一朝綰合，柔情美景并入毫端，固未易以跡象求也。[29]

葉嘉瑩《靈谿詞說》賦詩云「人天絕色憑誰識？離合神光寫妙辭」[30]，都是有鑑於此。溫庭筠善於醞釀，以其飽蘸情感的筆觸，化景為情；宛如「蒙太奇」的意象構築，不可以跡象求，卻又神銜意接，而脈絡宛然。周濟從這個角度接受溫庭筠詞，為他戴上「渾厚」的桂冠，就溫庭筠接受而言，可以說又誕生了一個標誌鮮明的第一讀者。

二 作者之心未必然，讀者之心何必不然

周濟論寄託，有言「指事類情，仁者見仁，智者見智」，已探觸到讀者接受的問題。譚獻進一步深化周濟的理論，直接面對張惠言解釋理論的困境，提出「作者之心未必然，讀者之心何必不然」的主張。他說：

> 又為其體，固不必與莊語也。而後側出其言，旁通其情，觸類以感，充類以盡。甚且作者之心未必然，讀者之心何必不然。言思擬議之窮，而喜怒哀樂之相發，嚮之未有得於詩者，今遂

---

29 俞平伯：《讀詞偶得》（北京市：人民文學出版社，2000 年 12 月），頁 14。
30 葉嘉瑩：《靈谿詞說》（上海市：上海古籍出版社，1981 年 11 月），頁 41。

有得於詞。[31]

按張惠言評蘇軾〈卜算子・黃州定慧院寓居作〉，以為與《詩經・魏風・考槃》極相似，全以政治寓意為解，而有附會之譏。因此，譚獻在《譚評詞辨》中，特舉以為例，說明自己的主張：

> 皋文《詞選》，以〈考槃〉為比，其言非河漢也。此亦鄙人所謂作者未必然，讀者何必不然。[32]

周濟肯定詞的多義性，容許讀者有聯想、闡釋的空間，這是一種客觀的閱讀現實。譚獻的理論，則是將闡識的主動權歸屬於讀者，將文本的意義從「作者用心」的限制中解離出來，強調讀者的主觀美感經驗。如此，則讀者得以參與文本的再創造，讀者的接受過程，即是文本意義不斷豐富的過程。就作品的鑑賞言，時代的距離、個人的差異，往往是作者與讀者之間難以跨越的障礙；而成功的藝術作品，內涵豐富，本即含藏多面指向性，因此不同的讀者自有不同的境界選擇。譚獻的理論符合文學接受的情況，不僅使常州詞論更趨圓滿合理，也與西方接受美學的精神頗為一致，可以說是中國最早的讀者接受理論。

關於溫庭筠詞，譚獻所論見於《譚評詞辨》，大抵承襲張惠言之說。如評〈菩薩蠻〉「小山重疊金明滅」詞云：「起步」，評「南園滿地堆輕絮」，詞云：「以士不遇讀之最碻」等，雖然周濟《詞辨》只錄〈菩薩蠻〉五闋，譚獻仍以聯章點評，並認為當以「士不遇讀之」。譚獻提出的讀者接受理論，具有創新的意義，影響深遠。然而就溫庭筠接受而言，譚獻僅寥寥數語，承襲舊說，可謂了無新意。自

---

31 〔清〕譚獻：《復堂詞錄・序》，唐圭璋編《詞話叢編》，冊 4，頁 3987-3988。
32 〔清〕譚獻：《復堂詞話》，同前註，頁 3993。

周濟而後，說溫庭筠詞而能醒人眼目者，猶俟陳廷焯出，方才再揭新意。

第三節　陳廷焯洞識溫庭筠詞的本質

　　陳廷焯（1853-1892），原名世焜，字亦峰，江蘇丹徒人。按其研治詞學的歷程，約可分為兩個階段：前期以同治十三年（1874）為界，此期受浙西詞派影響頗深，完成詞選《雲韶集》與詞論《詞壇叢話》等著作；後期約自光緒六年（1880）至十七年（1891），完成詞選《詞則》與詞論《白雨齋詞話》，論詞轉向常州詞派，是詞學理論的成熟期。陳廷焯崇風雅、尚比興、重寄託，提出「沉鬱說」，因其創見，再次將常州詞派的理論推向新的高峰。

一　本諸風騷

　　繼張惠言以「寄託」說溫庭筠詞之後，陳廷焯亦有新的洞見，為溫庭筠詞接受再掀一波高潮。他在《白雨齋詞話・自敘》說：

> 蕭齊岑寂，撰詞話十卷，本諸風騷，正其情性，溫厚以為體，沉鬱以為用，引以千端，衷諸壹是。[33]

　　這段話概括的是這部著作的要旨，然而《白雨齋詞話》是陳廷焯的代表作，因此也可以說是他論詞的核心要旨。「本諸風騷」是陳氏論詞的根本，與詞體的「沉鬱」有著本源的關係，他說：

---

33 〔清〕陳廷焯：《白雨齋詞話・自敘》，見唐圭璋編《詞話叢編》（臺北市：新文豐出版公司，1988年2月），冊4，頁3751。

作詞之法，首貴沉鬱，沉則不浮，鬱則不薄。顧沉鬱未易強求，不根柢於風騷，烏能沉鬱。十三國變風、二十五篇楚詞，忠厚之至，亦沉鬱之至，詞之源也。[34]

其《詞則・總序》亦云：

詞也者，樂府之變調，風騷之流派也。溫、韋發其端，兩宋名賢暢其緒。風雅正宗，於斯不墜。[35]

　　陳氏推尊「風騷」，從「風騷」的體性，聯結詞的體性。按其理論脈絡，「風騷」是根，「沉鬱」是果，正是因為詞本源於「風騷」，方才能得情性之正，能體現溫柔敦厚，終能臻於沉鬱的最高境界。陳氏不僅指出詞體是「風騷之流派」，也指出這種流派發端於「溫、韋」，溫、韋並稱，然而具體論評，溫實高出於韋。這些觀點，無不體現在對溫庭筠詞的評價中，如云：

飛卿詞全祖《離騷》，所以獨絕千古；〈菩薩蠻〉〈更漏子〉諸闋已臻絕詣，後來無能為繼。[36]

又：

飛卿〈菩薩蠻〉十四章，全是變化《楚》《騷》，古今之極軌也。徒賞其芊麗，誤矣。[37]

　　張惠言以「感士不遇」、「離騷初服」之意，評溫庭筠〈菩薩

34〔清〕陳廷焯：《白雨齋詞話》，見同前註，卷1，頁3776。

35 施蟄存主編：《詞籍序跋萃編》，（北京市：中國社會科學出版社，1994年12月），頁791。

36〔清〕陳廷焯：《白雨齋詞話》，見唐圭璋編：《詞話叢編》，冊4，卷1，頁3777。

37 同前註，頁3778。

蠻〉、〈更漏子〉諸闋，陳廷焯於此謂「全祖《離騷》」、「全是變化
《楚》《騷》」，可見其本源。而用「獨絕千古」、「已臻絕詣」、「古今
之極軌」，可謂稱美備至，所論已不止於內涵，更是對於藝術表現的
肯定。值得注意的是，他特為提出「徒賞其芊麗，誤矣」，顯然是針
對當代看法而發的。「芊麗」是表，「變化楚騷」是裡，陳氏指點鑑
賞溫庭筠詞，須由表及裡，勘破表象，才能探其本心。

二　自寫性情

在《白雨齋詞話·自敘》中，陳廷焯闡述了對於詞體藝術功能的
認知。他說：

> 夫人心不能無所感，有感不能無所寄，寄託不厚，感人不深，
> 感其所感，不能感其所不感。伊古詞章，不外比興。〈谷風〉
> 陰雨，猶自期以同心，攘詬忍尤，卒不改乎此度。為一室之悲
> 歌，下千載之血淚，所感者深且遠也。後人之感，感於文不若
> 感於詩，感於詩不若感於詞。[38]

他認為人心必有所感，要表達心中的感情，達到寄託厚，感人深
的藝術效果，宜採用比興的方式。於此，他強調「風騷」正是運用比
興，故能造成深而遠的藝術感染力。在詩、文、詞等各式文體中，詞
是最佳的感情載體，最能使人感動。其原因，除了詞能「按節尋聲」
能「被絃管」的音樂性外，最關鍵的還是因為詞「本諸風騷」，所以
才能「其情長，其味永，其為言也哀以思，其感人也深以婉」。

至於人心所感的內容，寄託的感情內涵，陳廷焯也有超越前人的

38〔清〕陳廷焯：《白雨齋詞話·自敘》，見唐圭璋編《詞話叢編》，冊4，頁3751。

看法：

> 情有所感，不能無所寄。意有所鬱，不能無所洩。古之為詞
> 者，自抒其性情，所以悅己也。[39]

　　同樣強調詞以抒情見長，其中顯示了兩個概念，一是情感的沉鬱，一是自抒性情。「沉鬱」，是陳廷焯論詞的發明，他在闡述理論時例示的也是溫庭筠詞。試觀其言：

> 所謂沉鬱者，意在筆先，神餘言外，寫怨夫思婦之懷，寓孽子
> 孤臣之感。凡交情之冷淡，身世之飄零，皆可於一草一木發
> 之。而發之又必若隱若見，欲露不露，反復纏綿，終不許一
> 語道破。匪獨體格之高，亦見性情之厚。飛卿詞如「懶起畫
> 蛾眉，弄妝梳洗遲」，無限傷心溢於言表。又「春夢正關情，
> 鏡中蟬鬢輕」，淒涼哀怨，真有欲言難言之苦。又「花落子規
> 啼，綠窗殘夢迷」，又「鸞鏡與花枝，此情誰得知」，皆含深
> 意。此種詞，第自寫性情，不必求人，已成絕響。後人刻意爭
> 奇，愈趨愈下。安得一二豪傑之士，與之挽回風氣哉！[40]

　　陳氏「意在筆先」的觀念，前有所承，按張惠言在〈送錢魯斯序〉中云：

> 夫意在筆先者，非作意而臨筆也。……當其執筆也，縣乎其若
> 存，攸攸乎其若行，冥冥乎，成成乎，忽然遇之而不知其所以
> 然，故曰意。[41]

---

39 〔清〕陳廷焯：《白雨齋詞話》，見同前註，卷8，頁3968。
40 同前註，卷1，頁3777-3778。
41 〔清〕張惠言：《茗柯文編》，二編卷下，頁70。

　　張氏認為文學創作中的「意」，來自於生活中的感慨，亦即平日即有所涵養，有所積澱。「意」沛沛然存於內，執筆之先已熟然於胸，一旦感遇，則神靈相通，意隨筆到，自然而然形諸於外。陳氏舉「意在筆先」，來說明感情的積澱、性情的涵養，但卻捨棄「意內言外」，而以「神餘言外」來說解詞的藝術表現。可知他說詞「不外比興」，不只是張惠言「言外」與「意內」的比興關係，尤在於突顯比興所能臻至含蓄蘊藉的審美特徵。他說「感慨時事，發為詩歌，⋯⋯特不宜說破，只可用比興體，即比興中亦含蓄不露」，與上文所說的「發之又必若隱若見，欲露不露，反復纏綿，終不許一語道破」，都是同樣的審美概念。對於「興」，他曾這樣解釋：

> 所謂興者，意在筆先，神餘言外，極虛極活，極沉極鬱，若遠若近，可喻不可喻，反覆纏綿，都歸忠厚。[42]

　　所謂「神餘言外」、「極虛極活」、「若遠若近」、「可喻不可喻」，意謂所創造的藝術形象具有豐富的包蘊性與審美內涵，可予讀者廣闊的想像空間。可見陳氏「沉鬱」說，要求的不只是深厚的思想意蘊，也要求含蓄蘊藉寄意深厚的藝術表現，兩者完美結合，有機統一，賦予作品「詞外有詞」的韻致。陳氏認為「沉鬱」之作，顯示的不只是詞「體格之高」，也顯示了詞人「性情之厚」。他標舉溫庭筠〈菩薩蠻〉詞，作為「沉鬱」的範例，並讚美「此種詞，第自寫性情，不必求人，已成絕響」。用「已成絕響」形容，可謂稱美備至。尤其值得注意的是陳廷焯從「沉鬱」往內透視，以為映現的是「性情之厚」，用「自寫性情」說溫庭筠〈菩薩蠻〉詞。從作者書寫意圖的本義還原——「感士不遇」，到讀者進入文本世界與作者心靈會

---

42 〔清〕陳廷焯：《白雨齋詞話》，見唐圭璋編：《詞話叢編》，冊4，卷6，頁3917。

通──「自抒性情」，陳廷焯展現了一種新的接受角度，為溫庭筠詞的內蘊與審美開啟更豐富的闡釋空間，也為溫庭筠詞接受開啟更寬廣的視野。

三　淒豔本色

陳廷焯在《詞壇叢話》中，回憶自己的學詞步徑，曾說：

> 余十七八歲，便嗜倚聲。……余初好為豔詞，四五年來，屏削殆盡。是集所選，一以雅正為宗。[43]

其《白雨齋詞話》也曾追述云：

> 癸酉、甲戌之年，余初習倚聲，曾選古今詞二十六卷，得三千四百三十四首，名曰《雲韶集》。[44]

從他自述的歷程，可知其《雲韶集》編成於同治十二、三（1873-1874）年之間，而這部詞選標誌著他從年少「好為豔詞」，到趨向浙西詞派「以雅正為宗」的轉折。陳廷焯論《雲韶集》編選宗旨云：

> 是集所選，一以雅正為宗，純正者十之四五，剛健者十之二三，工麗者十之一二，其一切淫詞濫語及應酬無聊之作，概不入選。[45]

他接受朱彝尊《詞綜》標舉的詞學觀，以「雅正」為選詞標準。其《詞壇叢話》曾作如是說明：

---

43 〔清〕陳廷焯：《詞壇詞話》，見同前註，頁3739。
44 〔清〕陳廷焯：《白雨齋詞話》，見同前註，卷7，頁3944。
45 〔清〕陳廷焯：《詞壇詞話》，見同前註，頁3739。

言情之作，易流於穢。宋人選詞，以雅為主。法秀道人語涪翁
曰：「作豔詞當墮犁舌地獄。」正指涪翁一等體製而言耳。

又云：

詞雖不避豔冶，亦不可流於穢褻。⋯⋯非不盡態極妍，然不涉
穢語，故不為法秀道人所呵。⋯⋯是集所選豔詞，皆以婉雅為
宗。[46]

他申明不避豔詞，但以「婉雅為宗」。所選自唐五代以迄清同治
年間，共選錄一千一百餘家詞人，詞作三千四百三十四闋。其中詞
家，他推尊「五聖」，云：

詞雖小道，未易言矣。低唱淺斟，不免淫褻；銅琶鐵板，見笑
粗豪，捨是二者，一以雅正為宗。又動涉沉晦迂腐之病，必兼
之乃工，然兼之實難。余謂聖於詞者有五家，北宋之賀方回、
周美成，南宋之姜白石，國朝之朱竹垞、陳其年也。[47]

溫庭筠雖不在「五聖」之列，但合其選旨而被選錄的詞作，亦達
十四調二十八闋之夥。

陳廷焯另外一部詞選《詞則》，編成於清光緒十六年（1900），
是時已轉依常州詞派，是晚年理論成熟期的作品。該書所選自唐迄
清，分為四編：擇其尤雅者五百餘闋，匯為「大雅集」；取縱橫排
奡，感激豪宕者四百餘闋，匯為「放歌集」；取盡態極妍，哀感頑豔

---

46 以上所引，見〔清〕陳廷焯：《詞壇詞話》，見唐圭璋編：《詞話叢編》，冊4，頁
3740-3741。
47 〔清〕陳廷焯：《雲韶集》卷16。案：《雲韶集》域內未見庋藏，此轉引自陳水云、
張清河〈《雲韶集》與陳廷焯初期的詞學思想〉，《湖北大學學報・哲社版》29卷6
期（2002年11月），頁67。

者六百餘闋，匯為「閒情集」；其一切清圓柔脆、爭奇鬥巧者六百餘
闋，別錄為「別調」[48]。此時論詞主張「沉鬱」，溫庭筠詞合於選旨，
錄入的有十四調三十六闋詞，較《雲韶集》為多。茲分列二選所輯目
錄於次[49]：

詞調・詞作首句	雲韶集	詞則
菩薩蠻・小山重疊金明滅	※	※ 「大雅集」
菩薩蠻・水精簾裡頗黎枕	※	※ 「大雅集」
菩薩蠻・蕊黃無限當山額		※ 「大雅集」
菩薩蠻・翠翹金縷雙鸂鶒		※ 「大雅集」
菩薩蠻・杏花含露團香雪		※ 「大雅集」
菩薩蠻・玉樓明月長相憶	※	※ 「大雅集」
菩薩蠻・鳳凰相對盤金縷		※ 「大雅集」
菩薩蠻・牡丹花謝鶯聲歇	※	※ 「大雅集」
菩薩蠻・滿宮明月梨花白	※	※ 「大雅集」
菩薩蠻・寶函鈿鵲雙鸂鶒	※	※ 「大雅集」
菩薩蠻・南園滿地堆輕絮		※ 「大雅集」
菩薩蠻・夜來皓月纔當午		※ 「大雅集」
菩薩蠻・雨晴夜合玲瓏日		※ 「大雅集」
菩薩蠻・竹風輕動庭除冷	※	※ 「大雅集」
更漏子・柳絲長	※	※ 「大雅集」
更漏子・星斗稀	※	※ 「大雅集」

---

48 〔清〕陳廷焯：《詞則・序》（上海市：上海古籍出版社，1984 年 5 月），頁 1-2。

49 案：《雲韶集》選錄詞目，參考張春媚：《溫庭筠詞傳播接受研究》附錄二〈歷代
　　重要詞選詞譜選錄溫庭筠詞代表作品一覽表〉（武漢市：湖北大學中國文學研究所
　　碩士論文，2002 年 5 月），頁 49。

詞調‧詞作首句	雲韶集	詞則
更漏子‧玉鑪香	※	※ 「大雅集」
酒泉子‧楚女欲歸南浦	※	※ 「別調集」
南歌子‧手裡金鸚鵡	※	※ 「閑情集」
南歌子‧倭墮低梳髻	※	※ 「閑情集」
南歌子‧轉盼如波眼	※	
南歌子‧懶拂鴛鴦枕	※	※ 「閑情集」
河瀆神‧河上望叢祠		※ 「別調集」
河瀆神‧孤廟對寒潮	※	※ 「別調集」
河瀆神‧銅鼓賽神來		※ 「別調集」
女冠子‧含嬌含笑	※	※ 「閑情集」
玉胡蝶‧秋風淒切傷離	※	※ 「大雅集」
清平樂‧洛陽愁絕	※	※ 「放歌集」
遐方怨‧憑繡檻	※	※ 「別調集」
遐方怨‧花半坼	※	※ 「別調集」
訴衷情‧鶯語	※	※ 「別調集」
夢江南‧千萬恨	※	※ 「別調集」
夢江南‧梳洗罷	※	※ 「大雅集」
河傳‧湖上	※	※ 「大雅集」
蕃女怨‧萬枝香雪開已遍	※	※ 「別調集」
蕃女怨‧磧南沙上驚雁起	※	※ 「別調集」
荷葉盃‧楚女欲歸南浦	※	※ 「別調集」

　　從《雲韶集》到《詞則》，陳廷焯因詞學觀點的變化，以及選詞標準的不同，所選溫庭筠詞亦略有不同。其中，「雅」是陳廷焯論詞

的根本，因此從浙西到常州，大抵是從「雅正」到「婉雅」。就選詞觀之，最大的區別是〈菩薩蠻〉詞，從選錄七闋到十四闋全數選入，顯然是受到張惠言《詞選》的影響。尤其值得注意的是，陳廷焯以「淒豔」為溫庭筠詞之本色，而相似的觀點貫穿前後兩部詞選的評語中。如《雲韶集》錄〈菩薩蠻〉其九：

> 滿宮明月梨花白。故人萬里關山隔。金雁一雙飛。淚痕沾繡衣。　小園芳草綠。家住越溪曲。楊柳色依依。燕歸君不歸。

陳廷焯評云：

> 淒豔是飛卿本色。從摩詰「春草年年綠」化出。[50]

又〈更漏子〉其三：

> 玉爐香，紅蠟淚。偏照畫堂秋思。眉翠薄，鬢雲殘。夜長衾枕寒。　梧桐樹。三更雨。不道離情正苦。一葉葉，一聲聲。空階滴到明。

陳廷焯評云：

> 遣詞淒豔，是飛卿本色。結句開北宋先聲。[51]

他拈出「淒豔」兩字，「淒」，指情感的內涵；「豔」，指辭采的豔發，精確地揭示了溫庭詞的本質。又如〈菩薩蠻〉其五：

> 玉樓明月長相憶。柳絲裊娜春無力。門外草萋萋。送君聞馬

---

50 王兆鵬主編：《唐宋詞彙評‧唐五代卷》（杭州市：浙江教育出版社，2007年3月），頁136。
51 同前註，頁146。

嘶。　　畫羅金翡翠。香燭銷成淚。花落子規啼。綠窗殘夢迷。

陳氏評曰:「音節淒清。字字哀豔,讀之魂銷。」[52]聯繫詞情與聲情,說明此詞哀感頑豔的藝術感染力。此外,有著意於情感淒哀者,如〈菩薩蠻〉其八:

牡丹花謝鶯聲歇。綠楊滿院中庭月。相憶夢難成。背窗燈半
明。　　翠鈿金壓臉。寂寞香閨掩。人遠淚欄干。燕飛春又殘。

陳氏評曰:「領略孤眠滋味,逐句逐字,淒淒惻惻,飛卿大是有心人。」[53]亦有側重於語詞風格者,如〈菩薩蠻〉其一:

小山重疊金明滅。鬢雲欲度香腮雪。懶起畫蛾眉。弄妝梳洗
遲。　　照花前後鏡。花面交相映。新帖繡羅襦。雙雙金鷓鴣。

陳氏評曰:「溫麗芊綿,已是宋、元人門徑。」[54]再如皇甫松〈夢江南〉詞云:

樓上寢,殘月下簾旌。夢見秣陵惆悵事,桃花柳絮滿江城。雙
髻坐吹笙。

陳氏評云:「淒豔似飛卿,爽快似香山。」[55]也是以「淒豔」為溫庭筠詞的特色。從審美的角度,肯定其吐屬之美;從抒情的角度,抉發其哀感的內涵,這是陳廷焯早年品鑑溫庭筠詞的徑路,由此亦可反映其當時的詞學視野。

52　王兆鵬主編:《唐宋詞彙評・唐五代卷》,頁134。
53　同前註,頁136。
54　同前註,頁124。
55　同前註,頁106。

　　《詞則》所錄溫庭筠詞，較《雲韶集》多八闋，其間最能顯示詞學觀點變化的是增錄〈菩薩蠻〉七闋。如評〈菩薩蠻〉「牡丹花謝鶯聲歇」詞云：

> 三章云「相見牡丹時」，五章云「覺來聞曉鶯」，此云「牡丹花謝鶯聲歇」，言良辰已過，故下云「燕飛春又殘」也。[56]

　　按「牡丹」句出自〈菩薩蠻〉其九，「燕飛」句出自〈菩薩蠻〉其十。陳氏提舉〈菩薩蠻〉其三、五、九、十，視之為「章」並作意脈的串講，可見他接受張惠言之說，視十四詞為聯章，而這也應是《詞則・大雅集》將〈菩薩蠻〉十四闋全數選入的原因。此期標舉「沉鬱」說，他在《白雨齋詞話》揭示主張，舉溫庭筠詞為例：

> 飛卿詞如「懶起畫蛾眉，弄妝梳洗遲」，無限傷心溢於言表。又「春夢正關情，鏡中蟬鬢輕」，淒涼哀怨，真有欲言難言之苦。又「花落子規啼，綠窗殘夢迷」，又「鸞鏡與花枝，此情誰得知」，皆含深意。此種詞，第自寫性情，不必求人，已成絕響。後人刻意爭奇，愈趨愈下。安得一二豪傑之士，與之挽回風氣哉！[57]

　　從「無限傷心溢於言表」、「淒涼哀怨，真有欲言難言之苦」、「皆含深意」等評語，可見強調的不止是淒哀的感情特質，更在於這種感情的深厚鬱積，而這是沉鬱說的基礎。《詞則》的評語，也有這種偏向。如〈更漏子〉其二：

56　同前註，頁136。

57　〔清〕陳廷焯：《白雨齋詞話》，見唐圭璋編：《詞話叢編》，冊4，卷1，頁3777-
　　3778。

星斗稀，鐘鼓歇。簾外曉鶯殘月。蘭露重，柳風斜。滿庭堆落花。虛閣上。倚欄望。還似去年惆悵。春欲暮，思無窮。舊歡如夢中。

陳氏評云：

「蘭露」三句，即上章意，略將歡戚顛倒為變換。「還是去年惆悵」，欲語復咽，中含無限情事，是為沉鬱。「舊歡」五字，結出不堪回首意。[58]

關注的焦點不在於詞情或詞語的妍麗，而在於逐層解析意象結構，從情感的轉折、脈絡，說明如何臻至「沉鬱」的意境。文中「上章」，指的是〈更漏子〉其一：

柳絲長，春雨細。花外漏聲迢遞。驚塞雁，起城烏。畫屏金鷓鴣。　　香霧薄。透簾幕。惆悵謝家池閣。紅燭背，繡簾垂。夢長君不知。

陳氏於《雲韶集》評「明麗」，於《詞則》則云「思君之詞，託於棄婦，以自寫哀怨，品最工，味最厚」。[59]捨棄色澤之豔，而專意於「託意」的深掘，突顯其「哀怨」的深厚，以及比興寄託藝術的精妙運用。再如〈更漏子〉其六「玉爐香」一詞，於《雲韶集》評「遣詞凄豔，是飛卿本色」，於《詞則》則云：

後半闋無一字不妙，沉鬱不及上二章，而凄警特絕。[60]

---

58 王兆鵬主編：《唐宋詞彙評‧唐五代卷》，頁144。

59 同前註，頁143。

60 同前註，頁146。

　　所謂「上二章」，指〈更漏子〉其一「柳絲長」、〈更漏子〉其二「星斗稀」二闋。評語指出此詞下片措詞精妙，表現淒哀的情感臻於絕詣，但意境不及前面兩闋「沉鬱」，品評重點轉向「沉鬱」由此可見。強調寄託寓意，如評〈河瀆神〉三闋云：「寄哀怨於迎神曲中，得〈九歌〉之餘意。」[61]強調情感的深厚，如評〈河傳〉「同伴」詞云：「淒怨而深厚，最是高境。」[62]可見「淒哀」是陳廷焯論詞的基調，因著後期詞學觀點轉向常州詞派，詞選品評的重點也隨之改異。

61　同前註，頁154。
62　同前註，頁161。

第六章
結　論
——標誌鮮明的「第一讀者」

第一節　流行——從「競唱其詞」到「花間鼻祖」

　　隋唐以來燕樂漸興，飲筵酒令歌舞風行，或是因雅飲而按令著辭，或是才情所趨、興之所至而按曲填詞，或為觀賞，或為助興，中唐以降製曲填詞風氣大開。劉禹錫〈路傍曲〉：「南山宿雨晴，春入鳳凰城。處處聞弦管，無非送酒聲。」[1] 道出了洛陽城裡管弦處處，聲歌接響的盛況。白居易〈殘酌晚餐〉云：「閒傾殘酒後，煖擁小爐時。舞看新翻曲，歌聽自作詞。魚香肥潑火，飯細滑流匙。除卻慵饞外，其餘盡不知。」[2] 盡顯詩人的歌酒風流，也映現了聽歌看舞，撰寫歌辭，是唐代文人社會生活的重要部分。

　　唐代文人對於能行酒令，是相當得意的。如韓愈〈醉贈張祕書〉詩云：「長安眾富兒，盤饌羅羶葷；不解文字飲，唯能醉紅裙。」[3] 諷刺唯務飲酒，不能行酒令者。劉禹錫所謂「處處聞弦管，無非送酒

1　〔清〕彭定求、楊中訥等編：《全唐詩》（北京市：中華書局，1996年），卷364，頁4105。

2　同前註，卷456，頁5165。

3　同前註，卷337，頁2774。

聲」[4]，則說明了當時飲筵酒令的風行。「飲筵」是唐代文人熱衷參與的社會生活，他們藉此娛樂、交際、遊戲，而酒令則是其中的核心。隨著飲筵風氣的盛行，唐代的酒令有著超軼前代的發展。歌舞與酒令結合，自律令、骰盤令、拋打令、瞻相令以至於下次據令，歌舞化、令格化隨著歷史進程而發展，成為唐代酒令的重要藝術特徵。按皇甫松《醉鄉日月》云：「大凡初筵，皆先用骰子。蓋欲微酣，然後迤邐入酒令。」（〈骰子令〉）唐人行酒令，不是單一的，而是按各種不同的酒令設計組織宴會的進行流程，以達到最佳的娛樂效果。飲筵初始，先行「骰子令」擲骰喝酒，引入「微酣」的妙境，藉此炒熱席間氣氛，再進行其他的酒令遊戲。據晚唐范攄《雲溪友議》記載：

> 裴郎中誠，晉國公次子也。足情調，善談諧。與舉子溫岐為友，好作歌曲，迄今飲席，多是其詞焉。……二人又為〈新添聲楊柳枝〉詞，飲筵競唱其詞而打令也。[5]

所謂「飲筵競唱其詞而打令」，聯繫「迄今飲席，多是其詞焉」並觀，足見溫庭筠詞流行與應用的情況，是當代飲筵競唱，酒令歌唱的流行範本。

「以難見才」，是唐代文人熱愛「雅飲」的重要心理成因。當筵歌令著辭，不獨需要知音協律，更需要高才敏捷；因此「雅飲」標舉的不只是摒去「唯務飲酒」的俗飲，更是文人之「才」的彰顯。而溫庭筠音樂、文學天才兼具，尤為可貴的的是其「才敏」，如「思神

---

4 〔清〕彭定求、楊中訥等編：《全唐詩》，卷364，頁4105。
5 〔唐〕范攄：《雲溪友議》（臺北市：新文豐出版公司，1985年《叢書集成新編》影印〔明〕商濬校刊《稗海》本），卷10，頁57。

速」[6]、「凡八叉手而八韻成，時人號稱『溫八叉』」[7]、「善鼓琴吹笛，亦云有弦即彈，有孔即吹，不獨柯亭、爨桐也」[8]等傳誦一時，並可見其秉賦。「趨新」，是唐人熱愛歌曲的重要原因，接受新興樂曲，更著辭新曲，豔唱新詞。如白居易自言「舞看新翻曲，歌聽自作詞」[9]，高唱「古歌舊曲君休聽，聽取新翻〈楊柳枝〉」[10]，其新唱〈楊柳枝〉風行一時。又如《雲溪友議》記載，咸陽郭氏一蒼頭，平時不事音樂，一日忽題一篇竟惹得「儒士聞而競觀之，以為協律之詞」[11]，時人對於新詞的渴求與崇尚可見一斑。分析當時追「新」的內涵，可歸結為：調新，律新，詞新，溫庭筠詞在這樣的背景中生發，包舉著這三項特質，正符合了世人的期待，而大受歡迎。茲略述如次：

其一，調新：溫庭筠詞今存十八調六十八闋，無論用調之繁，或體式之長短錯落、抑揚有致，並超軼前代。其創調者有〈蕃女怨〉，新製詞調者有〈更漏子〉、〈玉胡蝶〉、〈河傳〉、〈歸國遙〉、〈酒泉子〉、〈南歌子〉、〈河瀆神〉、〈女冠子〉、〈遐方怨〉、〈訴衷情〉等十調，沿用舊調者有〈菩薩蠻〉、〈清平樂〉、〈楊柳枝〉、〈夢江南〉、〈定西蕃〉、〈思帝鄉〉、〈荷葉杯〉等七調。飛卿創調、新製詞調有十一調之多，為世人歌唱、填詞提供新的樂調與譜式。即使沿用舊調之作，亦多推陳出新，如〈菩薩蠻〉雖已傳唱教坊，然猶俟飛卿

---

6 〔宋〕歐陽修、宋祁等撰：《新唐書》（北京市：中華書局，1997年3月），卷91〈溫大雅〉附，頁3787。

7 〔五代〕孫光憲：《北夢瑣言》（臺北市：藝文印書館，1966年，《百部叢書集成》影印《雅雨堂藏書》本），卷4，頁12。

8 同前註，卷20，頁2-3。

9 〔清〕彭定求、楊中訥等編：《全唐詩》，卷456，頁5165。

10 曾昭岷、曹濟平、王兆鵬、劉尊明等編：《全唐五代詞》（北京市：中華書局，1999年12月），頁66。

11 〔唐〕范攄：《雲溪友議》，卷9，頁52。

詞出，以其詞境深致、韻律圓美，方才引領文人倚聲，風行一世。

其二，律新：劉禹錫、白居易等雅好新興曲調，在「歡生雅」的生活型態下，興到填詞，但囿於詩家手眼，多用五七言律絕體式。溫庭筠則不然，隨著曲調的多樣，其體製、句法、用韻亦靈活多變，顯然已脫出詩家手筆，創立新局。就格律言，溫庭筠詞所用十八調，同調詞或平仄如一，如〈定西蕃〉三闋、〈女冠子〉二闋、〈荷葉杯〉三闋、〈歸國遙〉二闋、〈南歌子〉七闋等，皆格律全同，形成定格。以其知音創調，律度謹嚴、優美，不獨當代翕然從之，即如清代集詞譜大成之《御製詞譜》，定為譜式者多達十五調十八闋。就體製言，多已脫離絕句形式，單調、雙調兼備。其句法，亦脫離五、七言形式，多用長短句式，錯綜變化。就韻法言，除了單韻的平韻格：〈玉胡蝶〉、〈南歌子〉、〈思帝鄉〉、〈遐方怨〉、〈楊柳枝〉、〈夢江南〉等六調，仄韻格：〈歸國遙〉一調以外，皆屬多韻格。其中，轉韻格有〈菩薩蠻〉、〈更漏子〉、〈河傳〉、〈蕃女怨〉、〈河瀆神〉、〈女冠子〉、〈清平樂〉等七調，遞韻格有〈定西蕃〉一調，間韻格有〈酒泉子〉、〈訴衷情〉、〈荷葉杯〉等三調。此外，溫庭筠用韻極密，句句用韻者，亦所在多有，如〈荷葉杯〉六句六韻，〈菩薩蠻〉、〈河瀆神〉、〈歸國遙〉並皆八句八韻，〈訴衷情〉十一句十一韻，〈河傳〉十四句十四韻。溫庭筠隨情押韻，在疏密之間，在抑揚之間，騰挪變化，韻律的豐富精美顯然也已騰越當代。

其三，詞新：溫庭筠詞所以為人競唱，除了宮商、聲律的原因之外，詞體藝術的創新也是吸引讀者接受極為關鍵的一環。唐宣宗，是溫庭筠詞傳播流行中，一名極其重要的讀者。他雅好文學，多有君臣唱和故事；又兼善音樂，故於燕樂亦多假手，能自製新曲。既曾因國樂唱白居易〈楊柳枝〉詞，而命人取永豐柳栽植禁中故事；亦有因愛唱〈菩薩蠻〉詞，宰相令狐綯因此「假飛卿新撰密進之」故事。溫庭

筠新撰的〈菩薩蠻〉十四闋，在文學藝術上呈現了整體美感，展現了不同於以往的特色：（一）為美代言——堅貞幽怨的美人形象：〈菩薩蠻〉十四闋，抒情主體都是美人，是有意識地為美人代言。詞中美人在一幕幕等待的畫面中，宛轉流露的心中根植的「愛」；美人形象優美而幽怨，幽怨而堅貞。（二）晚唐美感——富豔精工的藝術風格：〈菩薩蠻〉描寫的是現實中的美人，他以「美人」及其身處的空間為中心而擇取物象，化景為情，藉由穠麗的景物暗示淒涼的心境。在對比強烈的藝術效果中，密麗精工的風格顯得更為鮮明，也如實地反映了時代的審美趨向。（三）無限心曲——愛情悲劇意識的彰顯：寫愛情，卻沒有邂逅的驚喜，沒有歡會的悅然，有的只是憑窗等待的無盡酸辛。溫庭筠寫美人，不在於「形態」的觀賞，而在於「情境」的體會，精美的物象，穠麗的設色，都是為了烘托美人的「無限心曲」。飲筵歌唱，但擇「悲」不擇「歡」，這「無限心曲」彰顯了詞人的愛情悲劇意識。（四）離合變換——「蒙太奇」的藝術手法：電影「蒙太奇」（Montage)，將對列鏡頭組接在一起時，其效果「不是兩數之和」，而是「兩數之積」，意即藉由不同鏡頭的組接以產生新的意涵。這種技法與古代詩人藉由意象的組合，以追求「象外之象」的藝術效果正相吻合。電影「蒙太奇」，剪接組合的是攝影機攝錄的鏡頭畫面；語言蒙太奇，剪接組合的則是詩人巧用形象化語言所構成的意象。這種通過意象並置的形式產生「象外之象」的藝術手法，本是古代詩人習用的一種形式，到唐代更因詩人們刻意追求而得到空前的發展並臻於成熟。溫庭筠於詩歌中已嫻熟於此，為得象外之象，於〈菩薩蠻〉詞更巧妙運用，呈現離合變換，渾成無跡的藝術手法。溫庭筠挾管絃之才，能創製新調，能按舊曲填製新詞，亦能沿用舊調翻為新曲，多樣的曲調與韻律，豐美的內蘊與藝術表現，讓世人耳目一新，競唱不已。

　　大蜀廣政三年（940），趙崇祚編成《花間集》十卷，歐陽炯為撰〈花間集序〉；文學史上第一部文人詞選集，第一篇詞學批評，於焉誕生。〈花間集序〉開篇即揭示歌詞需精巧妍麗，律度諧美；其次反對宮體倡風，要求歌詞須「文質」並重，在「文學美」、「音律美」之外，還要有充實的「內容美」。趙崇祚按這樣的標準選輯文人詞，而以溫庭筠詞冠於篇首，顯示的不只是溫詞具備這些審美特質，更是這些特色的創造者。文學體性的確立，需本源於文學作品的集體特性，從詞體的發展而言，溫庭筠詞無論數量、風格皆超越前人，已呈現有別於詩歌的「本色」。從競唱到創作接受，遂由個人而形成集體特色，有導夫先路──溫庭筠，有群體接受──晚唐五代詞人，論者因此能據以開啟「體性」論，提出詞體的美學觀，進而選輯作品，體現詞學觀念。所顯示的詞學意義有三：

　　其一，閨音──抒情主體的凝定：溫庭筠詞以「女性」為主角，其最具創造意義的特色，是從「觀賞」式的描寫，轉而為女性「代言」。

　　溫庭筠詞「百分之八十以上作品往往是女性個人獨白」[12]，即使出現男性，也多存在於記憶懸想之內。與宮體詩一類，著重於女性形體的觀賞不同；與白居易詩歌中，觀賞樂舞的描述亦不相同，溫庭筠因為親切的體會，詞筆具焦於女性的心緒描寫，為其代言。由於對女性的偏嗜和反復描寫，遂強化詞作抒情主人公形象的一致性與定型性，女主人公因此成為花間詞人注意的中心。除溫庭筠之外，《花間集》中其餘十七家四百三十四闋詞，以女性書寫為主體者占三百五十闋，超過總數的百分之八十。詞的抒情主體，因此偏向於「閨音」，在後

12　張以仁：〈溫庭筠詞中的女性稱謂詞彙〉，《花間詞論續集》（臺北市：中央研究院中國文哲研究所，2006年8月），頁260。

人的接受與追隨下，形成詞體的特色。

　　其二，言情——主題內容的偏向：溫庭筠今存六十八闋詞，不涉男女之情者僅有〈更漏子〉「背江樓」、〈定西番〉「漢使昔年離別」、〈定西番〉「海燕欲飛調羽」、〈楊柳枝〉「南內牆東御路旁」、〈清平樂〉「洛陽愁絕」、〈荷葉盃〉「一點露珠凝冷」等六闋，其餘六十二闋皆為男女情詞，情詞所占比例超過百分之九十[13]。據吾師張以仁先生〈花間集中的非情詞〉分析統計，《花間集》五百闋詞中，有一百二十四闋為非男女情詞，換言之，即有三百七十六闋為男女情詞，所占比例將近百分之八十。溫庭筠「言情」的主題偏向，為多數的《花間》詞人所接受與繼承。由於主題集中，抒情往「深、細」開掘與發展，所成就的藝術特色，終成為「詩言志，詞言情」的分體標誌。值得注意的是，溫庭筠言情絕少歡情，即使是寫歡情，也是為了襯托「暫來還別離」的悲情而醞釀。這樣的愛情悲劇意識，亦呈現在多數的《花間》詞中，所謂「以悲為美」，也是在溫庭筠與《花間集》的開創與承啟中，逐漸形成詞體的美感特徵。

　　其三，言長——詞體美學的特徵：詞的體調多變，有豐富的曲調，及富於變化的句式、韻律，最適於表達蘊蓄無端的情感變化。溫庭筠音樂、文學天才兼具，由於「知音」，因此不僅善用舊調且能創製新調，巧用多樣詞調的樂律與格律，以諧合曲折變化的詞情。由於「識體」，因此能雅善修飾，化景為情，善用意象的離合變化，纏綿曲折、紆徐委婉地抒情。王國維論詞的體性云：「詞之為體，要眇宜修。能言詩之所不能言，而不能盡言詩之所能言。詩之境闊，詞之言長。」[14]溫庭筠將情感雅化與寓象化，所展現的美學特徵，直可以「言

13　張以仁：《花間詞論續集》，頁1-63。

14　王國維：《人間詞話刪稿》，見唐圭璋編：《詞話叢編》（臺北市：新文豐出版公司，1988年2月），冊5，頁4258。

長」形容。就詞學發展而言，溫庭筠詞所體現的不只是詞「言情」的體性，更是詞體「言長」特徵的確立。而這樣的體性特徵，因為《花間》詞人群體的接受與承襲，而深化定型。

曲子詞初興之際，雖大受歡迎，卻以其體「卑下」為世人所輕。劉禹錫、白居易等人假手詞作，風格高標，卻不免於「非詩非詞」的混淆。及溫庭筠出，挾管絃之才，掌握這種新興體製的優長，有意識地在創作中作出區別，雖然兼善詩詞，其詞卻別是一家。皇甫松撰《醉鄉日月》專書，嚴謹地訂定「酒令」的種種規矩，有意識地提高這種藝術的體格。明顯可見中、晚唐文人自覺地在詩、詞之間，在雅、俗之間，嘗試從新的角度審視這種新的藝術客體，賦予它新的體性。尤其溫庭筠在創作上為詞體定調，在詞體的困惑中，有了可供依據的體式。至於五代，《花間集》的成書，對於溫庭筠詞的傳播與接受，具有開創性的意義。以溫庭筠為「宗主」，顯示了《花間集》編選者、〈花間集序〉撰寫者的詞論接受；而《花間》詞人的創作，則具體呈現了對於溫庭筠詞的創作接受。溫庭筠詞集──《金荃集》，雖然在《花間集》的強勢流行中湮沒，然而在流行歌本，文人群體推波助瀾的效應下，更彰顯了溫庭筠詞的價值。《花間集》原非宗派詞選，但後人以「花間詞派」稱呼由溫庭筠領導的文人群體，《花間集》因為顯豁的集體風格特色，而有了宗派詞選的意義。溫庭筠的詞史地位因此確立，並隨著《花間集》的流播，而代代相傳。

第二節　誤解──從周德華到《唐書》的「側豔」說

歌伎，在曲子詞的傳播中扮演了極為重要的角色。好的歌曲，需要才色勻亭的歌者，有詮釋作品的慧心，有悅耳動人的清音，也要有賞心悅目的姿容。悅目，悅耳，悅心，才能和諧譜出樂曲動聽、動

容、動心的品味享受。好歌因歌伎而廣為流播，歌伎因好歌而廣受歡迎，作者與歌者往往相得益彰，聲名益顯。在溫庭筠詞競唱之際，卻以「浮豔」而拒唱，開啟這條不接受歷史鍊帶的是名伎周德華。

周德華，約為唐憲宗元和、長慶間（806-824）人。她出身於江南的樂人家庭，其母劉采春擅長「參軍戲」及〈囉嗊曲〉知名於世，深得元稹賞識。周德華以擅唱〈楊柳枝〉聞名，在京、洛大受歡迎，聲名顯揚，以至「豪門女弟子從其學者眾矣」。據范攄《雲溪友議》記載，是時溫庭筠、裴諴所作〈新添聲楊柳枝〉大為風行，「飲筵競唱其詞而打令也」[15]。然而，當聽眾請她「一陳音韻」時，周德華卻「以為浮豔之美」，終不取焉。按詞調名有「新添聲」之語，意謂在〈楊柳枝〉原有音樂上添加了新腔，因此「浮豔之美」應指「音韻」而言，亦即按〈楊柳枝〉進行改造過的〈新添聲楊柳枝〉。唐代樂人各有專司，「專」方才能「精」，歌伎亦多恃專擅而揚名。周德華於京、洛，交往的對象，聽眾的基礎，在於「豪門」。她以專擅〈楊柳枝〉聞名，但所唱不過「七八篇」，且都是「近日名流之詠」。所稱名流，是「滕邁郎中」、「賀知章祕監」、「楊巨源員外」、「劉禹錫尚書」、「韓琮舍人」等，都是赫赫有名，位居郎官之流的「名流」。可見周德華經營自己的歌唱事業，不只有技藝專長的考量，也有精品形象的設計。面向京、洛的上流社會，她選擇京、洛正流行的「洛下新聲」〈楊柳枝〉為招牌曲，又精選「名流」作品，以符合「名流」的期待，激揚自己的聲價。當時的溫庭筠雖有文名，卻還是個到處尋求薦拔的貧窮士子，迥非名流；其〈新添聲楊柳枝〉詞雖受歡迎，但非其習唱的「洛下新聲」，與其選歌標準不類。周德華不唱溫庭筠詞，有其審美偏愛，有其專業考量，當然也不能排除品牌形象的考量，不

15〔唐〕范攄：《雲溪友議》，卷10，頁57。

願自貶身價的心理。然而，所謂「一經品題，身價百倍」，唐代著名樂人選或不選那位作者的作品演唱，關乎著文人的社會聲譽。周德華是一代名伎，在公開的場合評騭，一經渲染，影響深遠。《花間集》未錄〈新添聲楊柳枝〉兩闋，可能就是因為這個原因。

以「浮豔」說溫庭筠詞，始於唐代的周德華。而詞壇習稱的「側豔」，文獻源於《唐書》：「能逐絃吹之音，為側豔之詞。」[16]《新唐書》繼之：「又多作側辭豔曲。」[17]所謂「側豔之詞」、「側辭豔曲」，歷來詞學研究往往以「側豔」概括，而定義為專寫「豔情」的詞。其實「豔曲」、「豔詞」於唐人文獻所在多有，為釐清疑議，筆者於本書第四章第二節〈唐代的「豔曲」與「豔詞」〉已詳加考證。唐人所稱「豔曲」，本源於隋唐燕樂，是與雅樂系統不同的新興俗樂。其體製短小，多屬短歌，多用為酒筵令曲。由於唐代文人的愛好與廣泛運用，「豔曲」成為流行音樂；文人按「豔曲」著辭，即稱「豔詞」。由於「豔曲」的廣泛運用，「豔詞」的內容亦包羅萬象，並非專稱「豔情」詞。由於「豔詞」中的「豔」，指的是「豔曲」，因此唐人或從文學概念稱這類歌詞為「豔詞」，或從音樂概念稱之為「豔曲」。隋唐五代時期，「曲子」指配詞的音樂，「曲子詞」是指配樂的歌詞，文人往往以音樂概念的「曲子」，代稱文學概念的「曲子詞」，唐人以「豔曲」代稱「豔詞」，其概念用法相同。兩《唐書》中的「側」，也是音樂術語，指的是「側調」。按清商三調：清調、平調、瑟調，其中「瑟調」唐人或稱「側調」。《唐書·樂志》謂「側調者，生於楚調」，而楚歌曰「豔」，此所以「豔」亦稱作「側豔」。因

---

16 〔後晉〕劉昫等撰：《唐書》（北京市：中華書局，1997年3月），卷190下〈文苑下〉，頁5078。

17 〔宋〕歐陽修、宋祁等撰：《新唐書》（北京市：中華書局，1997年3月），卷91〈溫大雅〉附，頁3787。

此，所謂「能逐絃吹之音，為側豔之詞」、「又多作側辭豔曲」，前者
強調其能，後者強調其多，意謂溫庭筠善管弦，能逐音填詞，與「豔
情」本不相涉。

　　「側豔」詞義的轉變，最明顯的界限，是南宋王灼《碧雞漫志》
所云：

> 李戡嘗痛元白詩纖豔不逞，非莊士雅人，多為其破壞，流於民
> 間，子父女母，交口教授，淫言媟語，冬寒夏熱，入人肌骨，
> 不可除去。……元會真詩，白夢游春詩，所謂纖豔不逞，淫言
> 媟語，止此耳。溫飛卿號多作側辭豔曲，其甚者「合歡桃葉
> （當作核）終堪恨，裡許元來別有人」、「玲瓏骰子安紅豆，入
> 骨相思知不知」，亦止此耳。[18]

　　他聯繫元白豔詩，以「淫言媟語」定義溫庭筠的「側辭豔曲」，
按其例舉的是〈新添聲楊柳枝〉詞，可見其解讀，與周德華「浮豔」
說應有淵源關係。至此，「側辭豔曲」已由音樂、文體概念，轉為指
稱「淫言媟語」，成為詞的題材內容和風格的一種類型。詞的題材內
容包羅萬端，本含「豔情」之作；且「豔」之語義或隨時代變遷，宋
人以「側豔」專稱「豔情詞」，固無不可。然而《舊傳》所稱「側豔
之詞」，《新傳》所稱「側詞豔曲」，原謂溫庭筠能按「豔曲」填詞，
是對其音樂、文學才能的描述，卻被誤解為對其「側豔」（豔情）詞
品的評定。王灼是宋代重要的詞論家，其《碧雞漫志》是宋代重要的
詞學論著；兩《唐書》是正史，其記載尤具歷史的權威性。後人接受
王灼對「側豔」的訓解，去接受、理解《舊傳》所云「側豔之詞」的

18〔宋〕王灼：《碧雞漫志》，輯入唐圭璋編《詞話叢編》（臺北市：新文豐出版公
　　司，1988年），卷2，頁88。

內涵，由詞學到史學聯繫成一條令讀者信服的接受鍊，從而形成溫庭筠詞品「側豔」說。

史傳的「側豔」，何以成為「豔情」的專稱？可能出於對前代語義的誤解，也可能出於對溫庭筠詞的接受反應，然而筆者認為在諸多可能中，史傳作者塑造溫庭筠「薄行無檢」的特殊語境，最為關鍵。《舊傳》的說法是：

> 大中初應進士，苦心硯席，尤長詩賦。初至京師，人士翕然推重。然士行塵雜，不修邊幅。能逐絃吹之音，為側豔之詞。公卿家無賴子弟裴誠、令狐縞之徒，相與蒲飲，酣醉終日，由是累年不第。[19]

又《新傳》云：

> 彥博裔孫廷筠，少敏悟。工為辭章，與李商隱皆有名，號溫李。然薄於行，無檢幅。又多作側辭豔曲。與貴冑裴誠、令狐縞等蒲飲狹昵。數舉進士，不中第。[20]

所謂「側辭之詞」，於唐代是指按「豔曲」填詞，兩《唐書》記載唐代史事，作者於此不能無知。但在「側詞豔曲」之前，既抽象概括其「薄行無檢」；其後則舉具體行實──「蒲飲酣醉」，甚至以此為「累年不第」的理由。即使所言「側詞豔曲」不含狹狎之義，但將「側詞豔曲」置於如此的語境中，作者對於「側詞豔曲」這種文體的輕薄意識，不言自明。兩《唐書》將溫庭筠「填詞」的才能，置於諸多砭斥其輕薄行為的敘述中，所言「側詞豔曲」飽醮著道德譴責，

---

19 〔後晉〕劉昫等撰：《唐書》，卷190下〈文苑下〉，頁5078。
20 〔宋〕歐陽修、宋祁等撰：《新唐書》，卷91〈溫大雅〉附，頁3787。

無怪乎後人輕易地聯想豔情，而演繹成「側豔」說。如再聯繫史傳內容，可以發現史傳記錄的行實，無一不是圍繞著「狎邪」的醜行，而這些行為都或隱或顯地與溫庭筠「多作側詞豔曲」有關。史傳的偏頗、訛誤、闕漏，筆者《溫庭筠辨疑》考證已詳，可不贅述。值得注意的是，「填詞」與「薄行」的關係，溫庭筠因此被定義為「有才無行」，而這樣的文體意識並非偶發。

唐代的教坊曲，代表了盛唐樂曲的最高成就，崔令欽《教坊記》輯錄最為完備。崔令欽竭力輯錄這些曲調，卻在《教坊記・後記》說：「嗜慾近情，忘性命之大節，施之於國則國敗，行之於家則家壞。」[21]他一方面肯定這些樂曲的藝術價值，纂輯成書，以備傳世；一方面譴責這些樂曲「慾」、「情」的本質，要人不可「嗜慾近情，忘性命之大節」。一方面傳播，一方面要人節制；一方面肯定，一方面批判，從崔令欽的態度，最能反映詞樂於源始之際，即是在道德譴責中傳播、發展。樂書作者，撰之，又戒之；曲詞作者，則一方面愛而作之，一方面焚毀不暇。如孫光憲《北夢瑣言》記載，和凝少時好為曲子詞，洎入相，「專托人收拾焚毀不暇」[22]。「詞」至於宋，臻於成熟，然而參與這項文學發展的功臣詞人們，卻否定自我的創作價值，甚至「自掃其跡」。如胡寅〈酒邊詞序〉云：

> 詞曲者，古樂府之末造也。……然文章豪放之士，鮮不寄意於此者，隨亦自掃其跡，曰浪謔遊戲而已。[23]

---

21 〔唐〕崔令欽著，任二北箋訂：《教坊記箋訂》（臺北市：宏業書局，1973 年 1 月），頁 190。

22 史雙元編：《唐五代詞紀事會評》（合肥市：黃山書社，1995 年 12 月），頁 547。

23 金啟華等編：《唐宋詞集序跋匯編》（臺北市：臺灣商務印書館，1993 年 2 月），頁 117。

肯定創作主體的才情，肯定創作客體「寄意」的內容；創作者需具備才情，而這種體裁又足以「寄意」，雖抑實揚。託詞「謔浪遊戲」，可見詞人愛而難捨；至於「自掃其跡」，則是詞人的自我救贖，甚至可以說是自保的行為。捨不得焚毀而結集出版者，往往推崇詞人功業，以消減道德譴責。如陳世修撰《陽春集·序》，反覆言馮延巳的功業是「竭慮於國」，以「遠圖長策」助李唐，「庸功」顯著；反覆言填詞的背景是「內外無事」，「國已寧，家已成」；反覆言歌詞含蘊的是「磊磊乎才業何其壯也」，「飄飄乎才思何其清也」[24]。詞體「餘賓遣興」的本質，使作者、讀者、論者深懷罪惡感。本質之惡既無法推諉，只得從詞人的功業成就，去托襯詞的藝術價值，減輕道德譴責的壓力。再如向子諲結集出版《酒邊詞》，胡寅撰序，首先褒舉蘇軾「一洗綺羅香澤之態，擺脫綢繆宛轉之度，使人登高望遠，舉首高歌，而逸懷豪氣，超然乎塵垢之外」[25]，而向子諲正是得其神髓者。其次，彰顯人品，言其「宏才偉績，精忠大節」，企圖以其政績人品論其詞品。雖然譴責詞體的本質，但藉由作詞者的自我提升「染而不色」，以推尊詞人作品；再以作者的道德人品，來保證作品的品格，以此脫解道德教化的不安。多數詞人都能體認詞的藝術價值，卻無法超脫道德價值的框限，兩種潛在價值體系反覆交纏，因此出現了前述種種矛盾無比的說法。矛盾掙扎，始終源於小詞的卑格。如黃庭堅〈小山詞序〉將自己與晏幾道並舉，且有「狎邪之大雅」之譽[26]；如「狎邪」是本質，而「大雅」則是超越了這種本質。填詞者在矛盾的統一中提高自我作品的價值，論詞者則直接循此徑路提高詞體的地位與價值，如「小道可觀」、「以詩為詞」、「尊體尚雅」等理論先後

---

24 金啟華等編：《唐宋詞集序跋匯編》，頁8。

25 同前註，頁117。

26 同前註，頁26。

繼起，都是提高詞體品格的努力。

「有才無行」，是史傳塑造的溫庭筠形象。才與德的矛盾，與唐宋以來文人對於詞體的矛盾價值觀，可謂相互呼應。詞雖已成有宋一代文學，名家如柳永、晏幾道、賀鑄等人，卻都因為工於小詞，而遭致世人諸多非議。作詞，已經悖德；多作，更是悖德之甚，在這樣的背景下，對於專業詞人的道德譴責自然格外嚴厲。後晉劉昫《唐書》撰成於亂世，史料散落可能是〈溫庭筠傳〉訛誤、失實的原因，然而「長於填詞」應是觀點偏頗的重要原因。溫庭筠是花間鼻祖，詞體肇建他居功厥偉，當世人鄙薄小詞時，自然首當其衝。歐陽修、宋祁等人是宋代著名詞人，然而當他們秉如椽之筆撰作《新唐書》時，詞人身分隱退，「尚德」史觀朗現，所謂「多作側詞豔曲」，強調「多作」，誠可謂一字褒貶。溫庭筠為美人代言，代訴心曲，卻不涉豔事，亦不作粗鄙淫褻之語，說他寫「情詞」則可，說他寫「淫詞」、「豔情詞」則顯然偏頗。史傳所謂「側豔」，原意不在「淫豔」，卻從南宋開始成為豔情的專稱，為世人所認知接受。《唐書》、《新唐書》為溫庭筠立傳，顯示了對其才學的接受；但其敘述的語境，剪輯的史料，則又透露出對其詞才的輕賤，對其人品的鄙薄。究其所以矛盾，一是緣於詞托體不尊，一是文人矛盾的價值觀，一是對於溫庭筠遭受政治迫害的忽略。史傳失載的事實，後人可以補足，如民國以來夏承燾、陳尚君等人多有建樹，足以還原歷史真相，為溫庭筠的人品翻案。然而史書的權威性，讓許多讀者無條件信從，所造成的接受障礙，實不易廓清。筆者溯源唐代「豔曲」、「豔辭」的本義，疏解兩《唐書》的語境，梳理唐宋文人矛盾的價值觀，試圖釐清溫庭筠接受的歷史障礙，呈現更明朗、客觀的閱讀背景。

第三節 深刻——從「感士不遇」到「自寫性情」

　　自《花間集》而後，至清代張惠言選輯《詞選》，溫庭筠再一次成為詞派的冠冕人物。《花間集》成書之際，詞體方興，是音樂文學階段，溫庭筠引領詞壇，為詞的體性定調。歷經宋代的百家競妍，明代的中衰，至於清代的復興。此時，詞樂已然淪亡，詞由音樂文學褪變為純文學，亟待重新釐清詞的體性；因之詞派蜂起，自雲間、廣陵、陽羨、浙西至於常州，各有宗主、宗派詞選與宗派理論。張惠言標舉溫庭筠，高揭常州詞派的旗幟，溫庭筠詞接受因此有了嶄新的視野。

　　「意內而言外謂之詞」，這是張惠言在《詞選・序》[27]中為「詞」所下的定義。所云「意內言外」，涉及文學創作中「言」、「象」、「意」三者間的關係。文學是由語言構築的意義世界，外在的語言以生動的藝術形象來傳達某種意義，按張惠言「意內言外」之說，詞就是外在的「風謠里巷男女哀樂」與內在的「賢人君子幽約怨悱不能自言之情」的完美結合。「言」，是外在的，是用來建構「象」的；「象」，是用來傳達意的，而「言，象也，象必有所喻」。「風謠里巷男女哀樂」即是「象」，而「賢人君子幽約怨悱不能自言之情」即是象之所喻——「意」。至於「意」的內涵，張惠言的界定是「《詩》之比興，變《風》之義，騷人之歌，則近之矣。」主張詞應與《詩經》、《離騷》比同，要「發乎情，止乎禮義」，要有「美人香草」之意。又提出「低徊要眇以喻其致」的審美要求，旨在追求纏綿回環、

---

27 〔清〕張惠言：《詞選・序》，見唐圭璋編《詞話叢編》（臺北市：新文豐出版公司，1988年2月），冊2，頁1617-1618。

細緻深婉的審美風格。以此為標準，其《詞選》揀擇極嚴，所選溫詞高達十八闋，是集中之冠；而批註「義有幽隱」之作，飛卿有十七闋，亦居其冠；在《詞選·序》中縷述歷代詞人多有褒貶，唯稱「溫庭筠最高，其言深美閎約」，褒美備至，並可見標舉典範之意。

張惠言選錄溫庭筠〈菩薩蠻〉十四闋，視為聯章詞，而以「感士不遇」解之。按〈菩薩蠻〉十四闋，有特定的撰作背景，是時溫庭筠坎壈不遇，游於宰相令狐綯之門冀求薦拔；令狐綯因宣宗愛唱〈菩薩蠻〉，因此假飛卿新撰密進之。十四詞的意象與情感內涵，趨向一致，在失愛的境遇中，展現美人好修，堅貞自持的精神。美人失愛，文士失遇，同是人生理想的失落，情感內涵相通。溫庭筠塑造的美人，優美而幽怨，幽怨而堅貞，向愛唱〈菩薩蠻〉的帝王展現如此堅貞幽怨的美人形象，對於幽獨不遇的作者而言，豈非借美人代言？巧囀豈能本無意？〈菩薩蠻〉十四詞的意象與感情的內在繫聯，留給讀者無窮想像空間，而從撰作背景、寫作動機而言，「感士不遇」亦有具體的歷史證據，張惠言訓解有詞人感情會通，也有客觀的現實理據。至於篇法，筆者以為十四詞猶如十四幕，串演了一齣美人幽獨不遇的故事，其間情感的跌宕起伏，實有賴於一幕一幕回環往復的靈動變化，張惠言一一指實，落入「依類比附」之弊。張惠言主意格，是以「寄託」說溫詞的第一讀者，他的觀點為常州後進接受並補充，為溫庭筠詞的接受再掀一波高潮。

周濟提出「詞史」說，試圖拓展詞的內蘊。他強調詞應有寄託，寄託的內涵應是與「盛衰」相關的「感慨」。是出於作者對於所處時代衷心的關懷，深刻的審視，深沉醞釀的結果。足以反映當代，具有深刻的歷史意義，才能作為後人的論世之資，才能在「詩史」之外，自樹一幟，別成「詞史」。張惠言主張寄託「賢人君子幽約怨悱之情」，側重於詞人自身對於外在境遇的承擔，趨向的是儒家「溫柔

敦厚」、「怨而不怒」的傳統。周氏論詞的視野，則由內而外，由個人而現實社會，標舉「綢繆未雨」、「太息厝薪」、「己溺己飢」、「獨清獨醒」的時代盛衰，反對局限於「離懷別思，感士不遇」的身世之感。其「詞史」說，超越了張惠言對詞之內蘊所作的限定，進一步拓展了詞寄託的內涵與社會意義。周濟主張的「寄託」說，雖源自張惠言一脈，但理論更甄完備成熟。其《介存齋論詞雜著》指出學詞的進程，分為「有寄託」、「無寄託」兩個程次[28]。初學詞求「有寄託」，有目的、有意識地運用藝術技巧，創造「表裡」兩層的詞意，使能由「表意」通達「本意」，而達到「表裡相宣」的目的。「有寄託」豐富了詞的內蘊及詞的美感特質，而後要擺脫技巧的痕跡，追求更高的「無寄託」。這個階段的託意，已超越「表裡相宣」，而提昇到「指事類情，仁者見仁，智者見智」的境界。在《宋四家詞選目錄序論》中，周濟提出「非寄託不入，專寄託不出」，「入」的階段，追求的是「假類必達」，至於「出」的階段，追求的則是渾然天成的「渾化」。作品的渾化，使讀者宛如「臨淵窺魚，意為魴鯉」；強烈的感發力量，使讀者恍如「中宵驚電，罔識東西」；而隨著作品情感抑揚悲喜，宛如「赤子隨母笑啼，鄉人緣劇喜怒」。這樣的藝術效果，與前述「仁者見仁，智者見智」相互呼應，給予接受者之再創造作用的發揮提供廣闊的空間[29]。

周濟的「詞史說」，意在強調寄託內容的深厚；其「出入說」，意在強調寄託境界的渾化，而將兩者兼融的「渾厚說」，則是其寄託說的核心，最高的藝術追求。不是對於詞作託意的一一指陳，而是對於藝術風格表現的品評，周濟徵引張惠言所說的「深美閎約」，作

28〔清〕周濟：《介存齋論詞雜著》，見唐圭璋編：《詞話叢編》，冊2，頁1630。
29〔清〕周濟：《宋四家詞選目錄序論》，見同前註，頁1643。

為溫庭筠詞的總評。又說「花間極有渾厚氣象」，其中以溫庭筠為最高，故云「飛卿則神理超越，不復可以跡象求矣。然細繹之，正字字有脈絡。」溫庭筠善於醞釀，以其飽蘸情感的筆觸，化景為情；宛如「蒙太奇」的意象構築，不可以跡象求，卻又神銜意接，而脈絡宛然。周濟從這個角度接受溫庭筠詞，為他戴上「渾厚」、「神理超越」的桂冠，不但洞察溫詞藝術的精髓，也為後世讀者開啟鑑賞門徑。周濟「仁者見仁，智者見智」之說，已探觸到讀者接受的問題。譚獻則進一步深化，於《復堂詞錄・序》中，提出「作者之心未必然，讀者之心何必不然」的主張[30]。周濟肯定詞的多義性，容許讀者有聯想、闡釋的空間；譚獻則是將闡識的主動權歸屬於讀者，將文本的意義從「作者用心」的限制中解離出來，強調讀者的主觀美感經驗。如此，則讀者得以參與文本的再創造，讀者的接受過程，即是文本意義不斷豐富的過程。溫庭筠詞內蘊豐富，本即含藏多面指向性，因此不同的讀者自有不同的境界選擇。就溫庭筠接受而言，譚獻雖承襲舊說，了無新意；但其理論符合文學接受的情況，不僅使常州詞論更趨圓滿合理，也為後世讀者提供更廣闊的鑑賞空間。

　　繼張惠言以「寄託」說溫庭筠詞之後，陳廷焯亦有新的洞見，為溫庭筠詞接受再掀一波高潮。陳氏論詞分為兩期，前期受浙西詞派影響，《雲韶集》、《詞壇叢話》是代表作；後期轉向常州詞派，《詞則》、《白雨齋詞話》是代表作。就詞選言，〈雲韶集〉以「雅正為宗」，所選溫庭筠詞有十四調二十七闋，他認為「淒豔」是溫庭筠詞本色，精確地揭示了溫庭筠詞的本質。從審美的角度，肯定溫庭筠詞的吐屬之美；從抒情的角度，抉發溫庭筠詞哀感的內涵，這是陳廷焯早期品鑑溫庭筠詞的徑路，也反映了當時的詞學視野。《詞則》選

30〔清〕譚獻：《復堂詞錄・序》，同前註，冊4，頁3987-3988。

錄溫庭筠詞十四調三十五闋，此時論詞已轉依常州詞派，轉以「沉鬱」論溫詞。強調的不只是淒哀的情感特質，更在於這種感情的深厚鬱積；不在於色澤之豔，而專意於「託意」深掘，突顯「哀怨」的深厚，以及比興寄託藝術的精妙運用。就詞論言，《白雨齋詞話》是陳廷焯論詞的代表作，他自述「本諸風騷，正其情性，溫厚以為體，沉鬱以為用」[31]，揭示其論詞的核心要旨。「本諸風騷」是陳氏論詞的根本，「根柢於風騷」，因此能得情性之正，能體現溫柔敦厚，而臻於「沉鬱」的最高境界。他認為「飛卿詞全祖《離騷》，所以獨絕千古；〈菩薩蠻〉〈更漏子〉諸闋已臻絕詣，後來無能為繼。」[32] 所論已不止於寄託的內涵，更是對其藝術表現的極度肯定。其「沉鬱」說，要求的不只是深厚的思想意蘊，也要求含蓄蘊藉寄意深厚的藝術表現，兩者完美結合，有機統一，賦予作品「神餘言外」的韻致。而「沉鬱」之作，顯示的不只是詞「體格之高」，也顯示了詞人「性情之厚」。他標舉溫庭筠〈菩薩蠻〉詞，作為「沉鬱」的範例，並讚美「此種詞，第自寫性情，不必求人，已成絕響」。從「已臻絕詣」到「已成絕響」，可謂稱美備至。陳廷焯從「沉鬱」透視溫詞內涵，以為映現的是「性情之厚」，用「自寫性情」說溫庭筠〈菩薩蠻〉詞。從作者書寫意圖的本義還原——「感士不遇」，到讀者進入文本世界與作者心靈會通——「自抒性情」，陳廷焯展現了一種新的接受角度，抉發更深刻的內蘊與審美，可說是溫庭筠詞接受的一個新的里程碑。

31〔清〕陳廷焯：《白雨齋詞話·自敘》，見唐圭璋編：《詞話叢編》，冊4，頁3751。
32〔清〕陳廷焯：《白雨齋詞話》，見同前註，卷1，頁3777。

重要參考書目

一　溫庭筠書目

〔唐〕溫庭筠撰，〔明〕曾益原注，〔清〕顧予咸補注，〔清〕顧嗣立重校，王國安點校：《溫飛卿詩集箋注》，上海市：上海古籍出版社，1980年7月。

〔唐〕溫庭筠撰，劉學鍇校注：《溫庭筠全集校注》，北京市：中華書局，2007年7月。

〔唐〕溫庭筠：《金荃集》七卷別集一卷，收入〔明〕毛晉輯《五唐人集》，民國十五年（1926）上海涵芬樓景〔明〕崇禎中海虞毛氏汲古閣刊本，國家圖書館藏。

〔唐〕溫庭筠：《金荃詞》一卷，收入王國維：《海寧王忠愨公遺書四集・唐五代二十一家詞輯》，民國十六年（1927）海寧王氏排印石印本，中央研究院傅斯年圖書館藏。

曾昭岷：《溫韋馮詞新校》，上海市：上海古籍出版社，1988年12月。

張　紅：《溫庭筠詞新釋輯評》，北京市：中國書局，2003年1月。

張春娟：《溫庭筠詞傳播接受研究》，武漢市：湖北大學碩士論文，劉尊明教授指導，2002年5月30日。

吳宏一：《溫庭筠菩薩蠻詞研究》，新竹市：國立清華大學出版社，2009年9月。

郭娟玉：《溫庭筠辨疑》，臺北市：國家出版社，2012年2月。

二 《花間集》書目

〔後蜀〕趙崇祚輯:《花間集》,臺北市:鼎文書局影印〔宋〕紹興本
　　　　《花間集》,1974年10月。

〔明〕湯顯祖評:《花間集》,臺北市:國家圖書館藏〔明〕末烏程閔
　　　　氏刊本。

李冰若注:《花間集評注》,臺北市:鼎文書局,1974年10月。

李一氓校:《花間集校》,北京市:人民文學出版社,1958年7月。

蕭繼宗評點校注:《評點校注花間集》,臺北市:學生書局,1977年1月。

李誼註釋:《花間集註釋》,自貢市:四川文藝出版社,1986年6月。

華連圃注:《花間集注》,臺北市:天工書局,1992年10月。

沈祥源、傅生文注:《花間集新注》,南昌市:江西民眾出版社,
　　　　1997年2月。

房開江注、崔黎民譯:《花間集全譯》,貴陽市:貴州民眾出版社,
　　　　1997年5月。

顧農、徐俠:《花間派詞傳》,長春市:吉林人民出版社,1999年。

張以仁:《花間詞論集》,臺北市:中央研究院中國文哲研究所,
　　　　2004年12月。

張以仁:《花間詞論續集》,臺北市:中央研究院中國文哲研究所,
　　　　2006年8月。

李冬紅:《花間集接受史論稿》,濟南市:齊魯書社,2006年6月。

三　重要文獻資料

甲　詩文詞集

〔清〕彭定求、楊中訥等：《全唐詩》，北京市：中華書局，1996年。

〔宋〕郭茂倩：《樂府詩集》，臺北市：里仁書局，1980年12月。

〔五代〕李昉等編：《文苑英華》，北京市：中華書局，1982年。

〔清〕董誥等輯，周紹良主編：《全唐文新編》，長春市：吉林文史出版社，1999年12月。

曾棗莊、劉琳主編：《全宋文》，上海市：上海辭書出版社；合肥市：安徽教育出版社，2006年。

林大椿輯：《唐五代詞》十五卷，收入楊家駱主編《全唐五代詞彙編》上編，臺北市：世界書局，1971年。

張璋、黃畬編：《全唐五代詞》，臺北市：文史哲出版社，1986年10月。

孔范金：《全唐五代詞釋注》，西安市：陝西人民出版社，1998年。

曾昭岷、曹濟平、王兆鵬、劉尊明編：《全唐五代詞》，北京市：中華書局，1999年12月。

唐圭璋編著、王仲聞參訂、孔凡禮補輯：《全宋詞》，北京市：中華書局，1991年1月新1版。

唐圭璋編纂：《全金元詞》，臺北市：洪氏出版社，1980年11月。

饒宗頤初纂、張璋總纂：《全明詞》，北京市：中華書局，2004年1月。

周明初、葉曄編纂：《全明詞補編》，杭州市：浙江大學出版社，2007年月。

南京大學中文系：《全清詞·順康卷》，北京市：中華書局，2002年5月。

陳乃乾輯：《清名家詞》，上海市：上海書店，1982年12月。

張宏生編：《清詞珍本叢刊》，南京市：鳳凰出版傳媒集團鳳凰出版
社，2007年。

〔宋〕無名氏輯：《尊前集》，上海市：上海書局、江蘇廣陵古籍刻印
社，影印1922年歸安朱祖謀輯校《彊村叢書》。

〔宋〕無名氏輯：《金奩集》，上海市：上海書局、江蘇廣陵古籍刻印
社，影印1922年歸安朱祖謀輯校《彊村叢書》。

〔宋〕書坊刊刻：《草堂詩餘》，臺北市：故宮博物院圖書館藏〔元〕
至正雙璧陳氏刊本。

〔宋〕黃昇輯：《花庵詞選》，瀋陽市：遼寧教育出版社，1997年3月。

〔明〕顧從敬選、沈際飛評：《草堂詩餘正集》，臺北市：臺灣大學圖
書館藏明末刊本。

〔明〕沈際飛：《草堂詩餘別集》，臺北市：臺灣大學圖書館藏明末刊本。

〔明〕楊慎：《詞林萬選》，臺南市：莊嚴文化出版公司，1997年6月
刊《四庫全書存目叢書》。

〔明〕武陵逸史：《草堂詩餘類編》，合肥市：黃山書社，2008年。

〔明〕陳耀文：《花草粹編》，臺北市：臺灣商務印書館，1986年3月
刊《影印文淵閣四庫全書》。

〔明〕董逢元：《唐詞記》，臺南市：莊嚴文化出版公司，1997年6月
刊《四庫全書存目叢書》。

〔明〕茅瑛：《詞的》，合肥市：黃山書社，2008年。

〔明〕楊肇祉：《詞壇豔逸品》，北京市：北京圖書館藏明刊本。

〔明〕卓人月：《古今詞統》，上海市：上海古籍出版社，2002年3月
《續修四庫全書》。

〔明〕潘遊龍：《精選古今詩餘醉》，瀋陽市：遼寧教育出版社，2000
年1月。

〔明〕朱彝尊、汪森等：《詞綜》，臺南市：莊嚴文化出版公司，1997
　　　　年6月刊《四庫全書存目叢書》。

〔清〕賴以邠：《填詞圖譜》，收入〔清〕查培繼輯：《詞學全書》，臺
　　　　北市：廣文書局，1975年。

〔清〕趙式：《古今別腸詞選》，北京市：北京圖書館藏康熙遺經堂刻
　　　　本。

〔清〕吳綺：《記紅集》，臺北市：臺灣大學圖書館藏（哈佛燕京圖館
　　　　藏本微卷），2007年。

〔清〕萬樹：《詞律》、徐本立：《詞律拾遺》、杜文瀾：《詞律補
　　　　遺》，見《索引本詞律》，臺北市：廣文書局，1989年10
　　　　月。

〔清〕沈辰垣、王奕清等編：《御選歷代詩餘》，臺北市：臺灣商務印
　　　　書館《四庫全書珍本》，1981年。

〔清〕王奕清等：《御製詞譜》，臺北市：洪氏出版社，1990年。

〔清〕夏秉衡等：《清綺軒詞選》，臺北市：臺灣大學圖書館藏清光緒
　　　　己未刊本。

〔清〕張惠言：《詞選》，臺北市：廣文書局，1979年6月。

〔清〕董毅：《續詞選》，臺北市：廣文書局，1979年6月。

〔清〕周濟：《宋四家詞選》，臺北市：廣文書局，1962年11月。

〔清〕周濟撰，〔清〕譚獻評：《譚評詞辨》，臺北市：廣文書局，
　　　　1962年11月。

〔清〕葉申薌：《天籟軒詞譜》，臺北市：中央研究院傅斯年圖書館藏
　　　　清道光中刊本。

〔清〕周之琦：《心日齋十六家詞錄》，臺北市：國家圖書館藏。

〔清〕陳廷焯：《詞則》，上海市：上海古籍出版社，1984年5月。

乙　詞話

唐圭璋：《詞話叢編》，臺北市：新文豐出版公司，1988年12月。

施蟄存：《詞籍序跋萃編》，北京市：中國社會科學出版社，1994年12月。

金啟華、張惠民等：《唐宋詞集序跋匯編》，臺北市：臺灣商務印書館，1993年2月。

施蟄存、陳如江輯錄：《宋元詞話》，上海市：上海書店，1999年2月。

張惠民：《宋代詞學資料匯編》，汕頭市：汕頭大學出版社，1993年11月。

孫克強：《唐宋人詞話》，鄭州市：河南文藝出版社，1999年8月。

張璋等：《歷代詞話》，鄭州市：大象出版社，2002年3月。

史雙元：《歷代詞紀事會評叢書》，合肥市：黃山出版社，1995年12月。

王兆鵬：《唐宋詞彙評‧唐五代卷》，杭州市：浙江教育出版社，2004年1月。

吳熊和：《唐宋詞彙評‧兩宋卷》，杭州市：浙江教育出版社，2004年1月。

王偉勇：《清代論詞絕句初編》，臺北市：里仁書局，2010年9月。

丙　調譜格律

〔唐〕崔令欽撰，任二北箋訂：《教坊記箋訂》，臺北市：宏業書局，1973年1月。

〔明〕張綎：《詩餘圖譜》，臺北市：國家圖書館藏明嘉靖丙申（十五年）刊本。

〔明〕程明善：《嘯餘譜》，上海市：上海古籍出版社，2002年3月

《續修四庫全書》。

〔明〕毛先舒：《填詞名解》，收入〔清〕查培繼輯：《詞學全書》，臺
　　　北市：廣文書局，1971年4月。

〔清〕萬樹撰，杜文瀾校勘，懶散道人索引：《索引本詞律》，臺北
　　　市：廣文書局，1989年。

〔清〕王奕清等撰：《御製詞譜》，臺北市：洪氏出版社，1990年。

〔清〕舒夢蘭：《白香詞譜》，臺北市：大夏出版社，1992年。

〔清〕秦巘：《詞繫》，北京市：北京師範大學出版社，1996年。

〔清〕戈載：《詞林正韻》，臺北市：世界書局，1981年。

聞汝賢：《詞牌匯釋》，臺北市：作者自印本，1963年。

龍沐勛：《唐宋詞格律》，臺北市：里仁書局，1986年。

張夢機：《詞律探原》，臺北市：文史哲出版社，1981年11月。

徐信義：《詞譜格律原論》，臺北市：文史哲出版社，1995年。

丁　史書、筆記小說

〔後晉〕劉昫等撰：《舊唐書》，北京市：中華書局，1997年。

〔宋〕歐陽修、宋祁等撰：《新唐書》，北京市：中華書局，1997年。

〔唐〕段安節：《樂府雜錄》，臺北市：新文豐出版公司，1985年《叢
　　　書集成新編》影印〔明〕陸楫輯刻《古今說海》本。

〔唐〕皇甫松：《醉鄉日月》，收入〔明〕陶宗儀：《說郛》，臺北市：
　　　國家圖書館善本書室所藏藍格舊鈔本，

〔唐〕皇甫松著，吳龍輝主編、譯注：《醉鄉日月》，北京市：中國社
　　　會科學出版社，2993年12月。

〔唐〕裴庭裕：《東觀奏記》，臺北市：藝文印書館，1965年《百部叢
　　　書集成》影印〔明〕商濬校刊《稗海》本。

〔唐〕李肇：《唐國史補》，臺北市：世界書局，1959年。

〔唐〕林寶撰，岑仲勉校：《元和姓纂四校記》，臺北市：臺聯國風出版社，1975年。

〔唐〕范攄：《雲溪友議》，臺北市：新文豐出版公司，1985年《叢書集成新編》影印〔明〕商濬校刊《稗海》。

〔唐〕蘇鶚：《杜陽雜編》，臺北市：藝文印書館，1965年《百部叢書集成》影印〔清〕張海鵬輯《學津討原》。

〔唐〕孫棨：《北里志》，北京市：北京出版社，2000年《中國文言小說百部經典》本。

〔唐〕趙璘：《因話錄》，臺北市：藝文印書館，1965年《百部叢書集成》影印〔明〕商濬校刊《稗海》。

〔唐〕闕名：《玉泉子》，臺北市：藝文印書館，1965年《百部叢書集成》影印〔明〕商濬校刊《稗海》。

〔唐〕薛用弱：《集異記》，臺北市：藝文印書館，1966年《百部叢書集成》影印顧元慶輯《陽山顧氏文房》本。

〔五代〕孫光憲：《北夢瑣言》，臺北市：藝文印書館，1966年《百部叢書集成》影印《雅雨堂藏書》。

〔後漢〕王定保著，姜漢椿校注：《唐摭言校注》，上海市：上海社會科學院出版社，2003年1月。

〔後蜀〕何光遠：《鑒誡錄》，臺北市：藝文印書館，1965年《百部叢書集成》影印〔清〕張海鵬輯《學津討原》。

〔南唐〕尉遲偓：《中朝故事》，臺北市：臺灣商務印書館，1983年影印文淵閣《四庫全書》。

〔南唐〕劉崇遠：《金華子雜編》，臺北市：藝文印書館，1968年影印〔清〕顧修《讀畫齋叢書》。

〔宋〕宋敏求編：《唐大詔令集》，臺北市：臺灣商務印書館，1983年影印文淵閣《四庫全書》。

〔宋〕李昉：《太平廣記》，臺北市：臺灣商務印書館，1983年影印文
　　　淵閣《四庫全書》。

〔宋〕王欽若等編：《冊府元龜》，北京市：中華書局，1989年。

〔宋〕錢易：《南部新書》，臺北市：藝文印書館，1965年《百部叢書
　　　集成》影印〔明〕商濬校刊《稗海》。

〔宋〕趙令畤：《侯鯖錄》，臺北市：藝文印書館，1966年《百部叢書
　　　集成》影印〔清〕鮑廷博《知不足齋叢書》。

〔宋〕王讜撰：《唐語林》，臺北市：藝文印書館，1968年《百部叢書
　　　集成》影印〔清〕道光錢熙祚校刊本。

〔宋〕計有功撰，王仲鏞校箋：《唐詩紀事校箋》，成都市：巴蜀書
　　　社，1989年。

〔宋〕洪邁：《容齋隨筆》，北京市：中華書局，2005年。

〔宋〕尤袤：《全唐詩話》，北京市：北京圖書館出版社，2003年。

〔宋〕王楙：《野客叢書》，臺北市：藝文印書館，1965年《百部叢書
　　　集成》影印〔明〕商濬校刊《稗海》本。

〔宋〕陳鵠：《耆舊續聞》，臺北市：藝文印書館，1966年《百部叢書
　　　集成》影印〔清〕乾隆鮑廷博《知不足齋從書》。

〔宋〕章淵：《稿簡贅筆》，收入〔明〕陶宗儀纂，張宗祥校：《說
　　　郛》，臺北市：臺灣商務印書館，1972年影印涵芬樓本。

〔元〕辛文房撰，傅璇琮主編：《唐才子傳校箋》，北京市：中華書
　　　局，1990年。

〔明〕胡震亨：《唐音癸籤》，臺北市：木鐸出版社，1982年。

〔明〕錢希言：《桐薪》，東京市：高橋情報，1991年影印日本內閣文
　　　庫藏《松樞十九山》萬曆二十八年序刊本，中央研究院傅斯
　　　年圖書館藏。

〔清〕方以智：《通雅》，臺北市：臺灣商務印書館，1983年影印文淵

閣《四庫全書》本。

四　重要詞學書目

王小盾：《唐代酒令藝術》，臺北市：文津出版社，1993年3月。

沈　冬：《唐代樂舞新論》，臺北市：里仁書局，2000年3月。

毛水清：《唐代樂人考述》，北京市：東方出版社，2006年11月。

陳尚君：《唐代文學叢考》，北京市：中國社會科學出版社，1995年。

饒宗頤：《詞集考》，北京市：中華書局，1992年10月。

鄭　騫：《從詩到曲》，臺北市：順先出版公司，1982年10月。

徐信義：《詞學發微》，臺北市：華正書局，1985年7月。

賴橋本：《詞曲散論》，臺北市：文津出版社，1990年3月。

林玫儀：《詞學考詮》，臺北市：聯經出版事業公司，1993年。

邱世友：《詞論史論稿》，北京市：人民文學出版社，2002年1月。

謝桃坊：《中國詞學史》，成都市：巴蜀書社，1993年6月。

方智範、鄧喬彬、周聖偉、高建中：《中國詞學批評史》，北京市：
　　　　中國社會科學出版社，1994年7月。

劉尊明：《唐五代詞史論稿》，北京市：文化藝術出版社，2000年。

劉尊明：《唐五代詞的文化觀照》，臺北市：文津出版社，1994年。

孫康宜：《晚唐迄北宋詞體演進與詞人風格》，臺北市：聯經出版事
　　　　業公司，1994年。

楊海明：《唐宋詞史》，高雄市：麗文文化事業公司，1996年。

劉揚忠：《唐宋詞流派史》，北京市：中國社會科學出版社，2007年4月。

劉尊明、甘松：《唐宋詞與唐宋文化》，南京市：鳳凰出版傳媒集團
　　　　鳳凰出版社，2009年4月。

李劍亮：《唐宋詞與唐宋歌妓制度》，杭州市：杭州大學出版社，

1999 年。

錢錫生：《唐宋詞傳播方式研究》，上海市：復旦大學出版社，2009
　　　　年 1 月。

蕭　　鵬：《群體的選擇──唐宋人選詞與詞選通論》，臺北市：文津
　　　　出版社，1992 年 11 月。

余　　意：《明代詞學之建構》，上海市：上海古籍出版社，2009 年 7 月。

陳水雲：《明清詞研究史》，武昌市：武漢大學出版社，2006 年 9 月。

張若蘭：《明代中後期詞壇研究》，北京市：中國社會科學出版社，
　　　　2010 年 3 月。

江合友：《明清詞譜史》，上海市：上海古籍出版社，2008 年 5 月。

嚴迪昌：《清詞史》，南京市：江蘇古籍出版社，1999 年 8 月。

吳宏一：《清代詞學四論》，臺北市：聯經出版公司，1990 年。

張宏生：《清代詞學建構》，南京市：江蘇古籍出版社，1999 年 9 月。

孫克強：《清代詞學》，北京市：中國社會科學出版社，2004 年 7 月。

鮑　　恆：《清代詞體學論稿》，北京市：人民文學出版社，2007 年 5 月。

葉嘉瑩、陳邦炎：《清詞名家論集》，臺北市：中央研究院中國文哲
　　　　研究所，2001 年修訂一版。

楊柏嶺：《晚清民初詞學思想建構》，合肥市：安徽大學出版社，
　　　　2006 年 1 月。

黃志浩：《常州詞派研究》，北京市：中國社會科學，2008 年。

遲寶東：《常州詞派與晚清詞風》，天津市：南開大學出版社，2008 年。

朱德慈：《常州詞派通論》，北京市：中華書局，2006 年。

葉嘉瑩：《迦陵論詞叢稿》，臺北市：明文出版社，1981 年。

葉嘉瑩：《唐宋詞名家論集》，臺北市：國文天地出版社，1987 年。

繆鉞、葉嘉瑩：《靈溪詞說》，上海市：上海古籍出版社，1987 年。

葉嘉瑩：《中國詞學的現代觀》，臺北市：大安出版社，1989 年。

葉嘉瑩：《唐宋詞十七講》，臺北市：桂冠圖書公司，1992年。

葉嘉瑩：《詞學古今談》，臺北市：萬卷樓圖書有限公司，1992年。

葉嘉瑩：《古典詩詞講演集》，石家莊：河北教育出版社，2001年。

俞平伯：《讀詞偶得》，北京市：人民文學出版社，2000年12月。

俞平伯：《清真詞釋》，北京市：人民文學出版社，2000年12月。

黃永武：《中國詩學・設計篇》，臺北市：巨流圖書公司，1976年。

陳植鍔：《詩歌意象論——微觀詩史初探》，秦皇島市：中國社會科
　　　　學出版社，1990年3月。

李澤厚：《美的歷程》，臺北市：三民書局，1996年9月。

五　接受理論書目

張廷琛：《接受理論》，成都市：四川文藝出版社，1989年。

Hans Robert Jauss,R.C.Houlb 周寧、金元浦譯：《接受美學與接受理
　　　　論》，瀋陽市：遼寧人民出版社，1987年。

朱立元：《接受美學》，上海市：上海人民出版社，1989年。

胡木貴、鄭雪輝：《接受美學導論》，瀋陽市：遼寧教育出版社，
　　　　1989年。

張思齊：《中國接受美學導論》，成都：巴蜀書社，1989年。

尚學峰、過常寶、郭英德：《中國古典文學接受史》，濟南市：山東
　　　　教育出版社，2000年。

鄧新華：《中國古代接受詩學》，武漢市：武漢出版社，2000年。

陳文忠：《中國古典詩歌接受史研究》，合肥市：安徽大學出版社，
　　　　1998年。

R.C.Houlb 著，董之林譯：《接受美學理論》，臺北市：駱駝出版社，
　　　　1994年。

林一民：《接受美學》，南昌市：江西高校出版社，1995年。

劉小楓編：《接受美學譯文集》，北京市：三聯書店，1989年。

六　期刊論文

劉尊明、張春媚：〈傳播與溫庭筠的詞史地位〉，《文學評論》，2002
　　　　年第6期，頁169-175。

張春媚：〈溫庭筠詞在晚唐五代的傳播與接受〉，《齊魯學刊》，2003
　　　　年第1期，頁23-27。

鄒　華：〈溫庭筠詞在晚唐五代的傳播及其流變〉，《雲南民族大學學
　　　　報‧哲社版》，2008年1月第25卷第1期，頁128-132。

趙曉蘭：〈論花間詞的傳播及南唐詞對花間詞的接受〉，《四川師範大
　　　　學學報‧社科版》第30卷第1期，2003年1月，頁83-89。

范松義：〈明代《花間集》接受史論〉，《中國社會科學研究生院學
　　　　報》，2004年第4期，頁109-113。

范松義：〈論清人對《花間集》的接受〉，《南陽師範學院學報‧社科
　　　　版》第2卷第7期，2005年7月，頁65-68。

白　靜：〈《花間集》在明代的傳播與接受〉，《陝西師範大學學報‧
　　　　哲社版》第34卷第3期，2005年5月，頁68-71。

丁建東：〈《花間》與《草堂》在明代的接受比較〉，《棗庄學院學報》
　　　　第22卷第6期，2005年12月，頁35-38。

李冬紅：〈《花間集》版本變化與接受態度〉，《中國韻文學刊》第20
　　　　卷第2期，2006年6月，頁81-84。

梅國宏：〈從版本體例的發展流變看後世對《花間集》的接受〉，《綏
　　　　化學院學報》第27卷第6期，2007年12月，頁47-49。

梅國宏：〈從版本體例的發展流變看後世對《花間集》的接受〉，《湘

南學院學報》第29卷第1期，2008年2月，頁41-44。

李碧華：〈從朱彝尊對《花間集》《草堂詩餘》的接受中看其詞學
觀〉，《學術論壇》，2009年9期，頁173-175。

張　慧：〈召喚結構與闡釋空間——略談宋明時期對《花間集》的認
識〉，《淮北職業技術學院學報》2010年第3期，頁91-95。

范松義：〈宋代《花間集》接受史論〉，《東岳論叢》第31卷12期，
2010年12月，頁62-65。

徐素萍：〈對話的缺失——從評價理論的角度看《花間集》中的溫庭
筠詞〉，《東南大學‧哲社版》2011年6月第13增刊，頁37-
39。

夏承燾：〈令詞出於酒令考〉，《詞學季刊》1936年第3卷第2號，頁
12-13。

沈松勤：〈唐代酒令與令詞〉，《浙江大學學報‧人文社會科學版》
2000年第30卷第4期，頁65-73。

岳　珍：〈豔詞考〉，《文學遺產》2002年第5期，頁41-51。

文學研究叢書·詞學研究叢刊 0805001

溫庭筠接受研究

作　　者　郭娟玉
責任編輯　張晏瑞
特約校稿　林秋芬

發 行 人　陳滿銘
總 經 理　梁錦興
總 編 輯　陳滿銘
副總編輯　張晏瑞
編 輯 所　萬卷樓圖書股份有限公司
排　　版　浩瀚電腦排版股份有限公司
印　　刷　百通科技股份有限公司
封面設計　斐類設計工作室

發　　行　萬卷樓圖書股份有限公司
　　　　　臺北市羅斯福路二段 41 號 6 樓之 3
　　　　　電話 (02)23216565
　　　　　傳真 (02)23218698
　　　　　電郵 SERVICE@WANJUAN.COM.TW
大陸經銷　廈門外圖臺灣書店有限公司
　　　　　電郵 JKB188@188.COM

ISBN 978-957-739-844-4
2014 年 11 月初版二刷
2013 年 12 月初版
定價：新臺幣 360 元

如何購買本書：

1. 劃撥購書，請透過以下郵政劃撥帳號：
　　帳號：15624015
　　戶名：萬卷樓圖書股份有限公司
2. 轉帳購書，請透過以下帳戶
　　合作金庫銀行 古亭分行
　　戶名：萬卷樓圖書股份有限公司
　　帳號：0877717092596
3. 網路購書，請透過萬卷樓網站
　　網址 WWW.WANJUAN.COM.TW

大量購書，請直接聯繫我們，將有專人為您
服務。客服：(02)23216565 分機 10

如有缺頁、破損或裝訂錯誤，請寄回更換

國家圖書館出版品預行編目資料

溫庭筠接受研究 / 郭娟玉著.
　-- 初版.-- 臺北市 ：萬卷樓, 2013.12
　　面 ；　　公分. -- (文學研究叢書)

ISBN 978-957-739-844-4(平裝)

1.（唐）溫庭筠 2.唐五代詞 3.詞論

852.4416　　　　　　　　　　102026646